湖中的女人

Lady In The Lake

LAURA LIPPMAN

蘿拉・李普曼———著　張茂芸———譯

湖中的女人■書評推薦

知名作家好評

「《湖中的女人》是一本特別的推理小說，以有趣的敘事手法建構出栩栩如生的六〇年代眾生相，讓你既對書中命案的眞相無比好奇，卻又不想太快得知——因爲當你知道一切是怎麼回事時，也代表這本你希望能繼續讀下去的小說，已經步入尾聲了。」

——影／書評人　出前一廷

「閱讀蘿拉．李普曼的第一本小說之後，我就不再錯過她的任何一部作品。她的細膩與感性，爲推理小說帶來新的可能。」

——東美文化總編輯／譯者　李靜宜

「……這本書的特別，或可說是非凡之處，在於……反映了當時女性所面對，在社會期待與個人理想之間的鴻溝。」

——知名暢銷作家　史蒂芬．金（Stephen King）

「這是本不容錯過的小說。」

——《紐約時報》暢銷榜作家　安娜．昆德蘭（Anna Quindlen）

書評媒體盛讚

「（李普曼）透過眾多角色構成的稜鏡講述了一個古典謎團，令人感受到民權運動時代巴爾的摩的女性主義和種族緊張局勢的影響……《湖中的女人》令人心痛、發人省思，而且欲罷不能。」

——《浮華世界》雜誌（*Vanity Fair*）

「這個故事不僅是講凶案，而凶案本身又比破案更爲重要，李普曼的說故事技巧則更是畫龍點睛。將五十年前的種族主義、階級主義和性別歧視包裹在一齣時髦、迷人、充滿懸疑感的故事中。」

——《科克斯書評》星級評論（*Kirkus Reviews*）

「引人入勝……這是一部出色的人物研究、精彩的報業小說，對六〇年代的城市生活和種族歧視進行了犀利的審視……」

——《書單》雜誌星級評論（*The Booklist*）

「李普曼利用不同的敍述者——其中包括希望梅迪不要再闖入她的世界的克麗歐鬼魂——生動地呈現出（巴爾的摩）這座城市的緊張局勢。」

——《時人》雜誌（*People*）

「李普曼的作品深具啟發性。」

——《華爾街日報》（*Wall Street Journal*）

湖中的女人

目次

以本書紀念

勞勃・海亞森

傑洛德・費許曼

約翰・麥克納馬拉

芮貝卡・史密斯

溫笛・溫特斯*

＊：二〇一八年六月二十八日，此五人於馬里蘭州首府安納波里斯市《首都報》辦公室槍擊案中喪生。另見本書最末作者跋。

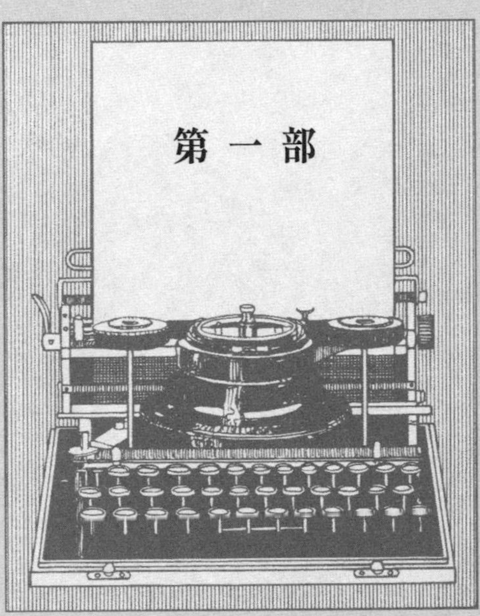

Lady In The Lake

我見過妳一次。我看見妳，妳隨卽注意到我，因爲妳發現我望著妳，一直朝妳瞧。來來，回回。美女都會有這種反應——兩人四目相接，把對方上下打量一番。雖然只有那麼一眼，我還是看得出妳從不懷疑自己的美貌，也仍舊習慣一進場先觀察四周，確定自己是全場最美的。妳把人行道上的人群掃視一輪，對到我的視線（儘管只是一瞬間），隨卽垂下眼去。妳瞧見我的模樣，在心裡開始計分。誰贏了？我的直覺是妳給自己一百分，因爲妳看到的是個黑女人，還是個窮兮兮的黑女人。可笑的是這一幕如果換成動物界，情況會正好相反。極力求表現、用艷麗羽毛（或飄逸鬃毛）贏得佳人芳心的是雄性，而且總是想盡辦法在氣勢上壓倒對手。爲什麼人類世界卻是反過來？沒道理嘛。男人需要我們，但我們可沒那麼需要他們。

不過那天妳給自己的評分屬於少數意見，因爲妳可是在我們的地盤上。除了妳，應該每個人都會說贏的是我，更年輕、更高䠷、身材更好的我。或許連妳先生米爾頓也有同感。我一開始注意到妳，部分原因是妳就在他身邊。他現在的樣子簡直是他父親的翻版。我回想起他父親多少會帶點感情，但對米爾頓實在無法生出這種情緒。看一堆人在會堂外的階梯上圍著他，拍拍他的背、緊握他雙手，我想去世的一定是他父親吧。再說還有好些人等著跟他講幾句安慰話，不難看出米爾頓肯定是什麼大人物。

那座猶太會堂的名字有一堆子音，我在那附近住了那麼多年，從來不知道該怎麼發音。我覺得那名字聽起來就像綜藝節目《艾德．蘇利文秀》的喜劇演員在講話，有個好笑的口音。

會堂離德魯伊丘公園大約一條街。公園裡有湖，有噴泉。很妙吧？我那天下午應該是先繞了點路才走到公園，隨身包包裡放了本書。我其實沒那麼喜歡到戶外走動，但我們那間小公寓塞了八個人：我爸、我媽、一個妹妹、兩個弟弟，還有我兩個兒子，加上我——套我爸的話，真是一刻不得安寧。我偶爾會偷偷拿本書放進包包（琴．普雷迪或維多莉亞．霍特〔註〕的作品），說聲「我去圖書館嘍」。我媽總不忍心說不准去。我這個做女兒的，先後看上兩個廢物，搞到自己實在混不下去了，才回家投靠爸媽，但我媽從沒說過我一句。我是她第一胎，她也最寵我，但可沒寵到願意包容我第三次胡來。她一直要我回學校念書，以後當護士。拜託，護士耶。我簡直無法想像做那種工作，非得去碰不想碰的人。

家裡人太多太吵，把我逼到快爆炸的時候，我就會去那座公園，順著園內的小徑散步，盡情享受周遭的寂靜，找張長椅坐下，一頭栽進英國的古老年代，讀到渾然忘我。可是到後來，大家都說我是天下第一大爛人，居然自己搬出去，把兩個寶寶丟給我爸媽一走了之，但我是為孩子著想。我需要男人，而且不能飢不擇食隨便找個老男人，我從兩個兒子的爸爸身上可是學到教訓了。我得找個願意養活我們這一家子的人。為了達成這個目的，我需要獨立生活一陣子，即使得和我朋友拉提莎一起住也無所謂。拉提莎最厲害的就是不管自己要什麼，都能叫男人乖乖掏腰包，我上她開的一人學校就夠了。我媽總說要拿起司當餌抓到老鼠，最起碼得先把起司弄成比較可口的樣子，例如切掉長黴的地方，或是把長黴的那面轉到外面看不到的位置，再放進捕鼠器。

所以啦，我得把自己打扮得漂漂亮亮的，要表現得自由自在、無牽無掛的樣子。在阿肯托利排屋路那個擠死人的家，絕對辦不到。

好吧，也許我可以想像自己爲了工作，非得去碰不想碰的人。可是話說回來，哪個女人不幹這種事？妳自己不就是嗎？我猜妳嫁給米爾頓．史瓦茲的時候就是吧。因爲以我過去認識的那個米爾頓．史瓦茲，我想不可能有人和他談什麼童話般的戀愛。

那是……要是我算得出我兩個寶寶當時的年齡，應該記得沒錯。那是一九六四年的深秋，空氣透著微微的寒意。妳戴了頂沒附面紗的全黑藥盒帽。我敢賭，大家會說妳這樣打扮眞像第一夫人賈桂琳．甘迺迪。我也敢賭，妳肯定會回以「眞的？我像嗎？呵呵呵」那種笑，心裡卻暗自得意。儘管風陣陣吹來，妳的頭髮因爲噴了大量定型液，髮型倒是沒受什麼影響。妳身穿黑色大衣，領口和袖口都有一圈絨毛。相信我，我記得那件大衣。而且，哇，米爾頓眞的好像他爸。那一刻我才發現，當年他父親其實還算年輕，長得也滿帥的。那時我還小，每次去他們家開的雜貨店買糖果，都覺得他爸好老，但其實他連四十歲都不到。如今我二十六，米爾頓想必快四十了吧，身邊還有個妳。他居然找得到這樣的美女，我實在無法接受。說不定他個性變好了？我心想。人都會變，沒錯，眞的。我就變了，只是永遠不會有人知道。

譯註：琴．普雷迪（Jean Plaidy）和維多莉亞．霍特（Victoria Holt）都是英國作家愛蓮娜．希伯特（Eleanor Hibbert，1906-1993）的筆名。她用「琴．普雷迪」當筆名寫歷史言情小說；寫懸疑羅曼史小說則用「維多莉亞．霍特」。

妳看到的又是什麼呢？我不記得我那天的穿著，但大概猜得出來。外套有是有，當天不算冷，那外套卻還是太單薄，八成是從教堂的捐獻箱拿的，早就磨得滿是毛球，下襬也鬆垮垮的。鞋子坑坑疤疤，鞋跟也快磨平了，而妳的黑鞋如此晶亮。我光著兩條腿，妳的腿則被絲襪裹得好好的，近乎泛著光澤。

我望著妳，想到了這其中的關鍵——就是找個有錢人。我應該要把自己打扮成不愁沒錢花的樣子。我要找到對的工作，那種工作收到的小費，是摺得好好的鈔票，不是丟在桌上的零錢。問題是那樣的地方不會雇用黑人，就算會，黑人也輪不到去外場當服務生。我不是沒在餐廳做過，那時我負責洗碗，只能待在內場，根本拿不到小費。一流餐廳也不雇用白人女性端盤子，即使是白皮膚，一樣沒資格。

我得動動腦筋想個辦法，去能達成這個目標的地方工作。在那邊才有可能認識出手大方的男人，想要什麼他們都樂於埋單。有了他們幫我買的各種行頭，我就能打扮得更誘人，讓願意玩更大的男人上鉤，在我身上花更多錢、買更好的東西。我再去釣更有錢的男人，然後愈爬愈高。我當然清楚為了得到這些，要拿什麼去交換。我早就不是清純小女生，兒子都兩個了不是嗎。

所以，妳看到我的那一刻——妳確實看見我了，我很肯定。我們四目相接、凝視對方的那一刻——妳瞧見我一身破爛衣服，卻也注意到我綠色的雙眸、挺直的鼻梁。我的綽號就是因為這張臉而來，不過後來我認識一個男的，他說我讓他想到一位公爵夫人（不是王后），所以我應該叫海倫，因為我美到足以引發戰爭。嗯，可不是嗎？我不知道還能怎麼形容。也許稱不上什麼大戰，但戰爭都一樣，就是人類相殘、化友爲敵。全都因我而起。

那瞬間，妳讓我看見自己的目標，和達成目標的方式。我還有一次機會，再找一個男人。儘管巴爾的摩就這麼丁點大，我當時根本沒想過妳我還有重逢的可能。妳只不過是某個壞男生的太太，那個壞男生當年欺負過我，如今長成俊男，又剛死了父親。我需要那樣的丈夫，我心想。當然，我不要白人，但那個男人要能幫我買領口袖口都有絨毛的大衣；那個男人能贏得大家的敬重。女人的價值取決於身邊的男人——我爸要是聽我講出這種話，肯定會打我一巴掌，叫我找出聖經，把裡面所有關於虛榮和驕傲的經文背起來。但我這麼做不是因爲自己愛慕虛榮，我得找個男人幫忙顧兩個兒子，而有錢的男人需要美女，這是我那天悟出的道理。妳在場固然是爲了安慰米爾頓，幫他爲父親送行，但妳也是塊活招牌，讓大家知道米爾頓功成名就。我不敢相信一年後妳居然離開他，不過死亡常會讓人改變就是了。

天知道，我的死就改變了我。

活著的時候，我是克麗歐．薛伍德。死了，我就變成「湖中的女人」。不堪入目、支離破碎。在噴泉裡泡了好幾個月，捱過寒冬和喜怒無常的春，都快入夏了才被拖出來。臉早就沒了，身上大部分的肉也沒了。

沒人在意這件事，直到妳出現。妳給我取了個爛綽號，還四處侵門踏戶，騷擾不同的人，去妳不該去的地方。照理說除了我的家人，有誰會在意？我不過就是個黑女人，和不對的人出去約會，從此無影無蹤。妳在我故事的盡頭出現，把它化爲妳的起點。妳幹嘛非得這麼做不可呢，梅德琳・史瓦茲？妳爲什麼不乖乖待在妳那棟豪宅，守著還不壞的婚姻，讓我留在噴泉底就好？我在那裡安全得很。

我在那裡的時候，大家過得還比較安穩。

梅迪

一九六五年十月

「你請了華勒士．萊特過來吃晚飯？你什麼意思？」

梅迪．史瓦茲這句話一出口，就恨不得嚥回去。梅迪．史瓦茲的言行舉止，絕對不像電視綜藝節目和流行歌曲中的那種女人。她不嘮叨，不耍心機。用不著聽情歌王子傑克．瓊斯那首〈妻子與戀人〉，也知道在先生下班回家前，得把自己的髮型妝容打點妥當。梅迪．史瓦茲最自豪的就是不管碰到什麼狀況，都能從容應對。哪怕先生臨時邀老闆到家裡坐坐，還是從沒聽過的兩個親戚突然從遠地跑來拜訪，或是一開門發現先生身邊多了個高中死黨，完全沒問題，梅迪隨時準備接招。她的持家之道一如她母親，暗中用點小聰明，不費吹灰之力（表面上是這樣），就把家務整理得井井有條。

但她和母親不同的是，能把家打理得這麼好，完全是因為不用顧慮錢，想花就花。米爾頓的襯衫一律送去巴爾的摩北區最好的洗衣店，儘管比梅迪日常的活動路線還要多開幾里路（她負責送洗，米爾頓去取件）。家中的清潔工作則委託一個小姐每週來掃兩次。至於下廚，她的「招牌」圓麵包是用現成冷凍麵糰烤的，冷凍庫裡永遠有一堆備用麵糰。史瓦茲家花最多心力籌辦的兩大派對——一是新年邀米爾頓律師事務所的同事來家裡，二是夫妻倆最初一時興起辦的春季派對，由於辦得太成功，感覺好像也只能一直辦下去，但這些派對的餐點都是梅迪請外燴做的。大家都很愛他們的春季派對，甚至在散會後依然津津樂道，滿心期盼隔年的派對日。

是的，梅迪．史瓦茲就是這麼稱職的女主人，也因此樂於扮演這種角色。她尤其得意的是自己可以在幾乎未經事先通知的情況下，把晚餐聚會辦得賓主盡歡，即使她對其中某個客人沒什麼好感，也從無半句抱怨。正因如此，十月底的這個下午，米爾頓聽到梅迪語氣這麼衝，自然十分意外。

「我以爲妳會很高興耶。」米爾頓說：「他也算是，嗯，滿有名氣啦。」

梅迪馬上收拾好自己的情緒。「沒事沒事。我只是擔心，他吃慣了高級大餐，我在這麼短時間內能變出來的菜，只怕配不上他那種等級。不過也許他會喜歡家常肉卷和焗烤馬鈴薯片吧？我猜華勒士．萊特這種名人，每天吃的應該是奶油烤龍蝦、桌邊火焰牛排之類的。」

「他說他和妳算是認識，你們以前上同一所學校。」

「噢，我和他可是隔了好幾年呢。」梅迪說。她知道米爾頓很自然會以爲華勒士．萊特年紀比較大，但其實華勒士比梅迪小兩歲，在他們讀公園私立中小學的時候低她一屆。到了高中，華勒士的社交階層更是遠在梅迪之下。

當年，他是華利．懷斯；如今，只要轉到當地的WOLD-TV電視台，必然看得到華勒士．萊特。他是午間新聞節目的主持人，有些名人的行程若經過巴爾的摩，會上他的節目接受專訪。他也主持一個算是滿新的晚間節目〈萊特夜話〉，評論消費者的各種客訴。最近因爲WOLD台最受歡迎的主播哈維·派特森難得休假，晚間新聞時段空了出來，便由華勒士暫時代打。

此外華勒士有個祕密身分——他還主持WOLD台每週六的預錄卡通節目〈唐納狄歐小丑秀〉，只是他在節目中從來不出聲。這其實就是把紅遍全國的〈波佐小丑秀〉原封不動改成巴爾的摩的地方版。主角唐納狄歐沒有半句台詞，外加臉上的層層濃妝，應該沒人會想到本尊就是華勒士。但梅迪因為在賽斯小時候陪他一起看，早就識破了華勒士的偽裝。

賽斯現在都讀高二了，梅迪也很多年沒看〈唐納狄歐小丑秀〉，甚至連WOLD台都不看了。她比較喜歡排名第一的WBAL台。

「這個華勒士·萊特人還不錯啦。」米爾頓依然滔滔不絕：「一點架子都沒有。我跟妳提過嘛，我們這陣子都在『十字鑰』俱樂部新蓋的網球場一起打單打。」

有些人很愛炫耀自己和名人很熟，藉以自抬身價——米爾頓就有點這種傾向，才會傻到以為「和某個電視圈名人打網球」很了不起，即使這個「名人」因為獨特的低沉嗓音，有個綽號叫「午間霧」。唉，天眞的米爾頓，原來也是追星族啊。梅迪對丈夫這種崇拜英雄的傾向無話可說，畢竟她是因此受惠的人。他們結婚都十八年了，米爾頓依然會在某些時刻毫無偽裝地深情凝視她，彷彿在問自己何德何能，竟然幸運抱得美人歸。

她愛米爾頓，眞的，這些年來，只能用「琴瑟和鳴」形容他們的生活。儘管唯一的孩子再過兩年就要離家上大學，她對外不免長吁短嘆，但其實早就等不及了。她覺得自己始終住在用鞋盒做的小小水族箱裡——那是賽斯小學時做的美勞作業（好啦，其實是「她」做的），但如今鞋盒的蓋子垮了，四壁也搖搖欲墜。米爾頓這陣子卻講起要學開飛機，還問她：去佛羅里達州買間房子當度假別墅怎麼樣？想住靠近大西洋的東岸？還是緊鄰墨西哥灣的西岸？選東岸的波加雷頓好？還是西岸的那不勒斯？

就只有這些選項嗎？梅迪忍不住納悶。難道只有佛州這兩岸可選嗎？外面的世界那麼大啊。

但她當時只回說：她覺得自己應該會喜歡那不勒斯。

「那待會兒見嘍，達令。」她放下電話，然後才嘆出那口一直憋著的氣。十月已進尾聲，猶太人秋季最重要的兩個節日（猶太新年和贖罪日）終於都過完了。她實在厭倦了招待賓客，也受不了平日固定的生活步調因此而打亂。猶太新年和贖罪日理應是回顧與自省的時節，贖罪日還要禁食，只是梅迪根本記不得自己在禁食後的第一餐之前有沒有禱告。如今忙完過節，家裡終於可以回歸正常，米爾頓卻說要帶個客人回家，而且誰不好請，偏偏請了華利．懷斯。

不過，請鼎鼎大名的「華勒士．萊特」吃頓難忘的晚餐，可是眼前最重要的事。原本已經放在冷藏室解凍的雞胸肉，就再擺一天吧。她方才電話中提到要做家常肉卷，但就算再加上焗烤馬鈴薯片，感覺也不太符合她想呈現的品味。梅迪靈機一動，想到可以做她最受歡迎的燉牛肉，而且她有個事半功倍的小撇步——或許不到廚神茱莉亞．柴爾德的水準，但每次端出這道菜，大家總是一掃而空。沒人想得到，最主要的食材不過是兩罐金寶奶油蘑菇湯，再多加點葡萄酒而已。拉高晚餐等級的關鍵，是燉牛肉周圍的配菜足以令賓客感受到主人的格調與巧思——包括「哈茲勒」百貨公司麵包房的比司吉（她總會多準備一些放在冷凍庫，以便在這種時候派上用場）、不加起司的凱薩沙拉（米爾頓會等沙拉上桌再加沙拉醬，再比照老牌餐廳「馬康尼」的手法切碎菜葉）。飯後甜點則是派賽斯去專做猶太潔淨飲食的「哥德曼烘焙坊」買的蛋糕，順便利用這個機會讓他練習開車。梅迪會跟他說想吃什麼速食就自己買。賽斯肯定會去買不符合潔淨飲食規定的餐點，但米爾頓也只要求他們在家才遵守這種規定。

梅迪看了一下吧檯有什麼酒。他們家的酒始終種類齊全，不虞匱乏。晚餐前應該少不了來個兩輪雞尾酒——噢，她可以用堅果變點小花樣，也許還可以烤點吐司脆餅，塗上抹醬。用葡萄酒佐餐是一定的，飯後則換白蘭地和干邑白蘭地上場。梅迪對華利喝不喝酒沒什麼印象，不過話說回來，打從她十七歲那年夏天，就沒和華利聯絡了。當時她的交遊圈都不到喝酒的年齡，如今誰不喝酒啊。

華利應該會變了一個人吧，想當然耳。人都會變，但滿臉青春痘的少年，變化尤其明顯。大家都說這是男人的世界，不會有人說這是「男孩」的世界。梅迪自己家就有個實例——她在賽斯升高中那年才明白男孩的變化有多大。她以前總會對賽斯說別急別急，他總有一天會長得跟爸爸一樣高，也會有張又帥又光潔的臉。這些後來都一一應驗了。

她對華利就說不出這種話。可憐的小華利，當年眞是成天朝著梅迪流口水啊，梅迪也順勢利用這點，予取予求。不過話說回來，女生這麼做天經地義，這本來就是女生的特權。但華利騙得了誰呢？現在的他也許長高了，青春痘不見了，頭髮也聽話了，但整個巴爾的摩西北區【註】，誰不知道他是猶太人啊，還撇得那麼乾淨，連姓氏都改成「萊特」咧！

華利結婚了嗎？梅迪記得他有太太，八成離婚了吧。梅迪很肯定他太太不是猶太人。爲了平衡一下氣氛，她決定今晚也邀羅森葛倫夫婦一起來，因爲他們看到鼎鼎大名的新聞主播，一定會頓時睜大雙眼，又驚又喜，這種反應梅迪實在裝不出來。她永遠會從「華勒士」身上看到當年的那個華利，但她在華利眼中也是一樣嗎？他會在如今的梅迪．史瓦茲身上，看到裡面藏著從前的梅迪．摩根史登嗎？他會覺得這個新版的梅迪是過去的升級版嗎？梅迪一直都是美女，無庸置疑，但當年的她天眞到無可救藥。二十幾歲的那些年，她把全副心力都放在孩子身上，差點變成面目可憎的黃臉婆。

如今三十七歲的她，集舊版與新版梅迪的精華於一身。她在鏡中看到的自己姿色依舊，也依然散發青春氣息，卻已經要靠各種保養品來維持美貌，但是她買得起。之前她發現一小撮白髮，覺得非常礙眼，全拔掉了。

那晚她開門，看到華利對她毫不掩飾的欣賞，心中暗喜。

「小妹妹，妳媽媽在嗎？」

這句話可眞的把她惹火了。這很顯然是討她歡心，就像看到不知自己口紅塗太厚的老奶奶，非但不會說破，還會講這種話逗老人家開心。但華利是怎樣，難道覺得她需要用這種方式讚美？她一邊幫大家端來第一輪酒和下酒點心，一邊努力掩飾自己的冷淡。

艾蓮娜．羅森葛倫喝了一大口威士忌蘇打，率先發問：「欸，你們兩個眞的在公園中學的時候就認識啦？」羅森葛倫夫婦和米爾頓當年都是讀公立高中。

「算是吧。」梅迪笑了一聲回道，那個笑的意思是：八百年前的事就別提了吧，沒人想聽。

「我那時候還眞的愛上她了耶。」華利卻冒出這麼一句。

「你哪有。」梅迪大笑，但也感到一陣煩躁，而且和剛才一樣，她不覺得這是對她的讚美，反而有被嘲弄的感覺，彷彿華利在鋪陳一個笑話，她則是最後那個關鍵的笑點。

「當然有。妳不記得啦？是我帶妳去畢業舞會的耶，那個誰——不是放妳鴿子嗎？」

米爾頓投來好奇的一瞥。

「哎喲，不是放鴿子啦，華利。喔不好意思，是『華勒士』。我跟那個人在舞會前兩星期就分了，這跟『放鴿子』有差好嗎。」要不是她爲了舞會特地買了新禮服，去不去根本無所謂。那件禮服可是花了三十九塊九毛五，她向父親苦苦哀求半天才買到手的，要是沒派上用場，父親不知會有多火大。

華利方才想不起那個人的名字，但梅迪也沒講答案。他叫艾倫，小艾倫．得斯特。他們剛開始交往時，梅迪的母親不太贊成，但艾倫的姓氏似乎代表有猶太血統，母親就沒多說什麼。艾倫的父親則應該算是猶太裔吧。不過母親見過艾倫之後，心裡就有數了。「這不是可以認眞交往的對象。」母親這麼說，梅迪並沒回嘴，因爲那時她逐漸認眞的對象其實另有其人，而且是母親更難以接受的人。

譯註：巴爾的摩西北區是猶太人集中的區域。

「我們移到飯廳去好嗎？」梅迪提議，儘管大夥兒雞尾酒才喝到一半。

華利（如今是華勒士）是在座五人之中年紀最輕的，卻顯然已經很習慣大家碰到什麼都問他意見。羅森葛倫夫婦果然不負使命，在席間不斷丟問題給他：誰會出來競選州長？對郡長阿格紐【註一】最近的出包事件有什麼看法？巴爾的摩的犯罪率有多高？脫衣舞孃吉普西・蘿絲・李私底下是什麼樣的人？（她最近到巴爾的摩來宣傳自己的脫口秀。）

華勒士靠訪問別人維生，卻不太主動問問題。在座的另兩名男士對時事發表看法，他則以「我其實懂得比你們多」的姿態耐心聽完才加以反駁。梅迪一直想把話題轉到她看過的一本小說，叫《管家》【註二】，書中對美國南方的種族問題有些見解寫得相當精采。艾蓮娜說她起了頭卻沒法看完；三位男士則根本連書名都沒聽過。

然而這頓晚餐還是賓主盡歡（梅迪覺得應該是吧）。米爾頓很高興交了個名人朋友。羅森葛倫夫婦顯然對華勒士印象很好；華勒士似乎也真的對他們頗有好感。夜已深，昏暗的燈光下，大夥兒手中燃著的菸，恍如以慢動作在客廳中飛舞的點點螢火蟲。暢飲白蘭地的華勒士，忽然開口道：「妳自個兒混得也還不壞嘛，梅迪。」

還不壞？還，不，壞？

「妳想想。」他說：「要是妳當年跟那個傢伙在一起會怎樣。啊對了，就那個得斯特嘛，他現在在寫文案，當廣告人了。」

梅迪說她高中畢業後就沒見過艾倫・得斯特，這是實話。接著又說她從中學的校友刊物得知艾倫的工作，這就不是實話了。

「我還眞不知道妳高中有這麼一段轟轟烈烈的戀愛史。」米爾頓說。

「因爲根本就沒有啦。」梅迪回道，自己也沒想到語氣怎麼這麼衝。

十一點，兩人踉踉蹌蹌把送大夥兒出門，說一定要再約。米爾頓在酒精和興奮夾攻下直接倒床。梅迪通常會把比較費力的清潔工作留給週五來打掃的那個小姐，反正只要先把碗盤沖過一遍，放一個晚上不洗也不會怎樣。但梅迪的母親塔蒂對這點非常嚴格，即使只是支叉子，也絕對不會放到隔天才洗。

然而今晚梅迪決定熬夜，把東西全部整理好。

廚房是去年才整修的。完工時梅迪非常得意，很開心有了新廚具，只是這股熱勁很快就退燒了。如今回首，花這麼大工夫整修似乎只是白忙一場，甚至毫無用處。買了一堆最新款家電，外加整套流線型內嵌式廚具，意義到底在哪裡？老實說根本沒省到什麼時間，雖然重新設計的櫥櫃，確實比較方便收納兩套碗盤就是了。

譯註一：Spiro T. Agnew（1918-1996），巴爾的摩人。一九六二至一九六六年任巴爾的摩郡郡長，一九六七年任馬里蘭州州長。一九六九年出任美國副總統，時任總統爲尼克森。後因逃漏所得稅醜聞，於一九七三年辭職。

譯註二：*The Keepers of the House*，美國作家Shirley Ann Grau著，獲一九六五年普立茲文學獎。全書時代背景自一八〇〇年代初起，一路寫到黑人民權運動方興未艾的六〇年代初，以美國阿拉巴馬州白人望族Howland家族數個世代爲核心人物。女主角爲Howland家族後代，遭人揭露祖父曾與黑人管家祕密結婚生子，使得Howland家族對內對外都引發種族衝突的風暴。

晚餐吃沙拉的時候，華利得知米爾頓要求家人遵守猶太教潔淨飲食的規定，還滿驚訝的樣子。不過米爾頓這麼做算是傳承自己的家教，像是準備兩套碗盤、裝肉和裝乳製品的食器絕對不混在一起、不吃豬肉和甲殼類等等——要做到這些不算太難，又能順米爾頓的意，何樂而不為呢。她用洗碗精把水晶杯盤洗過再沖乾淨，洗好的高級瓷器則一一親手擦乾，一邊對自己說，她為這個家如此用心，米爾頓對她忠貞不二也是應該的。

梅迪收拾完，轉身走出廚房之際，手肘不小心碰到瀝水架上的葡萄酒杯。酒杯墜向地板，摔成粉碎。

我們本來應該要打碎玻璃【註】的。

你是指什麼？

算了。我老是忘了，妳根本不信教。

玻璃打碎了，代表要出動掃帚和畚箕，仔細找出每片碎片，待在廚房清理的時間又多了五分鐘。等梅迪全部收拾完，已經快半夜兩點，但她還是沒有半點睡意，腦袋裡不斷轉著一長串沒能做到的事、被她忽略的事，沒有一件需要當下解決。她沒能做到的事遠在二十年前，那年她頭一次遇見華利——和她的初戀，那個她母親始終不曾懷疑的男人。當時她怎麼對自己發誓的？她發誓要有自己獨到的見解、原創的觀點，完全不在乎大眾的看法。她（也就是他們倆）以後會住在紐約的格林威治村，這是那個男人保證過的。他還答應要帶她離開死氣沉沉的巴爾的摩，兩人要一起投入藝術，盡情冒險，過著多采多姿的生活。

這麼多年來，梅迪一直不去想他。如今他回來了，一如《舊約聖經》中的先知以利亞現身，來喝逾越節的酒。

梅迪翻動腦中的行事曆，盤算著脫離這段婚姻的最佳時機，不知不覺間睡著了。下個月就是她生日。那選十二月？不好，不要趁過節的時候，雖然猶太人的光明節不怎麼重要。二月似乎太晚，一月又像在惡搞新年新希望，太沒創意了。那就十一月三十吧，她拿定了主意。她會在十一月三十日離開，三十七歲生日後的二十天。

我們本來應該要打碎玻璃的。

你是指什麼？

算了。

譯註：猶太人的傳統婚禮結束前，會由新郎踩破用布包住的玻璃杯或盤子。此舉的象徵意義有幾種說法，一說是爲了紀念於西元七〇年遭羅馬人燒燬的耶路撒冷聖殿；另一說是象徵生命的脆弱與珍貴；還有一說是象徵新人就此揮別過去，邁入新生活。

同學

我緊握方向盤，開著我那輛全新的凱迪拉克，在回家的路上不斷自言自語。從梅迪家到我家這段路並不遠，沿著綠泉路開，轉個大彎，經過公園私立中小學（也就是我們的母校，雖然校區搬過家，當年不在這裡），到瀑布路右轉，最後爬個坡，就到華盛頓山這一區了。我擺出教練的姿態對自己喊話，但我根本沒參加過什麼運動相關的團隊，連幫他們搬茶水都不夠格。專心開車啊，華利，專心。

我腦袋裡清楚自己始終是「華利」。但大家（包括我自己）敬重的是「華勒士・萊特」。我可不敢用對華利的語氣跟華勒士講話。

我好怕會越線開到對向車道，撞上別人的車，甚至闖出更大的禍。新聞標題八成會是：WOLD台主播華勒士・萊特於巴爾的摩西北區自宅附近，因駕車肇事致死被捕。

「幹新聞這行的，可不能把自己搞成頭條新聞啊，華利。」我對自己說：「專心開車吧。」

要是碰上警察攔停，也不是什麼好事。標題大概會變成：WOLD台主播酒駕被捕。這種事會上新聞，也只是因爲肇事的是新聞人。哪個人不會偶爾在微醺的狀態下開車呢？不過話說回來，警察也很有可能揮揮手放我一馬，搞不好還會跟我要簽名哩。

梅迪喝酒喝成這樣，到底是從哪兒學來的？我猜答案大概就像那個關於卡內基音樂廳的老笑話——「練習，練習，再練習」【註二】。我始終沒有機會養成喝調酒的習慣，因爲我很少在晚上八點前回家，隔天早上不到九點就要進公司，中午前還得進棚。這種作息不適合喝酒，也不適合婚姻。

華盛頓山這區到了半夜眞是黑得要命，而且鴉雀無聲。我以前怎麼從來沒注意？周遭只有我的車輪嗤嗤輾過落葉的聲音。等我終於緩緩開到南路，想想還是小心點好，就把車停在自家路邊吧，不開上車道，也不用停進車庫了。

我幹嘛在別人家待到那麼晚？當然不是因爲大夥兒聊得痛快，而是：你平常有什麼機會向自己的初戀證明，她沒有選擇你是大錯特錯？

假如你今天早上問我（大家好像不管什麼事都會來問我，我都覺得自己像先知了），我會老老實實跟你說，梅迪．摩根史登從來不曾浮現在我腦海中。

然而在她家門口看到她的那一刻，我才明白她始終與我同在，她是我的一人觀眾——週一到週五，中午十二點到十二點半的午間新聞，我面對鏡頭時；每週三晚間，我主持〈萊特夜話〉時；我運氣特別好，可以幫哈維．派特森代班時（總有一天我會坐上他的位子）。這些時候，梅迪不知怎的總有辦法同時身兼十七歲少女和郊區貴婦，忙完早晨家務後小坐片刻，邊喝咖啡邊看第六台邊想：假如我當年把握機會、用對方法，搞不好就是華勒士夫人了。

就連我化了一臉小丑妝，扮演唐納狄歐的時候，她也在那裡。多虧這個哭哭臉、永遠沒台詞的小丑，我才僥倖進了WOLD電視台。

我原本一直在做廣播，大家都誇我有副好嗓子，但不覺得我上相。後來有了扮小丑的差事，我每週可以多賺二十五元，唯一的條件就是對小丑的眞實身分守口如瓶，我也爽快答應了。

有個週六，我正在卸妝，新聞部的警用無線電突然傳來警察遇害的消息，而我是當時台裡唯一可出勤的記者。說也奇怪，扮小丑的這十四個月來，我長高了，頭髮變順了，膚質也莫名其妙變好了。也許是我因爲要化小丑妝，更懂得清潔臉部吧。總之我的面貌和身體終於和低沉的嗓音相得益彰。我趕去現場，蒐集事件經過，新聞界的閃耀巨星就此誕生。不是梅迪，不是她高中時交往的那個混帳，也不是她一百分的律師老公，而是我，華利．懷斯。我才是那顆巨星。

我們認識的地方是不可能之中的不可能，那就是學校的無線電社團。我和她很快就發現兩人的共通點——我們同樣迷愛德華．R．墨若【註二】，同樣欣賞他在二戰期間的倫敦系列報導。我這輩子從沒遇過想聊墨若和新聞業的女生，更何況還是個美女。那就像第一次讓你看得呆若木雞的藝術品；讀後令你永生難忘的那本小說（無論之後看過多少更傑出的作品）。我當下唯一的反應

譯註一：該笑話眞正出處已不可考，大意爲：某人在紐約趕赴音樂會卻迷路，看到有個帶著琴盒的音樂家，就問他怎麼去卡內基廳（"How do you get to Carnegie Hall?" 也可解釋爲「要怎樣才能進卡內基廳演奏？」）。音樂家答道：「練習，練習，再練習。」

譯註二：Edward R. Murrow (1908-1965)，美國廣電新聞界重要人物，於一九三七年任哥倫比亞廣播電台駐歐特派員，於二戰期間報導歐洲重要戰事，並以在倫敦的戰地現場直播聲名大噪。返美後因電視崛起，成爲知名電視評論節目主持人。後於甘迺迪總統執政時出任美國新聞總署署長。最膾炙人口的名句是他駐倫敦時的廣播開場白「This is London（這裡是倫敦）」，及結尾的「Goodnight and good luck（晚安，祝你好運）」。

是努力克制自己，免得露出嘴巴開開、痴望著她的蠢相。

但梅迪在無線電社（ham radio club）就只出現過那麼一次。她原本以爲那是聚集寫作與表演同好的「廣播社」（radio club），沒想到看見一屋子超宅火腿族。她後來進了學生報社，不久便寫起專欄，身邊也多了一群死忠粉絲，而且都不是猶太裔，那個艾倫．得斯特就是其中一員。梅迪．摩根史登這樣的猶太女子，絕對不會跟艾倫這種人認眞，不過梅迪的爸媽很明理，高中生戀情嘛，沒有硬要反對的道理。我聽說他們甚至請艾倫的父母到家裡一起過安息日。艾倫的母親是知名藝術家，擅長巨幅抽象畫，是美術館會收藏的那種。父親則是傑出的肖像畫畫家，專門爲巴爾的摩的老貴婦作畫。

艾倫在畢業舞會前夕甩了梅迪。我發現梅迪一人在空蕩蕩的教室裡哭。能讓她對我傾訴心事，眞是榮幸。我提議她帶我去舞會，當她的男伴。

「要給他難堪，還有更好的方法嗎？」我說著，上下來回輕撫她的背，簡直像是幫小孩打嗝的動作。我的手拂過一處凸起，感覺是她胸罩的釦環，這應該算是我至今最香艷刺激的體驗吧。

她說好，回答得那麼乾脆，反而令人難受。

我爲她買了繫在手腕上的花，那可是全巴爾的摩最貴的蘭花了。她也善盡本分，看到艾倫一人來舞會，她理都不理，對我的笑話也很捧場地哈哈大笑，彷彿我是諧星傑克．班尼。中途艾倫曾來找她，問可否「看在過去的情分上」一起跳支舞。梅迪頭一歪，好似努力回想他們兩人有何「過去」可言，才開口：「不用，不用了。今晚我只想和我的『男伴』在一起。」

我帶著她轉圈再轉圈，覺得自己徹頭徹尾成了少年版的舞王佛雷．亞斯坦。而且應該很多人沒注意到，亞斯坦其實並不是一般人所謂的帥哥。他不算特別高，身手也沒多矯健，但舞王終究是舞王。

舞會結束，我開我爸的別克送她回家。她從副駕座挪過身來，把頭倚在我肩上，對我傾吐了很多心事。她說很想寫作，認眞的寫，寫詩、寫小說。我送她到家門口，她給我結結實實的一吻。我一時分不清讓我樂昏頭的，是她把心事告訴我，還是那個吻。回到車上，我發現她繫在腕上的花掉了下來。那香味或許就是一般的蘭花香，對我而言卻帶著梅迪身上特有的香氣，一如她與眾不同的嗓音，有少女罕見的輕柔與沙啞。梅迪從不會發出一般女生那種細細的尖叫聲，也不愛追逐年輕人的流行。她有那種雍容華貴的氣質，要是去演和普珥節典故有關的舞台劇，一定是演王后以斯帖。

舞會之後過了三天，我打電話邀她出去看電影，當作正式的約會。我盤算三天應該是最適當的時機，不會顯得太飢渴，也不至於太冷淡，完全是舞王的作風。

聽得出她一頭霧水，但還是很客氣。「你人眞好，華利，還這麼擔心我。」她說：「不過我沒事。」

不到一年，她就和米爾頓．史瓦茲訂婚了——大塊頭、毛又多、比我們都大幾歲的米爾頓。那年他二十二，法學院生涯進入第二年，而她十八歲。我出席了他們的婚禮。那感覺就像看著演《金剛》電影的女主角，最後居然和金剛私奔。

之後大概有二十年吧，我再也沒想起米爾頓．史瓦茲，但那天我居然和他在那座新網球場的更衣室巧遇。那邊因爲離電視丘很近，是我進辦公室前做點運動的唯一去處。我們成了單打的好搭檔，米爾頓顯然也很高興交了個名人朋友，主動邀我去他家吃晚飯只是遲早的事。「沒什麼啦。」他說：「就只有我太太，也許再加上我鄰居。你想帶誰來都可以。」

那時貝蒂娜和我已經分開快兩年，我也有些約會的對象，但沒一個認眞的。最後我決定單槍匹馬赴約，就像高中畢業舞會那天的艾倫。米爾頓早就知道我和他太太讀同一所高中，但說他太太從沒提過我。原來梅迪沒跟他吹噓一番說我們認識啊。我非但不覺得受打擊，反倒認爲這是對我的肯定。她認識的可是巴爾的摩鼎鼎大名的「午間霧」耶，居然對丈夫半個字都沒提，那想必是因爲她偶爾會幻想「當年會不會有可能怎樣怎樣」。就在她廚房桌前，一杯咖啡在手，點燃的菸夾在指間，幻想著，重溫著畢業舞會那晚，還有我三天後的那通電話，氣自己爲何不答應我的邀約。當年那一頭黑髮應該已經白了不少，凹凸有致的身材轉爲矮胖。結果那日一見，我說的這些都沒成眞，但我想像中的她就是這樣。

我還滿意外他們家遵守猶太教潔淨飲食的規定。我從沒打算背棄猶太教，但像我這種電視界名人，一定要和觀眾打好關係，而我的觀眾大多是基督徒。這就是成爲先知的代價。不過話又說回來，信徒有正統派的，也有「裝正統」的。以我的觀察，史瓦茲家信奉猶太教的唯一證據，大概只有他們堅持肉類和乳製品不能混在一起而已。聽他們談到南邊某些社區的變化，和公園高地大道一帶更虔誠的猶太教徒（他們顯然覺得自己比那些人高一等），我其實有點嚇到。眞要問我的話，我覺得最反猶太的就是中產階級的猶太人。

不過那天晚上我們沒怎麼談到猶太教，主要都是在聊政治。史瓦茲夫婦和那兩個鄰居對我的看法照單全收，我碰到的人大多都是這樣。我們還把阿格紐最近的出包事件（他在蓋茲堡發表演說，卻顯然沒搞清楚哪一陣營在蓋茲堡之役占上風）嘲笑了一番。到了餐後酒時段，大夥兒已經打成一片，所以我覺得講講高中畢業舞會的事應該沒關係——也提到後來約梅迪出去，她沒答應。

她居然矢口否認，堅稱我根本沒打過電話給她。

她說我們是一起去了舞會沒錯，但振振有詞說我從來沒打給她，而我很清楚我有。

「因爲要是你眞打了，我肯定會跟你出去啊！」她說，彷彿硬要和我爭個高下，證明她的記性比我好，但隨卽又忍不住收斂了點：「只是出於禮貌啦。」

儘管如此，她對這個話題的反應之激烈，還是頗不尋常。根本沒理由發這麼大的脾氣吧。

我終於平安無事回到家門口，卻把鑰匙掉在地上，俯身去撿，撿了又掉，如此重複了兩、三次，才跌跌撞撞進了門。但我還是搞不懂梅迪幹嘛擺出針鋒相對的態度，難道是因爲她明白我看穿了她？我換成非猶太裔的姓氏沒錯，但骨子裡還是個猶太男孩呀。反倒是史瓦茲那一家，儘管有兩套分開使用的碗盤，也不過是裝腔作勢的猶太人。他們家的一切都只是裝裝樣子罷了。

打從貝蒂娜搬出去，我的家就變得好安靜——也好髒。我原本以爲她會爲了保住房子跟我周旋到底，畢竟在我們共度的六年中，她全副心力都投注在這棟房子上。然而六年走到盡頭，無論是房子還是我，她一丁點都不想要。我們也沒小孩。到今天我還是不曉得自己對沒小孩有什麼感覺。想想，假如爸爸就是小丑唐納狄歐，那孩子該有多開心啊。

我已經很累了，又醉得搖搖晃晃，但還是走進「書房」——這是在我們新婚頭一年，對未來充滿希望的時候，貝蒂娜爲我精心布置的。裡面的陳設全是皮革和桃花心木，還有好幾幅英國賽馬場景的複製畫，害我覺得很彆扭。不過我們家就在皮姆利柯賽馬場附近，所以布置成這種貴族風，應該也說得過去吧。至於書櫃裡的書，貝蒂娜只管擺起來漂亮，不管邏輯，這點讓我很抓狂，不過我終究還是找到我要的那本——雷馬克寫的《凱旋門》，早已翻得破破爛爛，淪落到和一堆平裝本放在書櫃上層。我當年頭一次讀這本小說，就不禁生出投身寫作的雄心壯志——小說如何感動我，我就要如何感動世人。結果呢，我帶給世人的是重點新聞和氣象預報，偶爾批評一下哪個名人，就這樣。

找到了。第二四二和二四三頁之間，是梅迪那朵掉落的蘭花，已經轉爲褐色，彷彿一碰就碎。

當然，這朵花的存在，也不能證明什麼。我們說好一起去舞會的。然而對我而言，這朵花是如山的鐵證——但，是什麼的鐵證？事情的經過完全就是我說的那樣。她幹嘛矢口否認？我的遭遇正足以說明她當年何等風光，她年少時代是如何耀眼。

算了，我和她最後沒結果也好。我現在三十五，還算年輕，人生仍然有無限可能。也許我目前只能採訪二線人物，但總有一天我專訪的會是各國元首、國王皇室，說不定還會加入哪個全國性電視網。反觀坐三望四的梅迪．史瓦茲，這輩子已經沒什麼好指望了。

梅迪

一九六六年一月

珠寶店老闆戴上單眼放大鏡的那一刻，梅迪才明白，雖然還不知這只訂婚戒指能賣多少錢，她卻早已想像過自己花掉這筆錢的畫面。老闆會出多少價呢？一千元？甚至兩千也說不定？

她現在眞的很需要錢。新找的住處是兩房公寓，沒什麼家具。她原本以爲賽斯會來跟她住，但賽斯說不要，寧願和爸爸一起留在派克斯維爾的家，這樣離朋友和學校都近。梅迪甚至主動提議開車送賽斯上學，但他還是不願意。梅迪想應該是米爾頓從中作梗的緣故。不過她又轉念安慰自己，賽斯反正再過兩年就要離家上大學了。

然而，要是早知道賽斯不願意跟她住，她就會選個好一點的區，租一房公寓就夠了。那她或許就可以裝支電話，雖然沒電話也不算是壞事。這樣她母親就不會天天打電話來，和她討論往後的日子該怎麼辦，還有母親老是掛在嘴上的「妳現在手頭比以前緊」的問題。

妳現在手頭比以前緊了，梅德琳，可以開始剪剪折價券。我看「霍修．孔」百貨現在的特價活動還不錯耶——妳得養成習慣，趁大減價的時候再採購，還要記得剪折價券，梅德琳，因爲妳現在手頭比較緊。妳現在手頭比以前緊了，還是別買車的好。

令人火大的就是，她母親說得一點沒錯。與米爾頓分開之後，梅迪過得更卑微、更邋遢。她租的公寓乍看之下算是不壞，但公寓所在的吉司特街，儘管是北園道以北比較好的那一段，卻一點都不好。房東編出一套說詞，刻意把看房的時間約在下午，也就是那一帶人最少、最安靜的時段。也正因爲在這個時段，梅迪一踏進這間公寓，便想到抽象派畫家保羅．克利的畫，只是變成了立體版。和煦的冬陽在空蕩蕩的木質地板上映出片片金色方塊，浴缸的粉紅粉藍小磁磚也閃爍著點點晶光。她只看到各式各樣的形狀與光，空間與可能。

一直到她開始把自己的東西搬過去，逐漸安頓下來，才明白這公寓固然不壞，但這裡顯然是種族混雜的社區，只是種族有漸漸單一化的趨勢。梅迪對這點當然不會有偏見，倘若她再年輕點又沒小孩，搞不好還會往南方跑，加入幾年前爲了讓黑人有投票權而發起的「選民登記計畫」。她覺得自己應該會是這種人，卻不喜歡自己在新家的社區裡這麼顯眼——白人女性、沒有伴，但有件毛皮大衣。雖然只是河狸毛皮，但畢竟還是毛皮，而且她還穿在身上。要不是她一副亟需用錢的窮酸相，那珠寶店也許會用高一點的價碼收購她的戒指。

米爾頓得知她新家在哪兒後，不准賽斯去看她，過夜更不用想。但如果梅迪願意，可以到舊家和賽斯一起度週末。米爾頓屆時會出門，讓母子二人好好相處。他這麼做確實很貼心，梅迪也感謝他釋出的善意，但還是忍不住會想，難道米爾頓已經有交往的對象了？一想到這個就有點惱，不過她還是安慰自己，要讓米爾頓不吵不鬧同意離婚，交個新女友大概是唯一的誘因了。

梅迪渾然不覺自己俯身朝櫃檯愈貼愈近，呼出的氣息化爲玻璃檯面上一朵朵小小的雲霧。

「妳這戒指不是在這兒買的？」老闆的語氣帶了個問號，但梅迪早就講過答案了。

「不是，是在市中心買的。我想那間店應該已經不在了——叫『史坦納』。」

「噢，對，我記得，很豪華的一間店，當年可是花了大錢裝潢啊。我們這兒就不講究啦，什麼都簡簡單單的就好。我常跟我那些員工說，在珠寶店閃閃發亮的應該是珠寶。品質真正好的珠寶，用不著特地放在絲絨墊子上排什麼花樣。店也不必開在市中心，房租那麼貴，又不好停車。我們『萬斯坦』也許稱不上時髦，但這麼多年還是能照樣開門做生意，我已經很感恩啦。」

「那你看我這戒指……」

老闆露出感傷的神情，卻只是禮貌上裝個樣子，彷彿某個不怎麼順眼的點頭之交死了，他只是裝得非常關心，其實不到那個程度。

「最多就五百塊，沒辦法再高了。」

這句話宛如一拳打在肚子上，儘管梅迪從未嘗過挨揍的滋味。

「我先生當時可是花了一千塊買的，現在算算也快二十年了。」她今年才三十七，十九歲結婚，這樣等於幫自己加了點歲數。不過講二十年，感覺比十八年有分量。

「啊，四〇年代的人過得還眞逍遙呀，對吧？」

是嗎？四〇年代正值她少女時期。她那麼漂亮，過得逍遙是天經地義。但米爾頓是務實的年輕人，對債務十分謹愼，投資也極爲精明。他不會選一只沒有轉售價值的戒指。

只是——米爾頓從沒想過這戒指有轉售的可能。全世界最憤世嫉俗的男人，也料不到自己精心挑選的訂婚戒，竟有賣回市場的一天。拜倒巨星伊莉莎白・泰勒裙下的衆男子，也都以爲自己會與她廝守到老。

「我不懂，一九四六年要價一千塊錢的戒指，怎麼現在價值就折半了？」她邊說邊發現，自己原先只是誇大，居然馬上就講得眞有其事。她剛剛說的是「快二十年」，其實並沒錯，但這會兒理直氣壯講成了二十年。

「要是妳眞的想知道這是怎麼回事，只要妳不嫌我囉唆，我可以跟妳說明二手鑽石市場和它的獲利率，也可以解釋鑽石的淨度和車工，還有流行的趨勢怎麼變化。要聊這些我是很樂意啦，但重點是，我沒辦法出超過五百塊的價。」

「我們幫這戒指保了兩千塊的險。」梅迪回道。他們眞的有保險嗎？但這句話講得順理成章，也或許是因爲她原本希望賣到兩千元。

她離家後，米爾頓一直有給她零用金，只是不太夠用，而且給得斷斷續續，既沒有固定哪天給，也沒有固定金額。梅迪原本以爲賽斯會跟她，想說這零用金的數字應該會大方一點，畢竟米爾頓絕不會虧待自己的親骨肉。但如今賽斯仍住在派克斯維爾的家，梅迪唯一的籌碼就沒了。她需要錢，米爾頓偏不給，想說讓她走投無路，就能逼得她回心轉意。

「他說『囉唆』，是說眞的喔。」有個紅髮女子邊擦展示櫃邊說。員工對老闆講話居然敢這麼放肆？梅迪微微一驚，但傑克・萬斯坦只是呵呵笑。

「好了別說啦，茱蒂絲。這樣吧，史瓦茲太太——妳留個電話號碼，要是有客人進來找這樣的戒指，我們也許可以想個辦法。只是，這款式不太……」

「這是經典款的單鑽戒指耶。」

「沒錯，就是因爲這點。這年頭要結婚的小女生啊，鬼點子可多了。有些人甚至連鑽石都不要呢。」這會兒他的表情倒像是眞的傷心了。

「我還沒有電話，正在等人來裝。電話公司說他們有好多案子在排隊。還不知要等到什麼時候。」

老闆摘下單眼放大鏡，把戒指還給梅迪，但她實在很不想戴。戴上那戒指，感覺就像搬回派克斯維爾的家一樣窩囊。那個叫茱蒂絲的女孩立刻看穿梅迪的心思，拿出一個信封說道：「來，用這個裝吧。我是可以給妳小盒子啦，只是我哥一定會念我，講一大堆什麼物料成本之類的，我受不了。」

「原來他是妳哥啊？難怪。」

「唉，妳有所不知啊。」

與其形容這女孩漂亮，不如說她俊美還比較貼切。但她有種古靈精怪的神情。至於她的穿著，應該可說：只有在房間裡花上幾小時試了又試，實驗各種組合，不厭其煩熨平、修補、擦亮、刷淨，才會有如此的成果。梅迪很清楚，因爲她自己向來是這種女人。而眼前這女孩的穿搭幾乎完美到過了頭，反而顯得有點超齡。但她的善良體貼將梅迪整個淹沒（有時一點點善意就能有這樣的力量）。梅迪費了好大的勁，才忍住猛地奪眶而出的淚。

她走回自己的車，一路上那眼淚幾乎就要失守。直到坐進駕駛座，她才放聲大哭。

她以爲能順利賣掉戒指換錢。她原本幻想可以買張新床，而且是線條優雅的現代款式；廚房牆上能有支電話，臥室裡也許再裝個分機。沒有電話的生活實在太不方便了。

然而，她不是因爲得不到想要的東西而哭，而是因爲有人發現了、識破了她的渴望，這令她無地自容。這麼多年來，梅迪始終不讓人看出自己想要什麼就大膽去要的那一面。她太淸楚讓人看穿自己的欲望有多危險，哪怕他人只是在一瞬間心領神會。

有人輕敲車窗。那張古靈精怪的臉塞滿了窗框——茱蒂絲，她哥是這樣叫她的吧？梅迪連忙翻找出墨鏡戴上，搖下車窗。

「今天太陽好大喔。」茱蒂絲說，貼心地幫梅迪找藉口。

「就是嘛。還說什麼快週末的時候會下雪，我是不信啦。氣象預報員的話能信嗎？」

「我也覺得靠不住。嗯，是這樣啦，我知道我們不熟，不過我認識妳，這是當然的。」

「這是當然的」？爲什麼說「這是當然的」？梅迪一頭霧水，有那麼一瞬間，還以爲自己當年逃過的劫數還是躲不過——她差一點就淪落成醜聞纏身的十七歲少女。可是，不對，她確實躲過了那次厄運。問題是她也與命運中其他的可能錯身而過，她對自己說過的種種謊言，自己也相信是眞話了。茱蒂絲說早就知道她是誰，大概是因爲鄉村俱樂部流傳的八卦。那邊有個以布魯爾太太爲首的小圈圈，一群趾高氣昂的暴發戶貴婦成天抽涼菸、嚼舌根。與她們相比，摩根史登家只是吃祖產的人。

「找我有什麼事嗎？」梅迪問。

她可是想賣掉訂婚戒指的中年婦女，能給這女生什麼建議嗎？這世界已經變了。在梅迪車旁彎身講話的這女孩，不可能有二十年前梅迪熟知的那些問題。如今年輕女性只需每天吃某種藥，就可盡情享受性愛。當然，女人一旦找到想嫁的男人，大多還是會假裝自己是處女之身，不過也只是裝給自己母親和丈夫看而已。

「我在想妳會不會有興趣來參加『石牆民主黨俱樂部』的聚會。今年有州長選舉，是認識人的好機會。我哥——我說的不是傑克喔，是唐納。傑克有點討人厭，不過唐納人眞的很好，而且在政治圈滿活躍的。」

「妳要幫我介紹對象？」

這一問似乎把茱蒂絲逗樂了。「不是不是，唐納沒……就我所知，他沒在找對象啦，他還滿喜歡單身生活的。我剛剛說『認識人』，指的眞的就是認識『人』。這裡面有些是男的沒錯，也有些是單身。我只是不想跟爸媽一起待在家，得找個正當理由出門，免得他們對我問東問西。假如我說我是去參加活動，而且是和一個住在猶太區的好心媽媽一起去，我爸媽應該就不會擔心我哪時候回家了。」

梅迪勉強擠出一絲飄忽的笑意。善意有時可能比冷血還傷人。她在包包裡翻了一會兒才找出一張紙，是藥妝店的消費明細。她先看了看上面有沒有令人臉紅的東西（好比生理用品），才在背面寫下母親家的電話號碼。

她開車回家，儘管要把吉司特街的公寓想成「家」並不容易。這裡沒有賽斯，沒有家具，鄰居又把她當空氣，彷彿在這個住滿女傭、洗衣婦、牛奶外送員、電車車掌的社區，「她」才是那個不受歡迎的人。不過一進到屋內，她便感到一陣奇妙的暖意。平日對暖氣十分吝嗇的房東，居然把暖氣溫度調得超高。她拉開臥室通往小陽台的拉門，就在那一刻，一陣情緒忽地湧上，她毋寧相信這全是衝動使然——她望向門邊搖搖欲墜的小桌，桌上有盆非洲菫。她使勁把訂婚戒指塞進盆土，推到深處，然後拉上拉門，只容一縷寒冷的空氣穿門而入。接著有條不紊，逐一打開廚房和臥室的抽屜，抓了些衣物扔到地上，刻意把整間屋子弄得亂七八糟。

她深吸一口氣，衝到街上，高聲呼救。不到一條街的距離外，有個黑人巡警馬上朝她跑過來。

「我被搶了。」她說，由於上氣不接下氣，裝出驚恐的語氣並不難。

「在這條街上被搶的？」警員一邊問，一邊看著她手中的錢包。

「是我家。」她答道：「珠寶首飾那些——大部分都不值錢啦，但我有只鑽戒不見了。」

警員名叫佛狄．普拉特。「佛狄，是佛狄南的簡稱？那本童書裡的小公牛？」梅迪問，但他沒回答。他陪梅迪走回家，仔細觀察那沒關緊的陽台門和亂成一團的公寓。那敏銳的褐色雙眼，是否也掃過那盆非洲菫，評估那花盆的狀況？梅迪忽然想到那盆土表面似乎有自己指尖的壓痕，連忙暗暗檢查自己的指甲是否留著盆土的痕跡。眼前這巡警像是那種特別講究整潔清爽、身上總有香皂味的男人。不是鬍後水，不是古龍水，只有香皂味。他個子不算特別高，但肩很寬，身手也很矯健。他太年輕，運動量只怕多不怕少的年紀，比梅迪年輕個十歲都有可能。

「我們打電話叫處理闖空門的警探來。」他說。

「我家沒電話。我多少是因爲這樣才跑到街上找人幫忙，不過也是因爲——我怕那個小偷可能還在家裡。」

她的恐懼幾可亂眞。她漸漸相信家裡眞的被闖了空門，有個陌生人進來翻箱倒櫃。倘若她有心朝演藝圈發展，應該會是演技一流的女演員。

這個姓普拉特的巡警回道：「我沒有無線電，因爲……嗯，我沒有配無線電。不過我有緊急通報電話箱的鑰匙，電話箱在一間藥妝店附近。我去打電話通報，然後我們就在那邊等，免得動到這裡的東西。」

他通報完，在藥妝店買了汽水給梅迪。梅迪坐在櫃檯前一邊喝，一邊暗暗希望自己喝的是雞尾酒，也希望這男人能坐下來，不要站在她面前抱著胸，用站哨的眼光打量她。

「妳不像這一區的人。」他說。

「我搬來才幾個禮拜而已。」

「我不是這個意思。我是指——這一區不適合妳。我覺得妳不應該住在這裡。」

「因爲我是白人？」她無所顧忌，語氣帶了挑逗的意味，心頭湧上多年未曾浮現的感受，也或許是這輩子從未有過的感受。

「也不盡然。妳應該去不會讓自己那麼顯眼的地方，可以讓妳保有隱私的地方。也許比較靠近市中心，妳懂吧？」

「我租約都簽了，押金也付了。」

「租約可以解約呀，有正當的理由就好。」

兩週後，佛狄．普拉特眞的把這句話付諸行動，他不但說服房東讓梅迪解約又免付違約金，甚至還拿回了押金。至於他怎麼辦到的，梅迪覺得還是別問比較好。之後她找到的新家，佛狄也去仔細檢查過，就在市中心的圖書館附近，是佛狄認爲既安全又幽靜的地點。「妳在這裡進進出出，不會引人注目。」

那之後又過了一週，他幫梅迪磨合新床——那是她用部分保險理賠金買的。加上賣了車，她終於有錢了。在有其他東西可賣的情況下，她偏偏賣了車，儘管這需要米爾頓同意，自然也惹來一肚子氣。但她的床頭櫃有了新電話，而且是賞心悅目的大紅色。在電話旁擔任守衛的是那盆非洲菫，平靜而沉默。

店員

我的耐心一直非比尋常的好，大家都這麼說。嗯——大家說的是我「很有耐心」；只有唐納（幾個哥哥之中我最喜歡他）會用「非比尋常」這種詞來形容。對於想達成的目標，我會花好幾個月暗中布局、籌劃，讓事情朝我想要的方向走。必要的話，這整個流程也有可能花上好幾年。那天梅德琳・摩根史登・史瓦茲上門來，一副不管換到多少錢都要賣掉訂婚戒指的姿態，我就趁這機會把她好好打量了一番。那一刻，我知道自己找到了通往目標的墊腳石。梅迪・史瓦茲，這個女人是我用不著結婚就能離家的大好機會。

我在全家五個孩子之中排行老么，也是唯一的女生。爸媽並沒有強迫幾個哥哥婚前都要住在家裡，但他們畢竟是男性，有先天的優勢。我媽是真正的一家之主，她規定我除非結婚，否則一定得住在家裡，但我對結婚沒什麼興趣。我並不是叛逆的孩子（其實恰恰相反），也不是玩得很瘋的女生，但我愈來愈清楚自己「不想要」什麼。我不想教書、不想當護士，儘管這些鐵飯碗可以讓我脫離爸媽家的束縛。我不想和我哥或我爸那種類型的男人約會。我也真的不想結婚，還不想。

但正因爲我是很乖的猶太女生，要等結婚才能離家。我爸媽在這方面很老派。「如果妳的室友是女生，我們也覺得她人還不錯的話，才會放心妳到外面和別人一起住。但妳那些朋友沒一個可靠的。」我媽說。我的朋友真的那麼糟嗎？無所謂，反正我媽都這麼說了。眼前唯一可行之計，就是慢慢理出頭緒，看得採取什麼具體行動，才能讓我媽破天荒同意我搬出去。

我就這樣克服重重關卡，終於進了大學，但即使我拿到足以支付所有費用的獎學金，爸媽還是不放我走，他們就是不相信我出了家門也能過得好。加上我爸破產後，家裡過得很拮据，無論幾個哥哥拿多少錢回來，都塡不了那個大洞。馬里蘭州立大學的學院園區分校離家太遠，沒有車無法通學。

於是我拿了巴爾的摩大學的獎學金，打了整個夏天的工，好支付上學所需的其他費用，包括買書、公車票、衣物等等。我爸媽對此無話可說。就這樣，我去年畢業，拿到政治系的學士學位。現在我的目標是搬出去，我得用同樣的思維來考量這個問題。爸媽會用什麼理由反對這件事？第一，錢。（正因如此，我哥傑克的珠寶店需要幫手，我就去上工了，儘管我實在不是做零售業的料——這一行不就是把話說得天花亂墜，騙人掏腰包嗎。）第二，安全。沒問題，那我就找個室友。第三，外面誘惑多。那就不能隨便找個人當室友，得找個可靠、實在又明理的人。不用說，一定得是猶太人。

梅迪·史瓦茲也許正是我在找的那個人。她都要賣戒指了，應該不會反對有個室友一起分攤生活費。是啦，大家都說她離開米爾頓，竟然沒帶兒子一起走，實在太說不過去，但問題肯定在米爾頓身上。整個巴爾的摩西北區都等著看，看哪天米爾頓會挽著個祕書或護士之類的人出現。反正不管他身邊是誰，肯定是樣樣比不上梅迪的女人。

我家還去得起鄉村俱樂部，已經是古早以前的事了，但我記得還是梅迪．摩根史登的那個梅迪。印象中我哥奈森超迷她，會跟我轉述她如何如何，好比有天她穿了淡粉紅色的套裝去俱樂部，引發一陣騷動；還有她很聰明——十七歲高中畢業，讀了兩年大學就結婚。當然啦，現在的梅迪都可以當我媽了，不過幹嘛要強調這個？真要說的話，我大哥都可以當我爸了。我是指歲數啦。

再說，梅迪可沒半點像我媽。我媽是天生的老氣。我們家有些一九二〇年代拍的老照片，照片中我爸一副紈褲子弟的調調，很自得其樂的樣子；我媽則板著臉愁眉不展，即使她當時只是小孩。不過我爸是赴美移民第二代；我媽則跟家人一起搬到美國，那時她才三歲。這就有差了，有時甚至足以解釋他們之間所有的差異。我們家絕口不提當年沒來得及逃出來的家族成員。「有什麼好說的啊。」我問我媽，她只這麼回道。

不必多想了，梅迪就是我的最佳人選。只是我不知道怎麼跟她聯絡。她給我的是她母親的電話號碼，我想她應該沒電話吧。（由此更可證明她過得並不寬裕。）我得耐心等待機會。

後來，就上個星期吧，我在「七鎖超市」的熟食櫃檯巧遇摩根史登太太，也就是梅迪的母親。（這是我想逃家的另一個原因。我媽把大部分的採買任務都丟給我，說我以後要持家，這是很好的訓練。）

「摩根史登太太。」我怯怯向她招呼：「我是茱蒂絲。記得嗎？茱蒂絲．萬斯坦，我們在俱樂部見過。」

她的視線越過眼鏡上緣打量我。「好多年前嘍。」很難解讀這不痛不癢的一句。摩根史登太太是在說時間過得真快呢，還是指我小時候家裡破產，害得萬斯坦家從此在菁英社交圈中銷聲匿跡？真搞不懂她這麼講是何居心，我想這也證明了她是怎樣的女性吧。

「我在想，不曉得您知不知道我該怎麼跟梅迪聯絡？她前兩天到我們店裡來……」我努力想找個說得通的理由：「最近我們進了些貨，很接近她想找的東西。」

「眞的嗎？我覺得以梅德琳現在的狀況，應該不適合『買』東西，不過她在這方面向來不切實際的。總之她現在有電話啦，她搬到市中心去了。」

摩根史登太太拿出小筆記本，寫下七個數字。三、三、二——不是我認得的電話交換中心代號。摩根史登太太果眞字如其人，一筆一畫十分工整，但也令人望而生畏。我覺得應該沒有誰的母親比我媽還強勢，但摩根史登太太似乎自有一套辦法，讓人家順她的意。

那是星期五的事。我刻意等到今天才打電話。我想摩根史登太太必定已經跟梅迪說了碰見我的事，她應該不會意外我打過去，再說我已經跟她提過「石牆民主黨俱樂部」的聚會。

我挑晚上八點打過去，想說這樣才禮貌。獨居女性這時應該已經吃完晚飯、洗完碗、準備坐下看晚間電視節目。《峽谷情仇》九點開演，我自己都很想看，只是我媽會邊看邊劇評，簡直沒完沒了——「芭芭拉·史丹威克長得比演她兒子的那個男的還年輕耶，她講的一點沒錯，是啦，男人就是管不住自己，但是他們會想歪，女人還是得負最大的責任，這種褲子叫什麼來著？是不是寬版褲？」搞得我實在很想抓狂。

電話鈴響了又響。我讓它響了五聲、八聲、十二聲——對方可能在浴室，還是我打錯號碼？我又打了一次，只是想確定號碼沒錯。

這次只響兩聲，梅迪就接了，上氣不接下氣。

「梅迪嗎？我是茱蒂絲。茱蒂絲．萬斯坦。」

「噢——哎呀，剛剛是妳打來嗎？讓電話一直響？我當時沒辦法接，想說應該沒關係。可是後來電話又響了，我就擔心會不會是我兒子的事……」從她的話裡似乎可以聽出各種情緒，有鬆了一口氣的寬心，也有惱怒，還有我難以具體形容的什麼。

「眞對不起。我以爲我第一次打錯號碼，所以重撥了。」

「妳有事嗎？」她的語氣幾乎可以用「衝」來形容了，不過畢竟她剛剛以爲是兒子出事，情有可原。

「我之前不是提過石牆民主黨俱樂部嗎？我想說再問問看妳的意思。我眞的覺得妳應該會喜歡。要是我跟我爸媽借到車，還可以接妳一起去。」不過我眞正的意圖顯然是去觀察她的新家，看看夠不夠大。要是不算大，我就得說服梅迪換到兩房公寓。

「噢。」那語氣就像她完全忘了我們講過這回事。她似乎有點恍神，要是我搞不清楚狀況，恐怕會以爲她喝多了。不過現在是週三晚上，猶太良家婦女不會讓自己喝醉的。

「俱樂部下週就有聚會，還滿有意思的。當然我知道，馬里蘭州本來就是票倉，支持民主黨好像沒什麼了不起，但也不能說民主黨理所當然就很穩。初選真的很重要，有很多種方式可以參與。」

「我可以再打給妳嗎？今天晚上不行，大概……過幾天好嗎？」

「當然當然。我把電話號碼給妳。」

梅迪想必是把話筒先放在一旁。我聽見翻找紙筆的各種聲音，但……也聽到別的聲音。有個低沉的聲響，接著是梅迪輕聲尖喊：「不要！我說——不要啦！」彷彿她腰際猛然撞上抽屜，但在我聽來，她好像很喜歡那種感覺。

「我好了。」她說，我飛快講了爸媽家的電話號碼，儘管這時我已經不指望梅迪．史瓦茲和我聯絡了。我很肯定梅迪．史瓦茲每週三晚上不會看《峽谷情仇》。我更肯定她不會想要室友。

我到電視機前和爸媽一起坐，聽我媽滔滔不絕，想到什麼就說什麼，還包括我們正在看的節目，我只能拚命忍著不嘆氣。我爸則照慣例保持沉默。失去「萬斯坦藥妝店」的打擊太大，他始終不會真的平復。我一直覺得部分原因是他的姓氏已經和這間店密不可分。眼睜睜看著店沒了、招牌拆了，就像看著自己的身體支解，賤價出售。

今晚我爸只發表了一次意見，講的是演奧黛拉的女演員。「她真是個美女。」這句話可把我媽惹火了。「噢，所以你現在喜歡『金頭髮』的啦？偶爾換個口味還真不錯哪。」

我必須想辦法離開這個家。

一九六六年二月

梅迪把頭靠在熨衣板表面的格子棉布上，連自己都覺得自己接下來要做的事好神奇。這是平常幾乎不可能，甚至可說危險的事，但佛狄希望她這麼做。他並沒有明講，也沒說那麼多。其實他根本什麼也沒說，只是把手伸進梅迪髮間，原本想一路輕梳到髮梢，但她為了維持已經有點長度的歐米茄髮型，噴了大量定型髮膠，佛狄只得收手。

「我認識一個女的……」佛狄先開口。

「我想你本來就認識很多女的吧。」梅迪故意逗他，她確實是這麼假設的。佛狄搞不好連婚都結了，她哪裡會知道呢。但，有差嗎？反正他們倆除了梅迪家，哪兒也不能去，一來她離婚還沒辦完，二來如果讓人看到她身邊是……總之不妥。世道人情如此；巴爾的摩如此。

「我是說有個做頭髮的女人。」佛狄說：「人家都叫她『廚房魔術師』，讓她做很便宜。」

「做什麼？」

「熨頭髮。」佛狄講「熨」（iron）這字的發音不是「ar-ən」兩個音節，而是只發單音節「arn」的音。他是在巴爾的摩生根落戶的第四代，與這裡的連結比梅迪還深。普拉特家族在南北戰爭後，從南卡羅萊納州一路北遷至巴爾的摩。拜五〇年代初那樁關鍵訴訟案之賜，美國公立學校開始收黑人學生，佛狄得以就讀巴爾的摩理工專校【註】。他們倆交往之初，佛狄曾有意無意把這件事帶進聊天的話題裡。巴爾的摩理工專校是只收男生的公立高中，專門訓練有志於工程領域的人才，沒有兩把刷子是進不去的。然而從高中畢業後，到決定進入巴爾的摩警局前，這之間發生了什麼事，佛狄並沒多提。但他講話習慣把O的音拖長，沒有捲舌音的地方也捲舌，在梅迪聽來十足是巴爾的摩白人藍領階級的口音。佛狄頭幾次打電話來，一直說是出於工作需要，當時梅迪還眞以爲話筒另一頭是某個陌生的白人男子。儘管她把家搬到市中心的桑樹街和大教堂街交口時，佛狄早就不是陌生人了。

那次「闖空門」事件的兩天後，佛狄去了她在吉司特街的家。當時這案子已經轉由兩名警探處理，警探也來做過筆錄，跟梅迪說他們會問問幾間當鋪，但勸她不用抱什麼指望。梅迪很清楚他們肯定找不到戒指，也就自然而然把整件事拋到腦後，因此看到佛狄·普拉特再次上門，她很意外——也有點害怕。

「我只是來看看妳怎麼樣。」他說，但每個字似乎都帶了嘲諷的意味，好似別有所指。莫非他那晚檢查全屋的時候，那雙火眼金睛鎖定了非洲堇盆栽？他識破了其中的祕密嗎？那兩個白人警探來做筆錄，她毫不擔心；換作黑人警察上門，她就覺得對方懷疑她——這樣想，是種族歧視嗎？

接著他看向梅迪，目不轉睛與她對望——噢。她早已忘了那種眼神。

「我想看一下那扇拉門。」

「拉門……我房間的？」她講到「房間」兩字，聲音忽地提高八度。

「就是小偷進來的那扇門。」

「我房間的。」

「對。」

梅迪幫他帶路，只是兩人始終沒走到拉門。他一進屋便環住她的腰，讓她猛地旋過身來，隨即展開親吻攻勢。梅迪心底某個角落很不高興他這麼放肆，但除此之外，她全身上下的每一寸都在狂吼，壓過了心底那個「米爾頓．史瓦茲太太」微弱的抗議。真要說的話，其實梅迪報案那天在藥妝店就撩過他，就算當下沒成功，此時她也很慶幸佛狄果然看穿她的心思。這是她從未有過的感受——嗯，當然也不能說米爾頓不曾給她這種感覺，但她畢竟結婚這麼久了。

佛狄甚至懶得脫她的衣服，自己也沒脫，只是緊緊把她壓在床上，將裙子整個掀起，幾乎蒙了她一頭一臉。他搞不好沒割包皮，那個米爾頓．史瓦茲太太不禁擔心起來，但梅迪才不管呢。那，總該避孕吧？

他知道該怎麼做。梅迪對過去的自己說。

接著，現在的這個梅迪呻吟起來，發出連自己都差點認不得的聲音。她過去向來喜歡和米爾

譯註：美國原實施種族隔離制度，非裔美國人無法就讀公立學校。五〇年代初，黑人要求平等受教育的呼聲日益高漲。該訴訟案爲一九五二年之「布朗訴堪薩斯州托培卡教育局案」（Brown v. Board of Education of Topeka），最終於一九五四年由聯邦最高法院判決學校種族隔離制度違憲。然而巴爾的摩理工專校礙於社會壓力，於一九五二年率先開放非裔美國人就讀。

頓做愛，但佛狄的攻勢讓她生出一個念頭：也許她只是喜歡做愛。

她眞正擔心的是佛狄想要的只有這件事，而且僅此一次。

「既然遲早要做，就趕快先做一做。」佛狄完事後這麼說，親了她一下，從床頭櫃上抽了幾張面紙，把自己擦乾淨，也稍稍擦了床單。「下次再慢慢地好好來。只是認識妳之後，我想不了別的事。」

梅迪卽使依然頭昏腦脹，也覺得他講的不是眞話。這男人如此精明，目標如此明確，不可能被白日夢沖昏頭，但講幾句甜言蜜語讓她開心，也沒什麼不好。她多想念這種感覺呀。噢，這些年來交際應酬的場合，偶爾會冒出個醉醺醺的有婦之夫纏著她不放，口口聲聲說多麼迷戀她，但梅迪始終以老練的幽默四兩撥千斤，躲過這種旣肉麻又不會有下文的擁抱。

這次卻有什麼地方不太一樣。

「下次……」梅迪開口，雖然也不太確定自己會說什麼。是要說不會有下次了嗎？還是說她等不及有下次？

「別擔心。」佛狄說：「我沒別的地方可去。」

之後，兩人在被單下細細打量對方的裸體，好似滿意的顧客。他終究還是有割包皮——「猶太醫生割的。」他在梅迪輕拂那兒之際說了這麼一句。他身材修長健壯，但最令梅迪意外的是他凸出的肚臍，不但很大，表面還凹凹凸凸的。他對梅迪身體最感興趣的部位似乎是乳房和頭髮。

梅迪很想問他是不是第一次和白人女性上床，只是這樣問感覺很沒禮貌。頭幾次難免不順，第三次就上手了。

梅迪搬到市中心、兩人也逐漸建立起交往模式之後，又過了幾週，他才提起梅迪可以去「熨」頭髮。他們交往的模式大致是——佛狄會先打個電話，問梅迪有沒有空。梅迪爲了他，始終都有空。佛狄會帶中國菜或披薩過來，只是等兩人有空吃東西的時候，菜往往已經冷了。他們常在床上吃，一邊大口喝著泡沫豐厚的啤酒。佛狄喜歡喝巴倫譚愛爾啤酒，梅迪因此在家常備，也和他一起喝，卽使自己比較愛喝葡萄酒或香艾酒。

佛狄會在過來之前打個電話，好讓梅迪偷溜下樓，先打開樓下大門的門鎖。他總是天黑後進門，一大清早離開，而且出現時永遠穿著制服。當然，大家會看到他——梅迪心裡也有數，隔壁的鄰居不僅是「看」過他而已。說來好笑，從前的梅迪在床上並不大聲，但現在她希望有人能聽見，有人曉得她一晚可以做個兩、三次，哪怕這些人只是鄰居，三教九流的集合。佛狄有時喜歡讓她趴在浴室洗手台上，儘管做的時候他緊閉著眼，兩人在鏡中的那畫面還是讓梅迪看得如痴如醉。她從未顯得如此白皙嬌小。在佛狄面前，她曾想過自己黑膚色的模樣。

於是不知怎麼的，梅迪就這樣來到陌生人的家，而且就在她之前吉司特街的住處附近。臉頰貼在熨衣板表面的格子棉布上，等著那「廚房魔術師」熨直她的頭髮。女人大塊頭、高個子，一身寬鬆的無腰身洋裝，趿著拖鞋，頭上包了方巾。

「妳怎麼知道要來找我？」女人問。

佛狄早已教過梅迪如何回應。「幫我媽打掃的太太說的。」

「妳把頭髮梳高，用柳橙汁罐子捲起來也是可以啦。」女人講「柳橙」的發音像是「urn-ge」，不是「orange」。「不過只要空氣濕度不太高，用熨的可以維持比較久。」

梅迪弄完頭髮，說不出自己是什麼感受。美是很美，沒錯，和她最近看的幾個電視節目上的女演員沒兩樣，她們都有雙褐色的大眼睛，長髮閃閃動人。然而梅迪也覺得有一部分的自己在任由他人擺布，尤其是在她去接賽斯時，賽斯的反應是：「妳搞什麼啊妳？」

梅迪有那麼一會兒沒會意過來，賽斯其實是指她的頭髮。

她摸摸自己又直又亮的秀髮，幻想佛狄的十指穿梭其中，盼望在頭髮變鬈之前，佛狄會打電話來。「噢，我只是想實驗一下，換個樣子。」

「妳今年做的實驗還不夠嗎？」

賽斯會發現嗎？梅迪察覺到，她和佛狄做的次數愈多，街上的男人似乎愈會注意她，彷彿她散發出某種獸性的氣息。然而賽斯只是個愛擺臭臉的高中生，這個年紀的孩子都是這樣，專門折磨自己的媽媽。賽斯生她的氣，也是理所當然。她心想，當時眞應該等賽斯高中畢業再離開的。

她和賽斯每週三的「約會」總是很彆扭。她要賽斯選餐廳，得到的反應總是「隨便」。她建議去派克斯維爾區的知名猶太餐廳「市郊之家」，或同一條路上的中餐館，接著賽斯又會嫌她選的餐廳不好。她不管問賽斯什麼問題，都只會得到一個字的答案。等終於捱到散會，兩人都鬆了一口氣。

然而今晚，梅迪打算逼他表態。「賽斯……你要是生我的氣，那也沒關係。」

「噢，眞感謝妳喔。」他們這次到了市郊之家，賽斯點了烤起司三明治和薯條。梅迪忍了，懶得再嘮叨這種東西吃多了會長青春痘。母子倆因爲這點一直鬧意見，梅迪不久前好不容易才暫時讓步。眼看賽斯邊咀嚼邊張著嘴，她也同樣沒力氣糾正了。

「我和你爸要離婚，這點我對你眞的很抱歉。」

賽斯聳聳肩，拿了根薯條往番茄醬一抹。「和我八竿子打不著的屁事。」

「賽斯。」梅迪加重了語氣。「你連『八竿子打不著』什麼意思都不知道吧。」

他稍頓了一下，想了想。「我當然知道，就是指……」

「這樣講很沒禮貌。你不可以用這種語氣跟你媽講話。」

「走人的是妳耶。妳走了就不是我媽了。」

「我永遠是你媽。我只是再也不想當你爸的太太。」

她看得出賽斯努力裝得若無其事，但終究還是沉不住氣了。「爲什麼？你們從來不吵架的啊。呃，現在是會吵沒錯啦，但以前不會嘛。眞搞不懂你們耶。」

「我也不知道能不能用講的讓你理解。這種感覺像是……我好像有點領悟到……套那首詩說的，去選一條沒人走的路。我想我已經沒法再扮演命中注定的那個角色了。」講到這裡，她連忙接下去：「我注定要做你的母親。你必須存在在這世上，這世界需要你，賽斯。這是我命中的一部分，但不代表全部。你就快成年了。我的人生需要做點改變，我想去闖一闖。」

「妳是說去工作嗎？可是妳從來沒上過班，要做什麼工作？」

賽斯不明白的是這些年來，「他」就是梅迪最主要的工作。梅迪不怪兒子不懂，畢竟連她自己也不曾用這種角度想過。在她拋夫棄子前，操持家務、把一個（有點愛擺臭臉的）好男孩撫養長大、當個一心爲家付出的賢妻——這些都算不上工作。小孩在母親節送妳卡片；先生（假如有一定的財力）在妳生日送上珠寶首飾。每種文化都有歌頌母親的民謠，但母職並不是「有給職」。

賽斯小時候讀過許多美國偉人傳記，描述多位總統和體壇名人的童年。那套傳記系列也收錄了一些傑出女性，像是美國首位諾貝爾和平獎女性得主珍．亞當斯、首位飛越大西洋的女飛行員愛蜜莉亞．艾爾哈特、製作第一面美國國旗的貝琪．羅斯等人。但其中也有創辦美國女童軍的茱莉葉特．洛，梅迪覺得那實在算不上什麼大成就。都已經有男童軍了，再想到做個女生版本，有很天才嗎？感覺那套傳記系列拚命網羅女性名人，能沾上一點邊都好，所以連南西．漢克斯都占了一冊，但她在歷史上扮演的角色，不過是亞伯拉罕．林肯的母親而已。

「我知道我只讀了兩年大學，但有很多事可以做呀。」

「像什麼？」

「我可以……去博物館啊，或者廣播電台。」華利．懷斯欠她這個人情，梅迪想到這裡有點不是滋味，儘管她難以想像自己打電話向華利求助。

賽斯察覺這話題無以爲繼，開口問可不可以再點一杯可樂。

「當然。」梅迪回道，只覺像洩了氣的皮球。要孩子關心父母的夢想和願望，也太不切實際了。

她回到家，望著電話，盼著它響起。佛狄幾乎不在週三打來，倒不是因爲知道她和賽斯固定有晚餐約，而是——嗯，他從不提，她也不問。他應該是有婦之夫，肯定是，但梅迪可以忍。只是她很確定他還有好幾個女人，也對她們好奇得不得了。她一直盯著電話，覺得自己簡直就是多蘿希·帕克筆下苦等男生電話的女孩，向上帝哀求讓電話響起。梅迪中學時代很喜歡多蘿希·帕克的作品，卻從不愁沒男生打電話來。什麼事都照著她的計畫走，直到高中畢業後的那個夏天，她想引一條大魚上鉤，卻沒想到只是自不量力，青澀的她根本應付不了。如今她有一定的自覺，知道自己與佛狄之間的關係，可說是重溫那段叛逆年少，她也因此覺得變年輕了，有必要再發展一段祕密戀情。

電話沒響。

卻有別的東西在響，像是冰珠敲在窗上。她去臥室一看，佛狄居然在窗外的消防梯上。

「我開車經過。」佛狄說：「看妳燈亮著。」

「你不應該站在我家外面。」梅迪回道：「別人看見會報警的。」

「那還眞走運，警察已經到了呢。」他照例穿著制服，伸腿跨過窗檯。

電話響的時候，梅迪正在他兩腿間，佛狄則把一隻手按在她頭上。梅迪察覺自己居然跟著電話鈴聲的節奏移動。電話繼續鈴鈴響。誰會讓電話響個二十聲還不掛斷？等佛狄終於完事，鈴聲也停了。梅迪向後一仰，對自己的功夫頗爲得意，這時電話再度響起。肯定是米爾頓打來的，假如眞是米爾頓，那一定是爲了賽斯。她才跟賽斯碰面，這兩小時之間會出什麼事？

她接起電話，結果只是那個珠寶店的女孩，問她想不想去之前提過的政治聚會。當然當然，有何不可，那就等她看過行事曆再約好嗎？只要能順利掛掉電話、回到佛狄身邊，要她說什麼都行。

之後，佛狄在她身邊小睡之際，她想著該怎麼實踐對兒子許下的承諾。她的人生需要有所改變，想出去闖一闖。

她必須有所作爲。

我家過年的傳統是吃米豆。你知道這習俗嗎？據說會帶來好運。我爸很排斥這一套。但凡和非洲巫術沾上邊的，他都不喜歡。例如萬一不小心把鹽灑在桌上，他覺得放著別管就好。靠牆的梯子下、黑貓經過的路，他照走不誤。我爸認爲迷信就是對神不敬。他相信只要不做虧心事、遵守《十誡》，根本用不著忌諱梯子、黑貓、數字十三這些東西。不過每逢新年我媽煮米豆，只要我們不特別談這回事，他倒是沒意見。我呢，我相信吃米豆會帶來好運。

可是，一月一日我不在家和大夥兒一起吃飯，卻沒人當回事。他們很清楚我的生活習慣。「眞是有夠隨便。」我爸會這麼跟我媽說：「女孩子這麼隨便，一點責任感都沒有，這都要怪妳，默娃。」我就算是一般的週六夜也沒閒著，不是上班，就是約會，有時兩者全包。這也不是什麼壞事。當然嘍，跨年夜我無論多晚下班，肯定會出去玩。那時氣溫高達攝氏十五度，以十二月的標準簡直好得反常，以一月來說就更棒了。

結果，這卻成了非常適合步入死亡的天氣。

我家人是哪時候才想到要打聽我的下落？我其實在過年前兩天才回家一趟，看看兩個兒子。儘管我在聖誕節已經送了他們一堆禮物（因爲現在我有錢，有這個能力了），十二月二十九日回家那天，我帶了比之前更多的玩具。我從不空手回家的。玩具給兒子，吃的給媽媽——我帶了各式各樣的火腿和烤肉，都是她平日捨不得買的，她只會在我們家附近的無名小店買減價食材。那一晚我還把自己的某件外套帶來送她，我知道她喜歡。我原本要給她現金，但我爸不准，嫌我的錢髒，還說他半毛都不要，我應該把錢存起來，以後好接兒子回去。

他說的沒錯。只是有人付妳現金，這誘惑眞的好大，尤其是平日該付的帳單都有人幫妳打點好，感覺好不眞實。當然，唯一的例外就是和拉提莎分攤的房租我得自己付，但我從來沒爲這個傷太多腦筋。萬一手頭有點緊，只要擠出幾滴可憐兮兮的眼淚就成了。噢，我是在自己身上花了點錢沒錯，但沒有大家想得那麼多啦——我最高級的衣服都不是全新的，但和新的一樣。我覺得這樣反而更好，因爲我衣櫃裡那些美麗的衣服，每件都有自己的故事。隨便哪個男人都可以幫女人買衣服，但我的男人送我東西可是冒著風險的。

假如幾乎沒人發現妳不見了，那妳算是眞的失蹤嗎？我人死了，但變成鬼的好處沒有大家想得那麼多。我無法見自己的家人，不管再怎麼想一家團聚，也不能在他們房裡逗留。再說，假如我眞的有那個權利去糾纏誰，也不會找自己家的人。他們都很善良，不該碰上我這種只會自怨自艾、盤桓不去、可悲又可憐的小鬼。

宜人的天氣很快就沒了，說翻臉就翻臉，月底還來了場暴風雪。那時才終於有人願意把我媽的話當回事。原本大家都在傳，說我和拉提莎跑去佛羅里達州。拉提莎之前就先去了艾克頓，在跨年夜那天和人私奔了。她其實發了封電報給我，說她和新認識的男人要搬去佛州，只是這封電報跟一堆帳單和垃圾郵件混在一起，塞在我們租處大門底下。房東先生一月十五那天上門催租才發現。他原本要把我們的東西都丟到街上，是我媽幫忙付清我的欠款，拿回值得留下的家當。她把我那些漂亮衣服全部打包帶回家，相信我會有再穿上這些衣服的一天。

《非裔美國人週報》在二月十四日刊登關於我的第一篇報導。嗯，祝我情人節快樂。我媽對我的愛實在強大，足以說服大家我不是一走了之的人。警方開始查案、問該問的問題，但願他們眞有那麼重視就好了。要是有誰見到我最後一面，那肯定是十二月三十一日（眞要說的話，是一月一日清晨）我出門的時候，因爲我跟大家說，那一晚我會玩得非常、非常瘋。

在佛朗明哥顧吧檯的湯米，甚至還記得我說的最後幾句話：「人家說你在一月一號做什麼，就會做它一整年。我用不著吃米豆，也知道一九六六年肯定會是超棒的一年。」

這些妳可能都在《非裔美國人週報》上看過了，梅迪．史瓦茲，但我猜妳沒有看《非報》的習慣。

三月嚴寒好似猛獅撲來，但他們還是沒找到我，幾家日報也依然沒爲我的事寫半個字。但那個泰絲．范恩——大家可是馬上就發現她不見嘍。我瞭，我瞭，她才十一歲嘛，又是白人。不過我還是注意到，她一失蹤，大家幾乎立刻察覺。妳當然也不例外。這小女孩可是妳初試身手之作。妳對死亡特別感興趣，梅迪．史瓦茲。

不過我還是要再問一次：假如沒人發現妳不見了，那妳算是眞的失蹤嗎？

女學生

眞不敢相信，我居然在十一歲生日那天和校長大吵一架，但我可是猶太教女中數一數二的好學生耶，而且我很愛和人辯。辯論我很行，我什麼都行。在知道我沒有機會被叫上台，當著親友的面對大衆朗讀《妥拉》後，我氣得不得了。我想要成年禮，但在我家這種現代正統猶太教家庭，成年禮是男生的特權。有些保守派的猶太教家庭會幫女兒辦成年派對，至於改革派——誰管他們做什麼啊。我爸媽說改革派不算是眞的猶太教徒。

「這是傲慢的表現。」拉比對我說：「這和妳遵循猶太教義一點關係都沒有。妳只是想在大家面前炫耀。這不是成年禮的本意。」

這不是頭一次有人提醒我不可傲慢，所以我早有自己的一套說法。「我是以身爲猶太人爲傲，沒錯。男生也很傲慢，不過講到朗讀希伯來文，他們的表現大多沒有我好。」

「妳要培養謙虛的美德，泰絲。」

「爲什麼？」我跺腳。我媽在我的鞋跟上裝了金屬片，好延長鞋跟的壽命。我就喜歡聽那金屬片敲地的聲音，很響亮。

「《妥拉》教導我們……」我其實沒怎麼在聽拉比說話，只想著自己該怎麼回應。《妥拉》最妙的一點就是，你永遠可以在裡面找到講贏別人的說詞。

我甩甩頭，柔柔亮亮的鬈髮在我肩上起舞，和電視上的洗髮精廣告一樣。我的頭髮和我姑姑很像，她總說我最漂亮的地方就是頭髮。我讀《清秀佳人》時，總是搞不懂安妮爲什麼不高興自己是紅頭髮。我們全班只有我一個紅頭髮，但我就喜歡這點。大家背地裡說我是「萬『褐』叢中一點紅」，還以爲我沒聽見。此外，我不僅是全班最高的，也是最先發育的。我打算等生日那天奶奶給我錢，就去買件胸罩。

當然啦，這是我的祕密任務。我媽肯定不會准的。但只要我把胸罩偸渡回家，她能拿我怎樣？胸罩穿過就不能退貨，我媽又絕對不丟衣服。我家很有錢，但我媽非常省。家裡的白蘭地是她用櫻桃親手釀的；破襪子她縫補一下又能穿了。我比較像我姑姑，大家都說她是敗家女。

拉比還在嘮嘮叨叨要謙虛、謙虛，希伯來文的「tzniut」。「我們永遠都要記得，追求知識固然值得誇獎，知識卻不該用來炫耀，也不該當成武器，去強迫別人聽自己的話。」

唔，這個嘛，我之前就發現，男生運用自己的知識，卽使等於拿來當武器，也會受到誇獎，但女生就不同了。大人總是要我乖乖聽話，不許打岔。兩年前老師要我們寫一篇作文，展望自己的未來，我寫我想唱歌劇或當拉比。他們說女生絕對不能當拉比，連領唱都不行，講的還是那堆要我謙虛的老套，「tzniut」。假如每次有人對我引述《舊約聖經》那句「凡事都是虛空」，我就得到一塊錢，那我應該可以買五件新胸罩，每天上學換著穿。謙虛是專門留給運氣不夠好，沒什麼可以自誇的人。

我等不及穿我那件白襯衫上學。它滿薄的，有點透明，這樣別的女生就看得見我裡面不是穿背心，而是合適的胸罩。我要買「瓦莎瑞」牌的胸罩，因為我在藥妝店偷看《十七歲》雜誌時瞄到廣告，知道這個牌子最好。到時候我在襯衫外面穿上開襟毛衣、扣上釦子，我媽就看不出來了。

這趟購物之旅我已經計劃了好幾天。首先得編一套可信的說詞，說服負責開共乘車的芬克斯丁太太。我要去的那間內衣店在寵物店隔壁，所以我對芬克斯丁太太說要幫我弟養的魚買飼料，她可以讓我在寵物店下車。她有點擔心，因為照理說她應該把我送到家門口。不過我家離寵物店只有兩條街，我們兩家又在同一線牆範圍【註】內。現在白天的時間漸漸變長了，不過還是很冷，今天天氣更是糟，雨下得又大又猛，好像小石子打在身上。芬克斯丁太太自己也想早點回家，我又是最後一個下車的女生。再說寵物店那邊沒有停車位（那個街區沿路向來沒有停車位），所以她要我保證買完東西就直接回家。

我馬上就答應她了，臉不紅氣不喘。我是「直接回家」沒錯啊，我回家的路上非經過內衣店不可。

我知道芬克斯丁太太會盯著我的一舉一動，所以還是勉強進了寵物店，頓時有股可怕的氣味撲鼻而來。這間寵物店是最無聊的那種，都是魚啦、烏龜啦、蛇之類的，沒有毛茸茸的小動物。噢，毛茸茸的最好了。等我十八歲，就會有件毛皮大衣。我爺爺奶奶開的就是毛皮大衣專賣店，

譯註：希伯來文eruv。正統猶太教徒在安息日不得外出，但為因應現代生活型態，將社區的部分公共空間以象徵或實體的線隔出一個區域，代表私人空間，讓猶太教徒在安息日仍可從事生活必需的活動。

他們答應我十八歲會送我一件。可是我好想早點拿到，也許等我十六歲吧。那還有整整五年，到時就是七〇年代了，全新的十年。我想要毛皮大衣，也想要我媽那樣的戒指，上面有顆大大的綠色寶石，我媽說那不是祖母綠，但我覺得一定是。我還想要閃亮亮的耳環。我想嫁個有錢人，要不自己賺很多錢也行，這樣我無論何時想要什麼就能有什麼。

不過此時此刻，我要的是瓦莎瑞胸罩，最好是粉紅色。

「要幫妳介紹嗎？」寵物店後方傳來一個男人的聲音。我表面上在打量店門口附近玻璃櫃裡的蛇，其實是透過髒髒的窗戶努力朝外望，看著芬克斯丁太太確實把車開走，過了紅綠燈。

「不用。」我回道，端出家人形容我的那種女公爵姿態。「我只是隨便看看。」

這男的又瘦又白，橘色頭髮，眼睛紅了一圈。假如要用人的長相來形容什麼叫「感冒」，那大概就是長成這樣。他的眼睛讓我想到白老鼠，但這間店根本沒賣老鼠之類的可愛小動物。他一直吸鼻子，而且連站都站得歪歪倒倒的。

「妳是紅頭髮耶。」他說：「跟我一樣。」

才怪，我哪裡和他一樣了。不對，他不是紅頭髮，他頭髮是橘的。我轉身背對他。

「妳要買蛇嗎？買對小烏龜怎麼樣？」

「我要是看到喜歡的再跟你說。客人本來就可以在店裡走走看看吧。」

「不過我們這裡有些魚，要放在特別的魚缸，不可以隨便把兩條魚養在一起……」

「我如果有需要再跟你說。」我堵住他的話。這人在這種又髒又臭的店裡工作，我實在不想跟他多說。我可是泰絲·范恩（而且口袋裡有十塊錢），一個橘髮男，居然自以爲有資格教訓我可以幹嘛不可以幹嘛。我姑姑才不會讓店員用這種態度跟她講話。有次我和她去哈茲勒百貨，有幾個女店員向她推銷香水，想噴一點在她身上，她會說：「親愛的。」還故意把那個「愛」字拖得很長。「香水我只噴『喜悅』噢。」顧客永遠是對的。

「好吧，不過妳不可以在店裡東摸西摸……」

這裡的東西我一點都不想碰，但他不可以命令我。

「這裡是自由國家。」我跺腳。裝著金屬片的鞋跟敲在木頭地板上，這聲音我喜歡。

「別跺了。」男人說著露出某種表情，彷彿這聲音讓他很痛苦。

「你沒資格命令我。」我又跺了一下腳，這聲音眞好聽。我跺，我跺，我……

一九六六年三月

「明明不想做的事又非做不可，居然還做不成，眞是，煩不煩啊。」梅迪想用這句話來自嘲。想到母女是一輩子愛恨交織的關係，她有感而發。但那個珠寶店的女孩——茱蒂絲．萬斯坦想必覺得這個問題很深奧，得深思熟慮一番再回答，當下並沒有立即反應。梅迪看不見她的表情，因爲她們兩人此時走在一條很窄的小徑上，領頭的是梅迪。等茱蒂絲終於開口，卻是急於附和的語氣，即使心裡可能多少不以爲然。

「我們都專程跑這一趟了，他們居然還不讓我們幫忙，簡直是澆人冷水嘛。不過我們可沒那麼聽話，是不是？」

茱蒂絲的嗓音有點抖抖的，一如兩人的步伐。她應該會覺得梅迪一定是腦袋壞了，幹嘛來走這些貫穿植物園的老步道？再說天色也愈來愈黑了。她們怎麼會跑到這裡來啊？

這要說回那天早上梅迪的母親——塔蒂．摩根史登照例打電話來。梅迪裝了市話之後，每天早上九點都會接到母親的電話，她從沒想過不接的可能。她有了新生活沒錯，但有件事從過去到現在都沒變，那就是母親每天的電話。

「梅迪，妳知道泰絲．范恩的事嗎？」

「當然啦，媽。我住在大教堂街，又不是西伯利亞。我們看的是同樣的報紙，我也會聽

WBAL的廣播新聞。」

塔蒂很輕卻很清楚的「呿」了一聲，意思是不贊同梅迪講的這些事實，但懶得和她吵。梅迪講到「大教堂」三字時，她似乎還出於本能打了個冷顫，彷彿連這種街名都冒犯到了她。要是她知道梅迪家儘管面向桑樹街，其實正好俯瞰大教堂，想必會大吃一驚吧。

「都已經兩天了。我們會堂這幾天一直派志工出去。只要人到停車場來集合就好，然後兩個一組出去找……」

這個「人」不是泛指一般人，指的就是梅迪。塔蒂（她本名是哈莉葉特，但小時候發音不準，不知怎的講成「塔蒂」之後，她堅持繼續用塔蒂當名字）要梅迪去停車場集合，說「她」會和別人兩兩一組，「她」得走搜索範圍內的某條指定路線——目前尋找泰絲．范恩的範圍，是以泰絲最後出現的那間寵物店爲中心向外開散，而且還在不斷擴大中。

三天來，這件事在巴爾的摩已經鬧得沸沸揚揚。泰絲．范恩——年紀還這麼小，這麼漂亮的一個女孩，跟負責開共乘車的太太說要在寵物店下車，去幫弟弟的魚買飼料，但她弟弟根本沒養魚。寵物店的那個男人說她進了店，但什麼也沒買，五分鐘後就走了，還說她態度很差。泰絲的親友聽了無不流露贊許之色，說：「對，那是我們家泰絲沒錯。」

梅迪的母親認識泰絲的奶奶，雖然不太喜歡她，卻知道她是怎樣的人。她們倆小時候是公園中小學的同學，那時學校還在阿肯托利排屋路的舊址。儘管該校毫無宗教色彩，卻是德國猶太裔家庭偏愛的選擇，因爲當時巴爾的摩比較有歷史的私立學校，都不歡迎他們這種出身的小孩。然而在德魯伊丘公園那一帶的社區「改變」（這是「種族融合」公認的委婉說法）後，這些猶太裔家庭和公園中小學就往西北區搬。梅迪當年就讀時的校址在自由高地大道；現在則位於布魯克藍維爾區，幾乎可說是一路朝環城高速公路遷移。賽斯是公園中小學的第三代學生。梅迪和泰絲的爸爸甚至在剛念中學時約過一、兩次會呢。

泰絲的爸爸巴比．范恩是相當保守的猶太教徒，比她的爺爺奶奶還保守。泰絲一家遵照巴比的選擇，住在公園高地的線牆範圍內。照塔蒂的說法，泰絲的奶奶認爲兒子堅持正統派到這麼誇張的地步，都是媳婦的錯。家裡擺兩套碗盤、不吃甲殼類動物和豬肉，是遵循猶太教義沒錯，只是巴比的太太簡直虔誠到了走火入魔的地步。梅迪倒是覺得母親似乎對宗教永遠都有意見，好比哪種宗教才正確（當然是保守派猶太教）、做到什麼程度才恰當等等。母親對於新教徒的一切，都嗤之爲「長老教派」。

梅迪這些年來倒是偶爾會碰到泰絲的媽媽，印象中她儘管穿著打扮很講究，卻沒什麼存在感。不過范恩和史瓦茲兩家的社交圈並無交集，若在范恩家出事的這節骨眼，才突然來噓寒問暖，也未免太失禮。要是她們倆原本就有交情，梅迪自然很樂意幫忙，但她們連彼此的婚禮都沒出席，那……

想到自己應該也不會出席范恩家接下來舉行的儀式，梅迪不忍心再想下去。

「眞是太慘了。」塔蒂很感慨：「碰上這種事，眞不知道做爸媽的往後日子怎麼過。」

「她可能還活著呀。」梅迪說。這案子還是可能有快樂結局的，不是嗎？小女生當然有可能四處走，迷了路，說不定撞到頭，一時忘了自己是誰。不過佛狄昨晚講的和塔蒂差不多——泰絲·范恩應該是死了，凶案組負責本案的警探現在壓力很大，得盡快讓案情有所進展。

「等他們找到她……」梅迪還是不死心。

「『假如』他們找到她。」塔蒂糾正她。「我還記得我小時候聽說的，有個變態專門姦殺小女孩，就在妳現在住的地方，當時那裡是貧民區。老實說，現在也一樣是貧民區。總之呢，有天那傢伙又下手，小女孩的媽媽有槍，當場開槍轟了他，事情就這樣結束了。」

梅迪現在住的那一帶根本不是貧民區，而且塔蒂講的那段故事，簡直就是逐字引用小說《布魯克林有棵樹》的句子（她們倆都很喜歡這本書），不過也不必要她拿出事實根據了，塔蒂·摩根史登對自己講的話向來深信不疑。

「希望他們找到她，愈快愈好。」梅迪說，自己也很意外自己居然這麼投入。

她對母親說她得掛電話了，但其實根本沒什麼事要忙。她手邊還有上次戒指「失竊」的保險理賠，加上賣車的錢，應該可以讓她撐到米爾頓不得不支付贍養費爲止。梅迪的律師很有把握，說她應得的那一半應該很快就能到手，從房子到她和米爾頓所有的一切，甚至包括賽斯。在那天來臨之前，她只要小心管好荷包，日子大致還過得去。

她穿上大衣出去散步。這一區眞的沒那麼糟糕。她腦海中浮現某種怪異的幻想，連自己都莫名其妙——幻想中，她在街上看到的某個男人突然抓住她，使勁把她拖進小巷。男人是外國人，吐出一長串她聽不懂的字，一邊對她毛手毛腳。這當然很恐怖，卻也相當刺激，足以證明她卽使到這個年齡，仍有撩人的魅力。她一頭直髮，加上貼身套頭衫，看上去根本不到三十七歲。那男人硬要把嘴壓在她唇上，但不知怎的（她用不著解釋，夢本來就有自己的邏輯），佛狄就在這時出現來救她。兩人一時情緒都很激動，索性就近找個地方（公廁或車裡）做起愛來，即使有人發現（無論發現了什麼）也在所不惜。

這幻想眞的很怪，不過幻想永遠沒有錯，梅迪好像曾在哪裡讀到這句話。

她想得出神，原本沒打算走那麼遠，不覺間已經走過頭。今天該做什麼好呢？單飛新生活的頭幾週，她完全不用照顧人、打理家，樂得像放出籠的鳥兒，但這份喜悅已然淡去，而這段地下情（能用這個詞形容嗎？）更讓她覺得往後的人生無所事事。她努力不讓自己成爲隨傳隨到的女人。有時她會在佛狄習慣打電話來的時段強迫自己出門晚餐，只爲了讓他皮繃緊一點。當年她是全巴爾的摩最搶手的女孩，靠的是她拿捏收放的敏銳直覺，如今她顯然寶刀未老。那時她甚至有一本小筆記本，用代號記錄自己和每個約會對象的進展程度。K（代表接吻）、SK（代表「靈魂之吻」，她覺得這個詞比「舌吻」文雅得多）、OC（隔著衣服）、OB（隔著胸罩）、UB（胸罩下）。只有兩個男生進展到US（裙下），而她和第二個男生結了婚。

華利．懷斯在這筆記本中甚至不值一提。他只得到梅迪一個吻，僅此一次，帶著手足之情的吻，像是保證——有朝一日，他肯定會找到可以K和SK的女生。

但梅迪自從和佛狄交往後，在這方面毫不扭捏。回想兩人進展之神速，她不覺雙頰緋紅。佛狄頭一次抓住她、吻她，她以爲是佛狄早就知情的緣故。她謊報鑽戒失竊在先，自然得付出代價。她是壞女孩，佛狄比她還壞。不過從那回初次交手以來，梅迪漸漸發現佛狄根本不知道她才是眞正的壞人。她後來在新家這一區找到一間不太講究文書程序的當鋪，在這一帶上當鋪也比較沒心理負擔。對方出的價比萬斯坦珠寶店少一半，但事情到了這個地步，有錢就是賺到。梅迪用這筆現金買了新家所需的東西——歐洲咖啡館風格的餐椅、大理石桌面的桌子、絲絨抱枕、好看的小地毯。

她路過「蜂巢咖啡館」，買了杯泛著焦味的濃咖啡外帶。回家後往床上一躺（人沒生病，大白天的還賴床，眞是頹廢啊），想專心看從圖書館借來的小說——索爾．貝婁寫的《何索》。她年少時鍾愛的詩、試圖仿效的詩，已經再也無法打動她；普雷特圖書館推薦書單上的那些小說，她也沒什麼感覺。她後來借了《何索》，因爲聽猶太婦女復國組織的人說這本書反猶，梅迪想先讀過再決定自己的看法。不過看到目前爲止，她不認爲索爾．貝婁是個「厭惡自己的猶太人」，反倒是因爲書中主角何索的第二任妻子名叫梅德蓮，和自己的名字太像了，讓她渾身不對勁。這個梅德蓮在書中是個大爛人，梅迪很難不對號入座。

梅迪懷疑自己是否會願意當某人續弦的對象。她希望能隨心所欲，盡情享受人生，但在老夫老妻的婚姻關係中，有可能這樣生活嗎？她和米爾頓剛結婚那幾年，性生活眞是如膠似漆，她更是格外「性」致勃勃。回想兩人結婚前一週發生的事，梅迪還是會臉紅。那時他們把車停在溪爾本植物園附近一個熱門景點，兩人差點在車裡就要做了。

米爾頓說不要。

是米爾頓說不要的。

梅迪的手放在他身上。這件事梅迪只在米爾頓和另一個男人身上做過，但這另外的一段，她從未寫在筆記本裡。那本筆記就像競選活動紀事，只寫下她被攻陷的區域，卻從沒想過記載自己主動出擊的種種。有段時間她甚至什麼也沒寫，她絕對不可能坦白自己做了什麼——還有，和誰做。

她張開雙腿，想引導米爾頓進入她體內，自以為這是賞賜米爾頓的超級大禮。他們都訂婚了，馬上就要結婚。現在做有什麼關係？

「我不想當著神的面欺騙（lie）祂。」米爾頓說。梅迪有一會兒還以為米爾頓指的是在神面前躺下（lying down）。

「那當然。」梅迪回道，她的直覺始終很靠得住，知道該怎麼做才能挽回自己的顏面與名聲。「都是因爲你把我迷得昏頭了啦，小頓。」

到了兩人新婚之夜，她沒忘了裝出自己眞的第一次時的疼痛。倘若米爾頓曾有那麼一絲懷疑自己的新娘不是處女，那他也保持了相當的風度（或因爲相當失望）而不動聲色。這是新婚重要的第一課——有些謊言永遠別再追究。

梅迪在床上窩到中午，放下書，翻找冰箱裡可吃的東西。她這幾年習慣用烤吐司脆片和茅屋起司當午餐，但佛狄希望她增重，一直要她多吃點。「實在得有人好好照顧妳耶，寶貝。」佛狄說，言下之意顯然認定她這麼瘦是因爲始終忙著照顧別人，沒想過那是嚴格控制飲食的成果。但原本就愛跟流行的梅迪，怎麼可能沒注意到有個叫崔姬的英國模特兒突然走紅？這股新潮流崇尚苗條的女人。當然，以梅迪的年齡，穿崔姬那樣的衣服恐怕嫌老——嗯，會嗎？梅迪無論多瘦，胸部從不縮水。她想起過去不知多少男生對她百般懇求，讓他們從OC、OB進展到UB。這些男生總因爲探索她的雙乳目眩神迷，好似在海上漂流已久，終於見到陸地的男人。

溪爾本植物園。嗯，這地方離泰絲．范恩最後出現的位置不算太遠，一公里出頭而已，是這城市中的小綠洲。萬一有人想找地方棄屍……

梅迪看了下錶。也許她眞的應該去幫忙找泰絲．范恩。假如因爲母親要她去她就偏不去，那就是使性子了，這是青春期的孩子才會有的反應吧。她覺得不妨找那個珠寶店的女孩一起去，雖然自己也不知爲何想找個伴，但這樣感覺好像比較妥當。

茱蒂絲接到梅迪的電話顯然十分開心，說她大哥也明白這件事的重要性，會讓她提早下班。兩人搭公車到了猶太會堂停車場，剛好碰上準備出發的志工群。

「只准男性參加。」負責幫搜索志工編隊的會堂長說。

「哪有這種道理的？」梅迪十分不滿。

「這兒沒女人的事。」對方打量了一下她們的穿著，彷彿光憑這一點就可以把兩人淘汰出局，但她們穿的鞋和外衣都符合此行的目的，搜尋小巷、空地完全沒問題。

「那我們就自己找。」梅迪說：「反正我們在巴爾的摩四處走，又用不著你批准。」

梅迪印象中，北園道再過去一點就是植物園，但其實還有一段距離。園區不僅比她印象中更大，樹木也更多。此時天氣已從早晨初透的春意逐漸轉爲酷寒。兩人循序漸進走了園內的幾條步道，同時也提醒自己植物園冬季的關門時間是下午五點，在那之前必須離開。步道延伸至園內深處，一直通到溪爾本大道。眼看就快五點，梅迪對茱蒂絲說：「我們就一直走到圍籬，然後就回家吧。」

後來每當有人問起「妳怎麼知道要去那邊找？」梅迪總是不知該說什麼。她說不出口——因爲我記得以前和男生約會，都把車停在那邊；她更難啟齒的是，我以前在那裡引誘未婚夫和我做愛，可是他想再等一等，因爲他以爲我是處女。

於是她只說：就是直覺吧。

她和茱蒂絲在那直覺驅使下走了最後一條步道，一直走到沿著溪爾本大道的圍籬。這裡的地勢下沉，形成一條溝。圍籬也壞了，被扯開一個大口。但從街上看不到那條溝的底部，得爬到小丘上往下看，才看得到梅迪所見的景象。

她瞥見有什麼亮亮的東西，在冬日灰綠交雜的矮樹叢間格外刺眼。那是一隻鞋的鞋跟，上面有一彎閃亮的銀色新月。鞋連著腿，腿連著身，身連著頭，頭上有臉。太沉穩、太平靜的一張臉。不曾有哪個孩子的臉如此沉靜。

一襲深橄欖綠大衣配棕色厚絲襪的泰絲．范恩，在這片林木間近乎消失無形。但她紅似火的長髮，宛如不該在這時節怒放的野花。她的兩隻鞋映著最後一抹天光，閃閃發亮。

巡警

無線電呼叫進來的時候，我第一個念頭是——感謝上帝，不用去「漢堡大廚」了。我搭檔保羅和我每天晚上都爲了晚飯要吃啥吵半天，今晚吵贏的是他，我原本想去「季諾漢堡」。是啦，無線電通報說有屍體，我們想的居然是晚餐，乍聽之下滿沒人性的，而且這屍體還可能就是大家急著找的那具。不過各位要知道，我眞的覺得這次通報只不過是讓我們白忙一場。老實說，我腦袋裡不知怎的就是有那個畫面——報案的是一男一女兩個中學生，在外面鬼鬼祟祟不知幹了什麼勾當，結果一看時鐘，發現過了回家吃晚飯的時間，知道這下子完蛋了，得趕快編個理由。

反正我們倆當時正在北園道上往西開，是離植物園最近的巡警，所以就回應無線電說由我們處理。植物園這時通常已經關門，但員工還留在現場，把大門開著讓我們進去。

我最先注意到的是——報案的兩人不是我想像的一男一女，也不是中學生，而是兩個女人，一個二十來歲，一個三十多，顯然不是同一家人。年紀大一點的那個至少比我大十歲，卻是兩人之中最好看的。別誤會喔，年輕的那個頭髮很順很亮，五官端正，也是不錯啦。但年紀比較大的有一頭黑髮，眼睛顏色很淡，腰又那麼細（她穿了件長風衣，腰帶繫得很緊）——實在很難不在心底暗讚一聲「哇噢」。我是有老婆的人，也不像我某些同事四處亂搞，但我可沒瞎。

但我還是不相信這兩人發現了那個小女孩。尤其在她們帶我們往植物園外緣走，沿著溪爾本大道前進的時候，我更覺得哪有可能。這條街的車流量不算大，但也沒荒涼到有具屍體放了兩天還沒人發現。我們把巡邏車停在植物園的停車場，兩兩一組，一前一後走著，史上最爛的四人約會大概也不過如此。那個黑頭髮的帶路，我走在她旁邊。

她一直在哭。「我有個兒子。」她邊哭邊說：「在讀高中。」我則跟她說我結婚不算很久，還沒小孩，這多少算是實話吧。我結婚三年，已經流掉兩個孩子。醫生說我們身體狀況都不錯，以後一定還會生下健康的小孩。我希望都生兒子，將來可以和我一樣當警察。我爸就是警察，我也幹了這行。我爺爺一九一二年從波蘭來到美國，英文一直不太靈光，否則他搞不好也會當警察。大家總愛講什麼偏見、歧視之類的，好像只有他們最懂，我們這些人一點概念都沒有似的。我們家移民來美國、搬到巴爾的摩的時候，這裡是愛爾蘭人的天下，他們當然照顧自己人。後來換成義大利人當家，也一樣只罩自己人。接著終於輪到我們這些東歐老粗出頭天。一輪又一輪，從以前到現在都是這樣，未來也還是會這樣。你唯一能做的，就是耐心等著輪到你的那天。

我問黑頭髮她先生做哪一行，她彷彿被這個問題嚇了一跳，不由自主輕輕抖了一下。不過既然有小孩，肯定有個老公，對吧？她回我：「律師。」隨即又說：「不是刑事，是民事，跟不動產有關的。」

「我相信他一定賺很多。」我這句只是沒話找話說。夜裡好安靜，可以聽到不遠處車流的噪音——這裡靠近北園道，還有新蓋的瓊斯瀑布快速道路，透過這個季節的樹叢，可以看到車輛不斷呼嘯而過。即使如此，這裡還是很靜謐，就像教堂。我們自然而然出於禮貌壓低了音量。

我只能說自己怎麼想（保羅的腦袋裡除了吃漢堡大廚和追流浪漢，還能裝些什麼，我還眞不知道）——我希望是這兩個女的搞錯了。我倒不是怕萬一眞的找到屍體就會搞到大半夜，反正我和保羅今晚剛上工，也沒別的事好做。我是不想和死掉的小鬼扯上關係，感覺很觸霉頭。歷經兩次流產，我對死亡的體驗應該也夠了吧。有時我會想流產是不是某種懲罰，但爲了什麼原因懲罰我呢？我是好人啊。我年輕的時候是比較愛玩，但那是天性，理所當然的，男人嘛。我老婆索菲亞比我小六歲，非常單純的一個人，她難道不配有自己的孩子嗎？假如上帝覺得有必要爲了某種緣故懲罰我，那是一回事，但索菲亞不應該得到這種待遇。要是上帝願意賜給我們孩子，我們會把他們養成堂堂正正的好國民。男生就和我一樣當警察；女生就跟著索菲亞學做各種好菜，甘藍菜卷、燉牛胸、波蘭餃子等等。

到了溪爾本大道，起先我還以爲心願要成眞了，因爲沒看到什麼屍體。

「人呢……？」黑頭髮滿臉憂心：「我以爲她就在這兒。」年輕的那個在此之前都沒講什麼話，保羅一路上一直找話和她聊。保羅有個穩定交往的女朋友，但嚴格說來還是單身漢，不過我想這不干我的事。婚前不管幹什麼，都是各人自己的事。

年輕的那個這時開了口：「不對，要再過去一點。」太陽已經下山，周遭很快轉爲一片漆黑，我們就開了手電筒。我想稍稍安撫她們，說：「妳們大概不敢相信，很多人碰上這種狀況都會搞錯……」話還沒講完，保羅的手電筒就照到一個亮亮的東西，就是她，泰絲．范恩，折斷的脖子像雞那樣歪向一邊，就算不是驗屍官也看得出怎麼回事。

我們通報了局裡。保羅提議陪她們倆走回停車場，但她們說本來就沒開車，是從猶太會堂走來的。

「我們可以幫妳們叫計程車。」我說。

年紀比較大的那個拒絕了。「不用，不用。我……我得留在這裡。我也是做媽媽的，要是我兒子出了事，有哪個媽媽發現了，我也會希望她陪在我兒子身邊。」這我不懂，不過我得尊重她的意思。我相信索菲亞也會做一樣的事。

太陽一下山，寒氣就漸漸鑽進骨子裡來，加上三月的濕氣，某種程度來說，比冬天最冷的時候還難受。沒法幫那兩位小姐身上披件什麼，真有點過意不去，但我要是脫下自己的外套，身上就只有襯衫了，再說她們倆本來就穿著外套。凶案組的警探過來了，但我和保羅得讓那條街保持淨空，而且那兩位小姐一直不願意回去，非要等到那個小女孩的屍體運走。她的頭始終以那個恐怖的角度垂著。要把小女孩的脖子扳成那樣，用不著力大如牛，但想必是在非常憤怒的狀態下。誰會對一個小女孩生那麼大的氣？希望這不是性侵案。萬一我自己的孩子是這種死法，我應該會瘋掉。

不過我看得出來，這件事對那個黑頭髮的衝擊更大。她有小孩，所以感觸應該特別深吧，也可能因爲是她想到要來這邊找人的。*妳怎麼知道要來這裡找？*我們問她，但她什麼都沒說，只抱緊了自己。

記者終於聽到風聲。我們在無線電通話時都很小心，但植物園離電視丘不過一公里出頭，路又封了，加上春冬交界，這種無雲的晚上，老遠就看得到警車的紅藍燈，難免有些民衆會擔心出了什麼事，四處打電話。我們把記者群擋在這條街的另一頭，其中偶爾有些人喊著問問題，但大多時候他們都沒出聲。過了一陣子，我發現《星報》的社會記者約翰．狄勒朝我們走來。他跑這條線很久了，已經愈來愈像警察，反倒沒那麼像記者。我們叫他退後，他態度倒是很和善。「好好，不過那屍體是泰絲．范恩嗎？只要跟我講這個就好。」他問。不知怎的居然有人給他答案，總之不是我就是了。

後來我們開車送那兩位小姐回家，這是當然的啦。只是我完全沒想到她們居然住在相反的方向。我很納悶這兩人是怎麼認識的，又怎麼會結伴來這裡找人。年紀比較大的那個坐進前座，我和保羅決定算了。保羅坐到後座，對那個年輕女生講個不停。他根本是在泡妞嘛，這臭小子。我們往北開到派克斯維爾，如我所料，因爲這裡是猶太社區，但下車的是那個年輕女生，有律師老公的那個對我們說：「我住在市中心，不好意思——我知道離你們管區滿遠的。」

我們回說沒關係。

開往市中心的路上，我給了她一些忠告：「妳沒有跟記者談的必要。最好什麼都別說。」

「爲什麼？」

「殺人凶手還在外面不知哪個地方。我們對這案子了解到什麼程度，他知道得愈少愈好。現在這個階段，除非凶手落網，否則記者只能從妳身上挖新聞。」

這句話讓她沉思了一會兒。「這樣不好嗎？」

「無所謂好或不好，不過話一出口就收不回了，如此而已。他們和狗沒兩樣的，這些記者。就算只有一丁點剩菜，也要爭得你死我活。再說記者這麼多，大家都想寫不同的角度。最先採訪妳的會把妳捧上天；其他人就只好說妳的壞話。」

「說我壞話？我做了什麼啦？」她這會兒好像真的緊張起來，搞得我都過意不去了。

「沒有沒有。我只是先提醒妳——記者可以把白的說成黑的，他們就有這個本事。」我爸有次就被某個記者抹黑過，最後雖然沒事，但我學到了教訓。

我們讓她在大教堂附近一棟破舊的老公寓前下車。我想送她上樓，但她堅持說不用了，那非常堅決的語氣，彷彿以爲我會趁機幹什麼似的，眞是污辱人。我同時也試圖把關於她的事拼湊起來。她有兒子，這代表她某個時間點有丈夫。兒子成年了嗎？假如她很年輕就結婚，那應該有可能。我難以想像小孩在這種公寓裡過日子。我和老婆目前住在派特森公園附近的排屋，不過等小孩一個接一個來——我們會有小孩的，我知道，之前只是運氣不好。等有了小孩，我也開始升官，我們就到遠一點的地方找獨棟的房子，最起碼要有一小片草坪。小孩都需要院子，儘管我小時候沒有。總之，現在該做什麼好呢？保羅在後座，我們該把巡邏車開回管區，然後我才能下班回家，躺在老婆身邊。她那時一定正在睡，或裝睡。她目前處於不想被碰的階段。她覺得自己身體不爭氣，讓我失望了，但我不怪她，一點都不怪她。

於是我和保羅去喝啤酒，跟幾個男的聊起來，講起找到泰絲·范恩的經過，不免把我和保羅在其中占的分量加油添醋，對那個叫梅迪的小姐和她朋友則輕描淡寫。不過照到那個鞋跟金屬片的，確實是保羅的手電筒，我們倆才是現場僅有的專業人士嘛。總之我喝完我那杯，覺得回家前應該去那棟破公寓看一下，只是因爲——不曉得，我有點擔心她。那不是好女人應該住的地方。

我到了那邊，看見一輛巡邏車停在樓下大門前。這下子我眞的緊張了。是不是出了什麼事？發現屍體對人可能會有些影響，我是這麼聽說啦。這也是我頭一次發現屍體。總之我正要過街上樓，卻看到一個穿制服的員警獨自從那棟公寓出來——還進了巡邏車。不可能，這傢伙絕對不可能是眞的警察。

因爲他比墨還黑。黑人是不准用警車的。

我記下車牌和車輛編號，那是我的管區，西北區。明天我就要四處打聽，搞清楚爲什麼凌晨三點，一輛西北區的警車會停在梅迪·史瓦茲的公寓外面。

還有，爲什麼黑人警察大半夜的會從那裡出來？

一九六六年三月

懷著祕密照常過日子的感覺很怪，這裡指的不是佛狄——梅迪覺得佛狄是某種協議後的結果，礙於他人的成見，她不得不隱瞞這段關係。這個「祕密」指的是找到泰絲·范恩的經過，只有少數幾人（茱蒂絲和那天的警察）知道她是發現泰絲·范恩的人，但報上寫的都是「由兩名路人發現」；電視新聞主播（包括華勒士·萊特）則說發現屍體的是「一對年輕人」。這麼講並沒錯，但也不算正確。不僅「一對年輕人」這五字容易令人想成一男一女的組合，目前的報導和評論也都給大眾這種印象，而且同樣把梅迪在這事件中的角色講得可有可無。決定要去植物園的人是她；想到要走那最後一條步道的人是她。但光看報、看電視新聞，永遠也看不出這點。

目前警方還沒抓到凶手，雖然佛狄跟她說有個人的嫌疑很高——就是那個寵物店的店員。那人說泰絲有到店裡來，沒多久就走了，只是沒人相信他的說法。

梅迪也是聽佛狄說了才知道，警方有一度把她和茱蒂絲當成本案的「關係人」，雖然時間並不長。

「這是什麼意思？」發現泰絲·范恩屍體的兩天後，他們倆在床上喝著啤酒時，梅迪問。

「首先，偵辦凶案的警察一定會特別注意發現屍體的人，這是他們的標準作業。尤其看到兩個女的，天都快黑了，還一起走在溪爾本大道上，他們會覺得妳們是女同性戀，搞不好到現在都還這麼以爲。」

「我跟他們說了，猶太會堂的搜索小組不讓我們參與行動，我們就決定自己找。」梅迪回道。怎麼會有人認爲她是女同性戀？倘若是眞的，那她應該會是瑪麗・麥卡錫的小說《她們》中的「蕾奇」【註】。

「親愛的，警探辦案，要是別人說什麼就信什麼，可就不是好警探嘍。」佛狄忽然沉默了一會兒，才說：「我眞想當警探。」

「只要你有心去做，我相信你想做什麼都行。」

「警局是種族隔離的，梅迪。黑人警察只能巡邏，頂多在緝毒組當臥底吧。我們開不了警車，我甚至連無線電都沒有，只有街上緊急通報電話箱的鑰匙。妳記得我們怎麼認識的嗎？」

梅迪瞟了那盆非洲堇一眼。「我怎麼可能忘呢。」

「總之，太陽下山了，兩個女的一塊兒走在沒人的街上，而且離自己家又有相當的距離。我敢說他們一定有問妳們是不是認識那個女生。」

警察確實有問，但梅迪覺得那應該是閒聊而已，不就是兩個非猶太人想了解猶太社區的人際關係？噢，而且她居然就這麼打開了話匣子。我媽認識泰絲的奶奶——我想巴爾的摩西北區凡是有毛皮大衣的太太小姐，應該都認識范恩家的人啦。八百年前我和泰絲的爸爸還上同一所中學呢。他帶我去跳過一次舞。梅迪此時回想只覺臉紅，怎麼如此輕易就把自己的私事講給他們聽。不知他們會不會覺得這些雞毛蒜皮很重要，至少有那麼一會兒這樣想也好？梅迪同樣也沒想到去探究，爲什麼警方隔天要把她和茱蒂絲分開問話。

「這不代表妳可能是什麼重大嫌犯啦。」佛狄連忙補上一句，但不知怎的感覺更污辱人。她怎麼會成爲這事件中的一員？倘若不是她，這事件又怎會發生？她當然不想在媒體上曝光，因爲萬一曝光，這些報導會把她形容成什麼樣？——分居中的女人、某某人的前妻、和孩子不親（雖然非她所願）的媽媽。這個梅德琳・史瓦茲到底是什麼人？一旦她對外說泰絲・范恩是她找到的，勢必會被這些問題轟炸。

隔天她散步回家，發現有個穿著長風衣的胖男人坐在樓下大門外的階梯上。那一刻她恍然大悟，只要保有隱私，不曝光有什麼關係？自己眞應該知足的。

「我是巴布・包爾。」男人邊說邊伸出手。

「我知道你是誰。」梅迪說。巴布・包爾在《星報》有個很受歡迎的專欄，總會搭配可愛的鋼筆素描插畫。

「那妳大名是……」

「梅德琳・史瓦茲。」

譯註：《她們》（*The Group*）是美國作家瑪麗・麥卡錫（Mary McCarthy，1912-1989）於一九六三年出版的小說，描寫美國三〇年代八位女大學生畢業後面臨的人生抉擇與種種困境。因書中涉及避孕、性別歧視、女同性戀等議題，當時引起極大爭議，但仍名列《紐約時報》暢銷書排行榜近兩年之久。書中的「蕾奇」（Lakey）是八人之中的女同性戀者。此書簡體中文版於二〇二一年出版。

「我就是來找妳的。」他說。

「請問有什麼事嗎？」

「我想妳應該知道——這樣吧，我們可以進去談嗎？我一路走到這兒來，都是上坡路。我這麼胖的人，走這段路很辛苦。」

「我不會說你『胖』。」梅迪回道。

「呃，那我也不知道還有什麼詞可以形容了。」

男人已經贏得梅迪的好感，梅迪心裡也有數，於是請他進去坐，幫他倒了杯水。他爬了三層樓之後，已經氣喘吁吁了。

「這裡眞不錯。」男人說：「我差點去了另一個地址，還好我的消息來源跟我說不是。」

「另一個……？」

「妳之前住的地方。」

梅迪有那麼一會兒以爲他說的是吉司特街那個家，然後才想到他是指差點去了米爾頓和賽斯住的地方。眞是逃過一劫啊，梅迪暗忖，但隨即不解自己怎麼會有這種念頭，她又沒做錯事。假如賽斯至少能知道媽媽就是找到泰絲·范恩的人，不是很好嗎？

「我和我先生正在辦離婚。」梅迪說。

「噢，人生嘛，難免碰上這種事。好，是這樣的，我覺得妳和妳朋友找到泰絲·范恩的經過，是滿不錯的人物故事。很值得報導出來，妳不覺得嗎？」

梅迪心底有個聲音想說「對」，可是這代表要揭露的事太多太多。不僅是她目前的狀況，還有導致她去植物園找人的一連串思路。她猛然想到，要解釋這思考的過程，就不可能不提自己在那裡和人親熱過，這太可怕了。就算她能略過所有火辣細節只講陽春版，她也怕自己最後還是會和盤托出。從佛狄，到自己如何在新婚夜裝成處女，甚至還有那個害自己不得不作假的男人——這是她多年來堅守的祕密。

「我對公開這些沒興趣。」她說。

「我們可以只寫妳的名字，不提姓氏。」男人說，態度和善而客氣，卻也能令人感覺到他骨子裡的執拗。他即使帽子和風衣都沒脫，也還是坐在廚房的椅子上，沒有半點要走的意思。「有些細節也不用講得那麼清楚。」

「我沒有義務和你談。這個我知道。我先生是律師。」

男人淺淺一笑。「妳當然沒有義務，法律上是沒有。不過大家都想知道發生了什麼事，這也只有妳才能講。妳難道不想說出來給大家聽嗎？」

梅迪在腦中想像了一下那個畫面——大眾的目光焦點集於她一身。那會是什麼感覺？她爲何急於知道那是什麼感覺？不過算了，還是別用這種方式吧，她暗暗拿定主意。那位巡警的忠告猶在耳際。

只是她總覺得不能讓此人空手而回，爲什麼？她也說不上來，只知道一個男人上門來，有求於她，她自覺有義務幫忙。至於該怎麼回應，倒是可以參考育兒經驗。轉移注意力是個妙方。小孩想要棒棒糖或糖果，你就給他們有益健康的食物，讓他們以爲這原本就是自己的選擇。

「我身上沒東西好寫。」梅迪說：「寵物店那個男的——他才是你要找的人。」

「妳怎麼知道？他們又沒逮捕他。」

她說不出口——我知道，因爲我的情人這麼跟我說，只回道：「有些關於屍體的事，警方還沒公開。他們在屍體上找到東西，只是在等報告出來。等看到報告，他們八成就會逮捕那個店員了。」

男人暗暗稱奇。更重要的是，他對梅迪也確實不感興趣了。「我很不想這麼問，這也不是可以見報的事……不過，他們覺得是性侵案嗎？」

梅迪不知道答案，卻有種莫名的欲望想保護泰絲．范恩。「沒有。」她答道：「不過是那個人幹的，等著看吧。」

男人稍稍抬了下帽子向她致謝。「史瓦茲太太，妳幫了大忙。」

「你不會提到我名字，對吧？」

對方笑了笑。「不會。我甚至沒法說妳是『消息來源』。不過要是我和警察總局的朋友聊起來，我可以跟他們說我有第一手消息。妳的消息是第一手，對吧？」

梅迪不太確定這種情況下什麼叫「第一手」，但她點點頭。

專欄作家

我是專欄作家。我用不著搶新聞、擔心跑哪條線。我的工作和新聞已經不那麼相關了。寫專欄理應是一種榮譽的表徵，代表你的工作已經達到一個高度，不必再跟他人爭個你死我活，有資格端起架子大放厥詞，或者寫點自己的生活隨筆也行。我大多時候就是靠這個吃飯，我寫我的市郊生活——太太、孩子，但後來我偶爾會冒出「好像有必要跳進來寫篇新聞」的念頭。H. L. 曼肯【註一】之所以在普雷特圖書館有間以他爲名的藏書室，可不是因爲寫老婆的趣事。在巴爾的摩幹記者，無人不奉曼肯爲業界領袖。除了曼肯，還有吉姆．布瑞迪【註二】，應該也包括羅素．貝克【註三】吧。這些都是我們的老前輩，不過我記得羅素．貝克剛入行是跑社會線夜班的記者，而且表現還不怎麼樣哩。

譯註一：Henry Louise Mencken（1880-1956），巴爾的摩人，美國知名作家、新聞人、評論家，一九〇六年起任職於《巴爾的摩太陽報》，代表著作爲《美國語》（*American Language*），對美國文壇有深遠影響。巴爾的摩的以諾．普雷特圖書館於一九五六年於館內特闢「H. L. 曼肯藏書室」，存放曼肯的個人藏書、稿件與通信等。

譯註二：James Hall Bready（1919-2011），美國知名專欄作家，一九四五至一九八五年間任職於《巴爾的摩太陽報》，曾爲記者、文稿編輯、主筆，亦在該報創立「書與作者」專欄，連載直至二〇〇六年。

譯註三：Russell Baker（1925-2019），美國知名專欄作家、記者，一九四七至一九五四年間爲《巴爾的摩太陽報》記者及專欄作家，後轉任《紐約時報》駐華府記者。一九六二至一九九八年在《紐約時報》的「觀察家」專欄發表幽默諷刺的時事與社會評論。因其評論及自傳兩度贏得普立茲獎。

然而泰絲・范恩——我非寫她不可，非搞清楚不可。顯而易見的第一步就是去找她爸媽談，他們應該會願意見我吧。大家幾乎都會讓我進門。因爲我的專欄文章總是搭配我的漫畫造型，讓人覺得很親切，大家比較會放下戒心信任我。和我聊聊會有什麼壞處？我不過就是那個搞笑漫畫的眞人版嘛。

我常想到這件事——其實我的人生才眞是漫畫呢。

總之我後來和跑社會線的夜班記者狄勒閒聊。狄勒是老鳥了，完全是警察樣，反倒不太像記者。他也是我印象中最沒好奇心的人。一般人或許以爲幹記者的都愛問東問西，但報社裡也是有狄勒這種人，而且人數可能比你想得還多。要是讓狗狗戴頂費多拉帽、拿本筆記本，牠會做的差不多也就是狄勒做的——對著夜班的撰稿編輯一陣亂吠，講他在外面蒐集到的事實。小女孩。死了。在溪爾本大道邊發現。目前無逮捕行動。消息來源確認死者爲泰絲・范恩。不過狄勒有時也會知道點特別的好料，只是他毫無自覺。就是他跟我說現場有兩個女的，也跟我形容了一番。我在警局還有點人脈，因此找出了那個女人的姓名。

我居然走去那女人在大教堂街的住處，因爲我老是忘了——從《星報》在港邊的辦公室向北往市中心，會碰到好些上坡路，而且還滿陡的。那一區不能說壞，但也稱不上好。好好一個女孩子，在這種地方幹什麼？見她從街上另一頭走來時，我這句話差點衝到嘴邊。她一身率性的頹廢文青打扮，滿年輕的樣子。嗯，好，等她走近一點，就看得出她沒那麼年輕，但還是神采奕奕，猶如那天拂面的淸風，好似初秋，而非殘冬。她讓我想起我太太，眞的太太，不是我娶的那個人現在的模樣。我的意思是，我就只娶過這麼一個女人，我和她是高中同學，結婚到今年就要滿二十七年了，但她已經不是我當年在賓州昆西認識的那個人，我也不再是當年的我，又有什麼資格怪她？《舊約聖經》中的約伯飽受各種試煉之苦，但他要是碰上我們倆的遭遇，恐怕也撐不過去。

我倒是很訝異這位小姐不肯和我談。哪個人不想和巴布．包爾聊聊啊？不過她還滿上道的，給了我更好的情報。我想她一定是在現場偷聽到的，要不就是哪個巡警嘴巴太大。碰上這樣的美女，講話難免忍不住加油添醋。總之後來我打給一個認識的警探，他一直對我很好，也許是看我可憐，但無所謂，我可以接受，我這麼努力，這是我應得的報償。我要他到不會遇見警察和記者的酒吧碰面，於是最後我們來到冷泉巷的「阿朗索」餐館。

結果還眞玄，那位小姐說對了。寵物店店員就是主嫌。

「他們在小女生的指甲下面找到東西。」我那個警探朋友說：「頭髮裡也有。主要是在頭髮裡。」

「是哪個人的血嗎？」我一邊問，心想：她跟我說了不是性侵案的。

我朋友搖搖頭。「是種奇怪的土，有點像砂。不是那個園區會有的東西，你根本想都想不到。」

「這怎麼可能？」

「水族箱用的砂！」我朋友說：「不過他們明天才會帶逮捕令上門，在那之前你不可以把這個寫出來。他們會去他家逮人。欸，這小子跟他媽一起住耶。」

我和朋友同時不以爲然哼了一聲，言下之意是：這傢伙眞是個窩囊廢。只是話說回來，儘管我兒子已經成年，但萬一哪天他願意回家來看一看，我應該會樂翻天吧。

「要是有個記者能有這案子的內線消息也不壞。」我向朋友建議：「找個你信得過的記者，可以幫你們警方說點好話，強調你們有多厲害。」

拍拍馬屁果然有用，通常都這樣。警方逮人的時候我沒跟去，但他們把那傢伙帶回局裡時我在場。他口口聲聲說他瘋了，但眞正瘋的人從不會說自己瘋。

他清理現場的本事實在是不靈光，寵物店的地下室四處是證據。證據怎麼會在地下室？除非當時這店員答應了泰絲什麼事，否則她沒有理由去地下室。醫檢官表示是店員先重擊泰絲，但力道不足以致命，然後才弄斷她的脖子。不對，我還是很肯定這傢伙不是突然抓狂。他八成是剛看了電影《驚魂記》，自以爲拿發瘋當抗辯就沒事了。

我的獨家新聞相當轟動，這也在我意料之中。別的報社只能跟在我屁股後面追後續。那一整票跑社會新聞的毛頭小子（連我們報社的也在內）都很不爽。（唯一的例外就是狄勒，他只想搞清楚我的消息來源。）我到底是何許人也，居然能從警局弄到這麼大條的新聞？那我就來講講我是什麼人。我是巴布·包爾，打過二戰，光榮返鄉，娶了高中就認識的女朋友；在報社從最底層幹起，靠我這枝筆一路爬到最高層。我什麼都能寫——專題報導、硬新聞、政治分析，統統難不倒我。我是俗話說的「兩千磅重的大猩猩」，愛坐哪就坐哪。我文章見報那天，就坐在編輯部週日版辦公室的角落，別的記者都過來誇讚我、恭喜我、問我怎麼辦到的。我只朝他們得意地豎起食指，微笑道：「商業機密喔，大哥。商業機密。」

沒人邀我下班後聚聚。就算他們開口，我也不知自己會不會去。但萬一眞有人來邀我，應該也滿好的。我很早以前就不再跟同事出去了，他們也沒再找我。

於是我下了班就回家，回到諾斯伍德區那棟可悲的黑屋。屋裡有個女人，是我的專欄人物「貝蒂」最初的靈感來源，好比影集《我愛露西》的「露西」，我則是她的「瑞奇」。只是她身陷輪椅，早已被多發性硬化症折騰得不成人形，整天酒不離手，但誰能怪她呢？我專欄中的「貝蒂」會去跳舞、在社區裡串門子、鬧點溫馨的小笑話、煮飯打掃做家事。我的她卻再也無法打掃，更別說下廚了。我就盡可能做點家務，只是我能做的也不多。但我也不想花錢請人來做這些事，因爲這等於讓外人進家門，我在報上編造的夢幻生活、那歡樂的三口之家（丟三忘四的糊塗太太、永遠扮演稱職綠葉的先生、始終爲此哈哈笑的兒子女兒），就會因此拆穿了。

那個兒子目前住在加州；那個女兒才三歲就因白血病夭折。

我那時眞該對梅迪·史瓦茲說：大家都有祕密，我也有。我會想出辦法繞過妳的祕密不談。我不會對外公開妳正在分居，也用不著知道妳怎麼曉得警方盯上了寵物店店員。但妳的消息來源是個男的，不是嗎？梅迪·史瓦茲？妳這樣的女人——總會有男人的。

我太太和我對著電視吃飯。電視新聞都在講我那篇報導。她努力打起精神爲我喝采。只是她知我也知，這些勝利何等空虛。一個小女孩可以因寵物店店員而死，也可能因白血病而死。但如果是因寵物店店員而死，你至少可以想像自己親手把他的喉嚨愈掐愈緊，或親眼看他進毒氣室受刑。我這樣講並沒有羨慕范恩家的意思。我絕對不希望看到有誰加入這種悲慘俱樂部。然而范恩家有十一年和女兒相處的時光，我只有三年。

三年，一千天多一點點而已。

我的專欄文章明天截稿。我打算寫女兒有段時間以爲家裡車庫住了鬼。是否眞有其事？這很重要嗎？我寫自己的生活，用不著計較正確與否。再說萬一我寫錯了，有誰會投訴嗎？

我十一歲那年，「社會研究」課要做關於美國前十大城市的報告。巴爾的摩排名第六，但我注意到第五名到第六名之間的人口數直直往下掉。第五名的底特律人口近兩百萬，巴爾的摩連一百萬人都不到。排名第一的紐約有近八百萬人。芝加哥、洛杉磯、費城——這些才叫城市嘛，巴爾的摩不過就是個村子。很多小朋友都想選巴爾的摩當題目，也許是覺得自己的家鄉最好，也可能是認爲這樣報告比較好做。我呢，除了紐約別的都不要。結果老師把我分到聖路易那組，是當時排名第十的城市。我長得像聖路易的女生嗎？氣死我了。聖路易有哪裡好，除了密西西比河和一堆製鞋工廠，還剩什麼？聖路易只不過是小角色，但我知道自己注定要當巨星。

我講這個只是要提醒妳，梅迪，巴爾的摩很小，各個部落裡的圈子更小。我活動的這一區無人不知佛狄．普拉特，知道他很會挑女人，知道他喜歡喝巴倫譚愛爾啤酒。他倒是從沒嘗試釣過我，不過那是因爲我已經有對象了，而且是有錢有勢的人，佛狄可一點都不笨。再說，他專門選不必花時間陪著出遊的女人，這樣可以省下不少錢。我相信妳一定已經發現了，佛狄．普拉特很小氣。哪種女人不指望男人帶她四處遊玩，替她掏腰包？那就是無法和他這種男人在公開場合一同露面的——已婚女人、白種女人。佛狄碰到妳，還眞是一石二鳥呀，梅迪．史瓦茲。

不過佛狄以前常來這間俱樂部，我這間，叫「佛朗明哥」的。大家都認定他私底下有拿錢。他和戈登先生還有其他幾個同一掛的人，走得還滿近的。有天趁他在吧檯喝酒，我不知哪來的膽子，居然直接問他這件事，不過也就那麼一次。也許我是想釣他，不知道。我知道的是萬一我們發展出什麼，就可能惹禍上身。不過反正最後我死了，這樣一想，也許當時我眞應該對他出手的，就那麼一次。

我裝出非常俏皮的語氣：「你在這裡喝酒免費，不代表免付小費耶。」

「我有付小費。」

「不夠多喔。」

是啦，他長得很不賴。假如我有那個福氣可以只憑自己高興挑男人，應該會考慮他。我相信妳根本沒想過這個可能，是不是？梅迪．史瓦茲？能憑自己喜好選擇上床的對象，才是女人眞正的財富。

我倚著吧檯，胸部也因此集中又托高。其實我那套暴露的制服（對，連我這種不做外場的也得穿）已經和露胸沒兩樣了。他卻幾乎連看都沒看我一眼。

「以後我一定改進。我還眞不知道我每個禮拜過來一趟，反而讓妳不滿意了。」

「你幹嘛到這兒來？又不在你巡邏的路線上。」

「妳覺得呢？薛伍德小姐？」

我決定厚臉皮豁出去，因爲這一招對我總是奏效：「因爲你有拿錢。」

他回應的方式很有意思。沒發火、沒吃驚、沒立刻否認，只是仔細把身上的口袋全拍過一遍，才說：「我覺得要是我有拿錢，小費應該會給得比較大方。」

「這不等於『沒有』。」我還是緊咬不放。

「他沒說『有』，也沒說『沒有』。」他這句是用唱的，但我不知是眞的有這首歌，還是他臨時編的。

「眞的有這首歌嗎？感覺好像有耶。你走音這麼厲害，我也聽得出來呢。」他的歌聲其實滿好的，不過我沒必要跟他說。

「唉，現在的年輕人喔。」他一副很感慨的樣子。

「你最多只比我大五歲而已吧。」

「艾拉．費茲傑羅的每張錄音專輯我都有。這首歌叫〈她沒說『好』〉，收錄在《傑洛姆．科恩作品集》這張專輯裡，一九六三年發行的。我家音響很棒喔。」他講到這裡就停了，我簡直不敢呼吸。言下之意是邀我去他家，眞是夠囂張也夠大膽，但眞是有種，我得說聲佩服佩服。那時俱樂部裡的男客都不會來煩我，這是戈登先生親自處理的結果。這個男的居然發神經要冒這種險——搞不好他終究還是對我有點感覺。

他接著說：「妳去『柯維特』百貨唱片部或『和聲小屋』唱片行看看，應該找得到。我是可以借妳啦，只是我不喜歡把唱片借給別人。我保養唱片可是一絲不苟的。」

又來了，他每次都用這種很有學問的詞。我很肯定那個詞的意思是指沒穿衣服，但我不打算問了，就讓他來突顯我有多無知吧。

「無所謂。」我回道：「我不喜歡老人聽的音樂。我喜歡『至上女聲三重唱』。」

「想也知道。」他說。

那晚他留了張五元鈔票給我。之後我再也沒見過他，但那是因爲我兩週後就死了。假如當時我想要佛狄．普拉特，他可以是我的。只是跟妳說一聲，梅迪．史瓦茲，他原本可以是我的。

一九六六年四月

感覺這年的春來得有些遲疑，不太確定自己是否受歡迎。但梅迪即使在寒意最深的日子，也會溜到消防梯上抽菸。她兩年前戒過菸，戒得也很乾脆，這得拜公共衛生署長在那年發表的菸害報告之賜，再說她從來不算眞的有菸癮。抽菸對她而言只是順便做的事，像是喝咖啡時來一根，或在公共場所等米爾頓的空檔抽一會兒，好排遣那種不太自在的感覺。

然而她最近居然非常想抽菸。抽菸能讓她鎭定心神，幫助思考。單飛的自由固然美好，卻也令人頭暈目眩、不知所措。大家用「像進了糖果店的小孩」形容不顧一切盡情享樂的狀態，但梅迪直覺認爲：大部分的小孩都會先狂吃自己最愛的糖果，之後就不知道下一步要幹嘛了。應該把重點放在「量」？還是「質」？應該當下就吃？還是盡可能多拿一點，留到以後再吃？電視上有個還滿新的遊戲節目叫《超市大贏家》，由夫妻組隊參加，太太負責答題，先生負責在指定的時間內盡量把超市的商品裝進推車裡。主持人會先請太太就不同的商品估價，猜得最接近正確價格的人，可以幫先生多爭取一點「搶購」時間，關鍵是搶到愈多愈貴的商品愈好。梅迪心想，就算她和米爾頓還是夫妻，也難以想像他們玩這種遊戲。一來米爾頓因爲信仰的緣故，就算龍蝦再貴，也不會願意去拿；二來是米爾頓對超市裡什麼東西賣多少錢一無所知，連梅迪自己也早在多年前就不再留意商品售價了。她很得意自己已經達到某種生活水準（「生活水準」，她忽然覺得這詞有些陌生）——可以告別剪折價券、買特價品的日子。他們結婚的頭幾年都過得非常省，但有錢的日子總比沒錢開心許多。

她仔細看了報上「徵人啟事，限女性」的分類廣告。護士、收銀員、女服務生、祕書、女職員，感覺沒一個適合的。欸等一下——有個辦公室文書類的工作，在《星報》。那個巴布・包爾人還不錯，會不會願意幫她？畢竟她上次幫了他的忙，不是嗎？他後來針對殺害泰絲・范恩的凶手，寫了好大一篇頭版報導。但其實整件事到後來不知怎麼搞的，變得虎頭蛇尾，了無新意——小女孩去寵物店，一時不高興踩了幾下腳，男店員突然「抓狂」，就這樣，結束。佛狄之前就跟梅迪說了，辦案的警探認爲這個男人先重擊小女孩頭的側邊，還能從容不迫把她拖到地下室，弄斷她脖子才干休——他們才不相信這是突然抓狂，而是……佛狄用的是什麼詞來著？「癖好」。

梅迪想到這裡笑了笑。佛狄喜歡用些很有學問的詞，儘管不是每次都用對地方。不過以這次來說，用「癖好」形容算是滿接近了，只是這麼駭人聽聞的事，用這個詞力道有點過於溫和。警方認爲這個叫史蒂芬・柯文的店員在此之前沒殺過人，但懷疑他之前曾經對某些孩童毛手毛腳。只是他可能比較走運，沒有被害人出面舉發，畢竟他在很吸引孩童的地方上班，就算有某些舉動，小朋友也不會覺得太奇怪。或許是連哄帶騙，讓孩子的小手伸進他的褲襠碰個一兩下。而臨危不亂、自信滿滿的泰絲・范恩，或許有可能在他試圖侵犯時反擊過。不過目前爲止，警方仍沒能找到同樣去過寵物店地下室的小朋友。以日前握有的證據，也不足以讓他們對史蒂芬・柯文求處死刑。

「我們又不能上電視喊話，說：『嘿，巴爾的摩西北區的各位媽媽，妳覺得這個變態碰過妳家小朋友嗎？』我們有派女警跟學校談，問了一些人，也有跟急診室護士打聽消息。不過萬一他就只是摸摸碰碰而已……或者說，萬一他聰明到只讓小孩碰他，自己完全不動手，連解開髮帶都沒有的話——我們應該什麼也找不到。」

梅迪留意到佛狄用了「我們」兩字，無意間流露出他多麼想成為凶案組警探。他也確實靠個人魅力贏得某些警探的注意。佛狄把他們當成可望而不可及的諸神那般崇拜；這些警探則與他分享祕密。

佛狄和梅迪分享這些關於泰絲．范恩案的機密時，他們倆已經在床上抽了好一陣子菸。嗯，這麼一想，也許把菸重新帶回她生活的正是佛狄？她和米爾頓還是夫妻的時候，早就過了做愛後會聊天八卦的階段。但如今與佛狄抽根事後菸，歇一歇，就可以讓他再留一會兒。她並沒有要佛狄待到天亮的意思。（這也正好，因為他從來不待整晚。）但她總希望他比原本打算的時間再留久一點，因此她會問佛狄問題，慢慢引導他多聊點工作的事。她是因為這樣才略略知道他的童年。七個小孩中的老么。讀理工專校時打過棒球。但他隨即關上心門，梅迪不管問哪方面的個人私事，都不得其門而入。

於是梅迪恍然大悟，佛狄想當個無影無形的人。有朝一日，他會從她的生活中驟然消失，一如他驟然出現。梅迪偶爾會有種念頭——他們倆就像賽斯家庭作業中的數學題：往西行的火車晚間六時從巴爾的摩發車，時速一百英里；往東行的火車晚間八時從芝加哥發車，時速一百二十英里。假設這兩個城市之間的距離爲七百二十英里，問兩車何時交會？

假如這兩列火車想在鐵軌側線停一下，會怎樣？有誰會留意？有誰會知道？等兩車重新各自上路，它們各自會有什麼不同嗎？

佛狄想往上爬，想當警探；不是緝毒組，不要幹臥底。局裡實施種族隔離制度已久，但最近有傳言說情勢將有轉變，可能很快就有機會冒出來。

「你能力很好。」梅迪說：「我相信你沒問題的。」

佛狄大笑。「光是能力好沒有用。他們會安插人進來，讓數字趕快變得好看點。光能力好還不夠，我還得運氣好。」

可以說，佛狄正不顧一切朝巴爾的摩賓州車站全力飛馳，梅迪卻漫無目的四處閒逛，不確定自己想走的方向。就連此時此刻要不要買點布料做夏裝，她都拿不定主意，也就是她之前在某間精品店看過的，非常搶眼的Marimekko印花布料。儘管第一夫人賈桂琳·甘迺迪在丈夫剛上任時，就穿這個牌子的衣服拍過照，但以巴爾的摩的標準來說，這種風格仍算是相當前衛，何況梅迪看中的新花樣更大膽、印花圖樣也更大。她已經在「十字鑰」的設計師名店「The Store Ltd.」仔細研究過這料子，看得眞是戀戀不捨。十字鑰是市區北邊新開發的社區，進出還要通過閘門，可說是巴爾的摩的休閒購物村。梅迪很喜歡十字鑰，也許等她與米爾頓終於辦妥離婚，她會搬到這裡來。

The Store Ltd.裡令人垂涎的不僅是布料。店主人兼設計師貝蒂·庫克還會製作極爲精美的首飾，風格十分簡潔——大多是銀飾，不僅線條精巧，還有各種令人眼睛一亮的造形，即使綴以寶石，也用得十分節制，但這些首飾都好貴。簡潔流暢的線條，應該就是未來的流行趨勢吧。梅迪一邊欣賞著首飾，忽地很想把頭髮剪得愈短愈好，可是佛狄應該會反對。唉算了，以後還有的是機會剪。他應該不會反對她穿耳洞吧？

梅迪坐在消防梯上，摸著自己的耳垂。由於多年來都戴滿重的夾式耳環，耳垂被拉扁了些。嗯，這些耳環之中應該有些算値錢的。她把大部份的珠寶首飾都留在舊家，覺得是一種善意的表現，不過也許反而因此誤導了米爾頓和賽斯，讓他們以為她很快就會厭倦這莫名其妙的出走實驗回家來，所以才更氣她。她當然絕對沒有離開賽斯的意思，只是原本以為賽斯會想加入她的新生活。有了上次賣訂婚戒指的經驗，梅迪已經懶得管賣舊珠寶可以換到多少錢，但還是想穿耳洞，於是打開分類電話簿，在派克斯維爾這區找了間有提供穿耳洞服務的珠寶店，費用是買一副十四K金耳環，穿耳洞後必須一直戴著，戴到傷口癒合就好。

她穿好耳洞，立刻從派克斯維爾去了The Store，痴痴望著貝蒂·庫克設計的各種首飾，只是她當然買不起。店員記得她來過店裡，拿出Marimekko的新款布料給她看。

「我實在不該看的，眞的。」梅迪努力抗拒。那圖案是黑底配藍色花朵，和她的膚色很搭，再說春天又快到了。她買了六碼布，又找了個簡單的環頸露背裝版型，簡單到她大概自己用縫紉機就能做了。不過，嗯，縫紉機也留在米爾頓那邊。梅迪很不願意向他開口要，她什麼都不想跟他要，只有錢是唯一的例外。

她在The Store對面的小蔬果店買了顆蘋果，走過十字鑰社區內蜿蜒的小徑，打量一棟棟公寓和排屋，最後竟在不覺間走到了網球場附近。倘若米爾頓不曾開始打網球，也沒帶華利．懷斯回家，事情會如何？梅迪或許就不會搬出去，也不會在那個時間點行動。假如她沒搬出去，那天就不會聽母親在電話上催促她去幫忙找人，也就不會發現泰絲．范恩的屍體。這樣推論下去，泰絲的屍體將永遠不見天日——梅迪自然清楚這邏輯大有問題，但可以肯定的是，屍體不會在「那天」被人發現，因爲當時的搜索範圍還沒到那麼遠。梅迪做了件重要的事；梅迪是重要人物，哪怕無人知曉。

即使無人知曉，這次經歷依然讓她初次嘗到身爲重要人物的滋味。她希望有所作爲，希望世界會因她的存在而不同。光是當賽斯的母親並不夠。哪怕有朝一日賽斯成爲美國首位猶太裔總統，或治癒癌症的名醫，他的成就仍緩解不了梅迪迫切的渴望。她需要屬於自己的東西，在佛狄之外，在俯瞰大教堂的臥室之外。

她多希望能和犯案的那個男人聊聊。她想用另一種角度了解這個人，雖然她知道警方不會覺得這很重要。警方並不在乎他「爲什麼」殺人，只想把他送進大牢，讓他無法再傷害別的孩童。但假如梅迪是泰絲．范恩的母親，一定還有更多想知道的事。這案子感覺根本還沒完結。

或許她可以和犯案的那個男人聊聊，不用眞的聊——筆談就好。寫封信給他，鼓勵他說出心底話，對他坦白自己與他之間共有的連結——那就是泰絲．范恩的屍體。

梅迪在回家的路上提前兩站下公車，去了查爾斯街上的文具店。

她把裝信紙信封的盒子抱到消防梯上，儘管那裡燈光昏暗，涼風陣陣。她買了奶油色的仿羊皮紙，因爲沒那個時間訂製印上姓名縮寫的信紙。更何況，該用什麼字母縮寫才好呢？她先在筆記本上打了幾次草稿，再拿出信紙，用娟秀而清晰的筆跡寫下：

親愛的柯文先生：

我是梅德琳．史瓦茲，也是發現泰絲．范恩屍體的人。因此無論如何，我都覺得與你之間有某種關聯。你是她生前最後看到她的人；我是她死後第一個看到她的人……

她走到法葉特街上的郵政總局，以確保信可盡速寄出。其實比起郵局，柯文所在的拘留所離她家還比較近，甚至算是順路，她自己也清楚這有多諷刺。拘留所裡的那些人看得到外面嗎？有人此刻正在看著她嗎？

她從未想過對方不回信的可能，因爲梅迪要男人做什麼，男人幾乎都會照辦。幾乎。

第一封信裡面附了一張她的照片，看起來人還不錯。她想聽我對這案子有什麼說法。她想多了解我。多，了，解「我」耶。

我也不算眞的對她坦白，其實。他們逮捕我之後，我就沒開過口。有什麼好說的？就因爲在那個小女生身上發現水族箱的砂，大家都知道她到過我們店裡——我能說什麼？我只說夠了到此爲止，之後就一個字也不講。他們後來終於讓我打電話，我也沒把電話浪費在律師身上，而是打給我媽。我知道她自有安排，她會希望這些事都由她來打點。她在電話上罵我笨，但我也習慣了。事情發生的那天早上她就罵我笨。她差不多每天都要這樣罵上一頓。

但那不是她的眞心話。我媽動不動就心情不好。她是很容易緊張的個性，得靠吃藥控制。畢竟我爸早早跑了，我媽得一個人帶大我這種小孩，日子過得很苦。我會做的事情也不多。眞希望我可以大大方方說我很喜歡寵物店的工作，很喜歡魚和蛇，因爲會講這種話的人好像都很聰明，但我這種人只要找得到工作就偷笑了。還好寵物店老闆需要有人上週六的班，因爲週六生意很好。老闆說會買魚和蛇的不單是猶太人【註】。要是週六不營業，很難撐起平日的生意，而且這樣

譯註：週六是猶太人的安息日，原則上停止所有活動。

一來大家就會知道「你」不是猶太人。

我不曉得「長得不像猶太人」是什麼意思。我紅頭髮、藍眼睛、皮膚超白，但沒雀斑。眞要猜的話，可能會有人說我是愛爾蘭人，但我們的姓氏其實源自西班牙，只是我們顯然不是西班牙裔。我媽說紅髮的愛爾蘭人其實沒那麼多，只是因爲愛爾蘭人紅髮的機率比別人高而已。我媽很聰明，也因此很氣我，我沒辦法怪她。

但我不是遲緩兒，也不是智障，就只是沒我媽聰明，她頭腦眞的超好的。如果她是男的，不管想做什麼一定會成功。她卻嫁了個實在沒那麼好的男人，我還很小的時候，這混蛋就落跑了。總之我會回信給那個來信的小姐還有個原因。我想證明我不是智障。反正對方只是個寫信給我的小姐而已，我不曉得她會把我的信拿給別人看。

此外，我是回了信沒錯，但什麼也沒跟她說。我告訴她我不可以和別人談，不管是她還是誰都不行，我的律師很堅持這點。對，那小女生來過店裡，看似對我很不利，但不能證明我就是凶手。我五點就關門打烊了。我下班後店裡發生什麼事都有可能。後門之前就已經被人撬開了。

我只在信裡跟那位小姐說，我招呼那個小女生，但她對我態度非常差。我那天已經很不順了，因爲早上和我媽大吵一架，整個莫名其妙。我們吵架總是爲了些無聊透頂的事。那天我覺得主因是她氣我把蛋用到只剩兩個。她說只有兩個蛋是要怎樣做炒蛋，我說那我幫妳做兩個荷包蛋，她嚷嚷說不要荷包蛋也不要水波蛋，就是要炒蛋，只用兩個蛋做炒蛋就是不夠鬆軟。下一秒我就和她對吼起來，我們吵架就是這種吵法，和貓狗開戰一樣，也像漫畫《妙老公》系列的夫妻檔，反正就是朝對方把嗓門拉到最大。吵到最後，她不准我那天開車上班，我就只能在雨中用走的。

我拖著吃力的步伐去上班，心裡清楚等我下班回家，我媽一定會覺得內疚，會跟我道歉，拿毛巾來讓我擦頭，也會幫我把濕透的鞋弄乾，免得雨中久走後的鞋子變硬變形。她還會幫我泡茶，母子倆一人一張小桌，對著電視機吃晚餐。我們經常吵，但總是會和好。只是在和好前，我心裡總是很不痛快，感覺整個世界都不對勁。就是因爲這樣，我才會吼那個女生，叫她滾出去。她肯定是之後又回來了。搞不好她偷偷闖進來想搞什麼鬼，有人跟在她後面。我覺得事情應該是這樣，我跟寫信來的那個小姐也只講了這些。好啦，我也講了當兵的事，講到他們在那邊是怎麼對我的。

前面已經說了，我沒我媽聰明。那個小姐根本是利用我。哪有可能天上突然掉下一個美女寫信給我還附上照片，說我們有共同點，說什麼我是最後一個看到泰絲·范恩活著的人；她是第一個發現泰絲·范恩死掉的人，所以我們之間有種聯繫。我還沒笨到會上這種當。我回信寫，不對，最後一個看到泰絲·范恩活著的，是殺她的人，那個人不是我。但我還是講太多了，而且我講的事對方都沒有保密義務，報導登出來之後，律師和我媽把我罵到狗血淋頭。

不過我的律師冷靜下來之後說，到頭來這可能還是天上掉下來的好機會，我也許可以好好利用一下。我媽起先很火大，說：「沒有人可以叫我家史蒂芬瘋子。」但律師很快就讓我媽改變主意。

一九六六年五月

梅迪為了《星報》之行，費心挑選自己的穿著。她憑直覺知道這個場合需要以「從前的自己」出現。即使天氣終於暖和了，手套與帽子依然不可少。她這樣一打扮，樣子變得好怪，完全不像她認識的「現在的自己」。可是她如今習慣穿短裙和洋裝，又喜歡鮮艷的顏色——這可沒法幫她打造莊重的形象。這次她必須表現出認眞的態度，讓人知道她願意為目標奮鬥。

從她的住處到報社大樓不過一公里出頭，而且是下坡路，走來輕輕鬆鬆。假如她眞的在報社找到工作，週一到週五走路上班，實在太方便了；累了一天下班，走上坡路回家，也會很有成就感。她很好奇報社的人是否有社交聚會，屆時會邀她一起去嗎？

她也很好奇，萬一她有了工作，不再是佛狄召之即來、揮之即去的人，佛狄會有什麼感受？他會在乎嗎？還是反而鬆一口氣？假定好聚好散是佛狄想要的結局，這倒可能是個不錯的藉口。

然而才跨進報社大門，梅迪原先自信的氣勢便削弱了幾分。她得走向一張巨大的辦公桌，桌前有個女人操作著電話總機，而且桌子是在架高的平台上，讓那女人活像法官。

「找哪位？」女人一副高高在上的語氣。

「包爾先生？」梅迪邊答邊暗恨自己聲音幹嘛要高八度，彷彿她毫無資格踏進這座聖殿，找這個鼎鼎大名的男人——不到兩週前，這男人還坐在她家再三懇求她接受採訪呢。

「他知道妳要來嗎？」

「不知道。」

「妳大名是？」

梅迪輕聲報上姓名，像是怕被人偷聽。那總機小姐要她去一旁的木頭長椅坐著等，接著是一長串夾雜了嘆息的喃喃低語，之後女子才對梅迪說：「五樓。」

「嗄？」

「五樓，五樓。他在五樓的週日版辦公室。」

梅迪對報社編輯部的第一印象就是，嗯，好髒。既髒，又吵。好多好多報紙，堆得滿坑滿谷。滿屋子人大呼小叫，打字機劈哩啪啦，電話響個不停。還有好多男人。但梅迪提醒自己，也是有女人在這兒上班的。她看過有文章是女記者署名，也讀過她們寫的報導。女人也能當記者。

包爾先生在週日版的工作區角落有張辦公桌。窗戶朝南，面向港灣，若不是窗上積了厚厚一層塵土，就會有一覽無遺的燦爛窗景。不知是誰在那大片汙漬上寫著：《星報》，世界的報紙。梅迪好一會兒才明白其中的笑點——華盛頓特區走嚴肅理性路線的日報《燈塔報》，不僅有國外分社，旗下員工更是多，他們自稱是「世界數一數二的報紙」。

「沒想到會在這兒看到妳啊。」包爾說著往椅背一靠。梅迪起先覺得他像是變了個人，隨即明白先前遇見的那個他多少是在演戲。假裝想了解她，假裝能體會她的心情，只要能達成目的，要他假裝怎樣都行。但此刻他對梅迪一無所求——或者可以說，他自以爲無所求。

「我想在這裡工作。」

包爾微笑。「我不是編輯部主管，史瓦茲小姐。我不負責人事。就算有吧，我也不確定要不要幫一個完全沒經驗的女人講話。」

「但你可以幫我。」

「也許吧。但我有什麼理由？這裡是給正經人做事的正經地方。妳不能突然路過，一時興起就跑來上班。」

「我可是幫你……」她掙扎了一下要不要用那個詞，如果講了會不會顯得她很可笑？「我可是幫你挖到獨家耶。」

包爾再次回以微笑，但她沒因此退卻。她不覺得自己可笑。她清楚自己的籌碼，就在隨身包包裡。

「妳故意讓我轉移目標。算妳走運，轉得還眞有效。」

「我主動提供給你的，比你原本想找的東西還好。我不覺得那是故意轉移目標。」

「然後妳就覺得想來報社上班了？妳對這工作能有什麼貢獻？」

梅迪拿出一疊用細繩紮起的紙。「這些信是史蒂芬·柯文寫的。我寫信跟他談泰絲·范恩的案子，他回信給我。兩次。」

整間屋子並沒因此靜下來——梅迪已然察覺，這地方永無安寧之時，只是某種變化在隱約間發生了。其他人紛紛側耳聽起他們的談話，或可說是在一片嘈雜中努力想聽個清楚。包爾先生或許也注意到了這點，因爲他隨卽開口：「一起走走吧。」

梅迪以爲他指的是到屋外去，但他帶她往通道走，一路走到後面的樓梯間。「我可以看嗎？」

「我可以給你看第一封。」梅迪說。

包爾有個本領是看東西非常快。「這有什麼了不起的？」他看完信後問道：「他什麼也沒承認嘛，只是把他原先那套說法再寫一次，什麼那個女生在他下班後又回店裡去？眞不怕笑掉人家大牙。誰會信這種鬼話啊。」

「我也不信。」梅迪說：「不過信裡面有個小地方，暗示他有共犯。」

包爾眉毛一挑。「人家說要特別注意字裡行間；我看妳是根本鑽進字裡行間，自己做文章了吧？光憑這些東西妳就能下這種結論？他就是隨便編個故事，說是別人幹的。妳從哪兒看出有個共犯？」

「不是那一段。」梅迪答道：「要回到信的開頭，他講和他媽當天吵架那邊。」

「什麼炒蛋煎蛋那堆廢話？就算我來寫也不會比較好看。」

「不是。他說他得走路上班那段。」

「好。那又怎樣？」

「發現泰絲・范恩屍體的地點，離那間寵物店差不多三公里。屍體要怎麼搬過去？他是開誰的車？我後來去以諾・普雷特圖書館，把之前和他有關的報導全看了。」那時的她目標已定、鬥志滿滿，走進離她家不過幾步路的圖書館總館，請館員幫她拿來木製長夾夾著的各種日報。她很少去總館，以前最多是去住家附近的分館借大眾小說，與分館乏善可陳的現代建築外觀相較，總館完全是座宏偉的城堡。

「他有可能把屍體藏在店裡一整夜，隔天才搬出來。」

「也許吧。或者他也有可能知道自己說溜嘴，講了走路去上班的事，代表他有共犯。要不就是有人知道他幹了什麼事。所以他才會寫第二封信，跟我講他在德崔克堡的事。」

「那是怎麼回事？」

「史蒂芬．柯文五年前入伍服役。他說自己是基督復臨安息日會的信徒，因爲宗教信仰拒絕上戰場。他們就把他送到德崔克堡，參與一個叫做『白袍任務』的實驗。」

「這太扯了吧。」包爾很不以爲然：「陸軍再怎麼做實驗，也不會把人變成專殺小女孩的凶手。」

「我也覺得很扯。」梅迪附和：「感覺他是走投無路了才用這招，不過挺有意思的，不是嗎？這是還沒公開的訊息。所以我想把我們通信的經過寫出來。」

「我第一次去找妳的時候，妳顧慮東顧慮西，現在妳要寫，難道不會把妳原本怕曝光的事都抖出來？還會公開妳的私生活？害妳兒子難做人？」

「用我的名字發表就不會。我是作者就可以。」

包爾花了一點時間沉澱，思索她要求的事。「署名。」他吐出這兩個字：「妳要用妳的名字署名。妳要我們雇用妳，然後妳寫的第一篇稿就變成頭版獨家新聞。不過報社不是這樣運作的，露薏絲．連恩。妳是打算怎樣，以後每件重大殺人案，都要有妳的名字？妳要打扮成酒鬼上街，去找專殺酒鬼的連環殺手？還是在華倫委員會的報告出來之前，對暗殺甘迺迪發表什麼高見？那不叫新聞報導好嗎？那叫灑狗血，妳只不過是二流的娜麗．布萊【註】。」

又一副面具在不覺間滑落。梅迪顯然惹火了包爾，讓他露出眞面目。但她對男人需要什麼有神準的直覺，瞬間便明白要如何補救。

「假設是你帶著我寫，就當成是我的試寫作品，這樣會不會好一點？我很樂意從最基層開始，慢慢往上爬。我不要求特殊待遇。」

「噢，梅迪，報社的工作只會把女人變成老粗。要不要看看跑勞工線的那頭母老虎？」

「我是這麼覺得啦……不管我做什麼，女人的身分還是第一優先。」

「我相信。」包爾說：「這樣吧，我想妳把信交給我，會比較好辦一點，我拿去給我那些長官……」

梅迪把信放回包包。「其實第二封信我沒帶來。我先來這裡，而且先來找『你』。不過市區還有兩家報社，《燈塔報》和《光明報》。也許我應該去找他們，看看他們提的條件怎麼樣。」

兩天後（整整兩天，梅迪坐在包爾先生旁邊，有時打字，有時討論；讓他改寫稿子，但某些時候又特別堅持自己的寫法；看著一字一句逐漸在他那台常出狀況的打字機上成形），梅迪的文章登上了頭版。標題是「凶手和盤托出」，由包爾署名，但梅迪的姓名以英文斜體字出現：本文係根據與梅德琳．史瓦茲之通信撰寫而成。史瓦茲為發現泰絲．范恩屍體之搜索小組成員。

包爾把梅迪與史蒂芬的通信擴寫為格局更大的報導，兩人的信件內容則融入了內文。陸軍發言人斬釘截鐵表示，史蒂芬．柯文接受的「治療」不會、也不可能誘發精神疾病。史蒂芬的母親則說兒子個性陰鬱，一直都沒什麼出息，講的話沒一句能信，連那個炒蛋煎蛋的事都是假的。兒子交的朋友也賊頭賊腦，淨是些她看不順眼的傢伙。

史蒂芬的律師最後使出一招，向法院聲請對梅迪發出傳票，要求她交出採訪筆記，得到的回應卻是：梅迪是《星報》的約聘員工，因此她的採訪筆記受馬里蘭州《新聞記者保護法》保護。就算《星報》的律師言下之意是「梅迪和報社之間的約聘契約是在和史蒂芬通信前就簽的，並非因為接到傳票才匆匆擬定」，檯面上也沒講這麼多。代表史蒂芬的這名公設辯護人經驗不足，沒再針對這點繼續攻擊，改把火力集中在「史蒂芬．柯文不具就審能力」上。

這篇報導大為轟動，連續幾天都是新聞焦點。就某個程度來說，梅迪正是這篇報導的賣點（尚未正式離婚的美女向殺童凶手套出另有共犯的內情），但她始終沒忘記是自己看到素材的報導價值，又在包爾先生的協助下寫了出來。畢竟她一度以寫詩與小說為志向，高中時還編過學生

譯註：Nellie Bly是Elizabeth Cochrane (1864-1922) 的筆名，為美國記者，擅長喬裝身分進行臥底調查報導，曾偽裝成精神病患入院，揭發紐約精神病院的弊端。

報，只是她很上道，沒對包爾和報社的人提過這點。這樣想來，她和艾倫．得斯特正是在學生報社認識，她也間接因為他，差點一失足成千古恨。

如今，或許，寫作會間接幫她開創生命的第二春。

梅迪因這篇獨家獲得的報償，是擔任《星報》「服務熱線」專欄負責人唐．希斯的助理，這人對什麼都疑神疑鬼。「我從來沒助理呀，他們怎麼會突然覺得我需要助理咧？」希斯先生很苦惱的樣子。「我想妳可以負責拆信。等妳上手了，我再讓妳處理比較簡單的問題，就是我們不會寫出來見報的那種。」

梅迪覺得登出來的那些問題已經夠無聊了，難以想像沒見報的會蠢到什麼程度。不過無所謂，她有自己的桌子、有工作了。這裡每天都會收到大堆的信，她逐一拆開信封，看著民眾對雞毛蒜皮小事的各種埋怨，幻想有朝一日對某個流露崇拜眼神的年輕人話起當年。那個年輕人也許是賽斯，也許是坐滿教室的女大學生。「俗話說『千里之行，始於足下』。嗯，我從服務熱線到正式進入編輯部，這段旅程連五十步都不到，但始於被紙割了一千次。」

夜裡，佛狄會幫她的手塗護膚霜，擔心這份工作傷了她的玉甲。梅迪以某種自信（那與她過去的自信截然不同）的口吻對他說：「我不會拆信拆一輩子的。」

「服務熱線」先生

我從沒開口要過助理，所以他們忽然宣布說我需要一個，我反而嚇到了。四年前，我工作上開始有些——就說有些狀況吧，他們就把我調來做「服務熱線」。所謂狀況，也不到鬧出人命或誹謗那麼嚴重。就是有天我腦袋不太清楚，寫說本地得了某某獎的銀行家是長島「克朗大學」的校友。我當然從來沒聽過這所學校，但當時我聽到的就是這樣。這年頭的年輕人眞可惡，話都講得不清不楚。好啦，搞了半天，原來是羅德島州的「布朗大學」。他們在稿子見報前發現，攔了下來。文稿編輯的職責不就是抓這種錯嗎？他們叫我去檢查聽力，但我檢查的結果沒問題。我跟報社說我那天午餐喝了兩杯，又不是沒記者幹過這種事。我們是晚報，最後截稿時間是下午兩點。你交稿，讓編輯修修改改，打完美好的一仗，然後去吃午飯。我喜歡去「康諾利」海鮮餐廳，下樓過馬路就到了，他們的炸魚三明治很不錯。吃完回來再繼續採訪。這種倒楣事誰都可能碰上。我向他們保證絕不再碰酒了，但沒說出口的是，那天我根本半滴酒都沒沾。

他們接受了我的說法，卻低調地把我踢出專欄，交棒給那個笑裡藏刀的包爾。噢，他人眞好，寫的文章都好溫馨，都在講他家有多美滿。我寧願挖了自己眼睛，也不要寫那種肉麻兮兮的垃圾。他們給了我服務熱線專欄和一個不錯的編輯，偶爾還（自以爲）神不知鬼不覺，來聞一下我有沒有呼出酒氣。

要是有東西讓他們聞就好了。我還眞寧願喝杯琴酒或伏特加什麼的。不過我想要是大腦逐漸停擺，腐爛過程中應該不會發出臭味吧。

我的醫生說我沒有失智跡象，但他忘了（哈哈，這位幫我看失智症的醫生，自個兒都忘東忘西的）我知道那是怎麼回事，畢竟我親自面對過。我媽就是失智症走的，別跟我說這沒有遺傳。她剛開始發病的情形跟我一樣，偶爾丟三落四。我的醫生說眞正的問題不在忘東忘西。他問我認不認得生活中常見的人；有沒有忘記很基本的詞彙。目前爲止是都還好。但話說回來了，要是我情況還過得去，他們幹嘛派助理給我？他們只跟我說好好訓練她。她很積極，人是不年輕了，但很積極。別唬我，她都快四十了好不好，誰到了這把年紀才進報社啊？我懷疑她搞不好是護士，要不就是他們找她來監視我。假如他們眞有意整我，我這樣想也不算疑神疑鬼，對吧。我有工會，他們要趕我走沒那麼容易，但萬一我捅了大婁子，或者病得很重，工會就沒法罩我了。窩在編輯部牆角喝酒喝到死也不會有事（奈得．布朗那傢伙這會兒正喝得痛快呢），但萬一哪天我沒穿褲子來上班，就得走人了。所幸要在服務熱線捅婁子也很難。阿貓阿狗都能做，只要不變成老糊塗就好。

那助理上工的第一週，我眞想不出該拿她怎麼辦。我位子在辦公室的角落，等於是冷板凳。他們硬是在那邊擠出一小塊空間給她，搞得我很不爽。我習慣沒人打擾，講電話也沒人偷聽。我叫她去買咖啡，噢，每天用掉大概最多十分鐘吧。最後我把拆信的工作交給她，要她先過濾一下。我說：「這樣我就有時間寫我那篇傳世之文。」她笑出聲來。男人講的笑話卽使不好笑，有些女人還是會笑。她就是那種女人。

眞正好笑的是，我負責的是整份報紙中最沒營養，卻最受歡迎的專欄。你簡直無法想像我們收到多少來信，欸，對啦，我講老實話——我沒辦法全部都看。我會看信沒錯，但等問題的數量累積到夠塡版面，就不看了。一週要上四篇專欄，代表至少要有十二個好問題，而且還得是客訴才行，讓我有點文章可做。我不是解答人生疑難的「親愛的艾比」專欄，但你從我這些信是看不出來的。

我覺得人活到一個歲數，應該想像不出下個十年的自己會是怎樣。人活到三十歲，自以爲知道四十歲會是怎樣，其實不然。接著到了五十，又覺得四十歲的時候眞好。我現在五十八，對七十歲的自己會是怎樣完全沒有概念，唯一可以確定的，就是必然不如我的意。因爲目前爲止，每個新的十年都不如我的預期，下個十年有什麼理由會更好？

我還有件事得老實說：我自有一套挑選信件的機制。選打字稿不選手寫稿；選男性筆跡不選女性；只選草寫體；不跟吃牢飯的打交道，我才不管他們有沒有具體證據證明自己被警方陷害。我管的是修好紅綠燈；向哈茲勒百貨問清楚，好好一雙翻皮羊毛手套，定價標籤也還在，爲什麼不能退貨？（後來店家同意退貨，金額可抵下次消費。我猜哈茲勒覺得那手套是順手牽羊來的，對，是有這個可能。服務熱線先生在此不做道德評斷。）

於是我就把看信的工作交給這個積極的妞兒。她表現很好，或許可說是太好了。這小妞學得很快，知道什麼樣的問題是好問題，也學會怎麼分辨哪些是垃圾。她會先打電話做功課，才把信給我看，而且答案已經整理得好好的。她等於開創了一個全新類別——「不到上專欄的程度，但一通電話即可解決的簡單問題」。我一開始不怎麼喜歡這樣，但後來一想——有何不可？後續追蹤還是我做、專欄還是我寫，而且這專欄之所以受歡迎，是因爲我的個人風格。除了我的風格，還有一個重點——我的專欄是眞的在幫民衆的忙。我們這報紙只有兩個單元做這種好事，另一個就是訃聞版。我平常不會在編輯部嚷嚷這些，但人家說的沒錯啊，報紙只愛壞消息，不管好消息。有壞消息的報紙才好賣。世上沒有報喜不報憂的報紙。

這傢伙展現無比旺盛的企圖心。我眞想問：妳到底是什麼來頭？妳這種美女，難道沒有老公嗎？巴布·包爾是不是想上妳？以我聽過的來看，妳也不會是第一個。那個愛家好老公，職業好男人。這一行根本沒有好男人，但妳不用多久就會知道了。

我開始請她幫我買午餐。

一九六六年六月

「好啦，獨家小姐——我們要讓妳試試自己出去跑嘍。」

《星報》地方新聞版的助理編輯卡文．魏可思，拿了張複寫紙一步步朝梅迪逼近，散發某種不祥之氣。梅迪來上班不過兩週，早已聽說這位魏先生其人其事。他最有名的就是在下班前往記者的郵箱裡猛丟「黑豆」，意思是：他習慣把交代記者的事用複寫紙在打字機上打成一式兩份，正本自己留著，髒兮兮的副本丟給記者。也許黑豆就是指這些髒兮兮的副本吧，反正沒人真的知道典故。卡文．魏可思當助理編輯已經快二十年，丟黑豆的歷史則有十九年之久。

「他這份工作能做這麼久，是有原因的。」巴布．包爾曾對梅迪這麼說：「妳聽過『彼得原理』吧。我們老魏有自己的一套原理，他把醫師的〈希波克拉底誓詞〉改成報社版——醫師說『首要之務是不造成傷害』；他老兄的版本是『首要之務是傷害愈少愈好』，所以他值的班是下午三點到晚上十一點。萬一半夜有大新聞，大夜班的編輯會接手；要是白天有突發事件，反正長官都在辦公室。老魏啊，講得好聽就是個交通警察，幫稿子指揮交通罷了。」

卡文來找梅迪是下午三點半；梅迪的下班時間是五點。眼看卡文要挖坑等她跳，下班時間應該是最好的藉口，她乾脆先發制人：「我五點下班。」

「我想唐應該不會介意我借用妳一下下。」

希斯先生聽到這句，點點頭，好似被迫交出奴僕的主人。卡文居然有權限向別的版調人？誰才是自己眞正的老闆？梅迪心想，應該趕緊把這點搞淸楚才好。

「今天下午有場小派對。」卡文開始交代：「通常我們只會派攝影記者去。不過最近這陣子黑人火氣很大，大老闆覺得這是展現一點善意的好機會，向大家證明我們報紙不是只會寫暴動、搶劫之類的新聞。」

卡文把那頁副本（所謂的黑豆）交給梅迪，趁她看的時候背出上面寫的句子：「薇歐蕾·威爾森·懷特今天慶祝加入警界二十九週年——這不是很難得嗎？我們第一個黑人警察是女的耶。所以今天總局要幫她辦個慶祝會。妳就跑一趟，問幾句可以引用的話，好比她怎麼會當警察啦，今天感覺多麼光榮啦，唏哩呼嚕唏哩呼嚕，然後寫個八吋【註】來。我們明天刊在內頁。」

「唏哩呼嚕」是卡文的另一個口頭禪，也就是一般人會說的「之類」、「等等」，但同樣沒人知道卡文幹嘛要這樣講。梅迪覺得卡文讓她想起在「畫家磨坊」戲院看的舞台劇《國王與我》，裡面有個演員她印象很深，那人演技不怎麼樣，在舞台上的自我感覺倒是非常良好。「畫家磨坊」是帳篷搭的圓形戲院，舞台在中央，塵土滿天飛。那演員在某場戲上台時，趾高氣昂走過梅迪旁邊的通道，肩上的披風隨之飄動，掀起陣陣暑氣（雖然梅迪認爲暹羅王室成員應該不會穿披風），褶邊也順勢掃過梅迪一邊眼角。痛倒是不痛，但因爲冷不防這麼一掃，把梅迪嚇了一跳，低低驚呼了一聲。那演員回頭對她笑笑，彷彿剛剛那一掃是對梅迪的恩賜，又繼續大步走向舞台，用他的演技糟蹋整齣戲，而且他的表演看來還是以《欲望街車》中的馬龍·白蘭度爲本呢。

梅迪設法再次回絕。「我五點下班。」

「那妳最好趕快出發。」

梅迪頓時懂了（或者說，很肯定自己懂了）。這慶祝會的新聞稿進來得有點晚，但某高層長官下令要跑這條新聞，卡文只能奉命行事。這一年全美各地都不平靜，許多城市發生暴動，好在巴爾的摩目前爲止仍倖免於難。這個「天賜良機」之所以落到梅迪頭上，是因爲卡文算準她可能會有兩種反應，一是還太嫩、不敢報加班費；二是一心想寫出由自己署名的文章，寧願放棄領加班費的權利。

結果這兩種反應都被卡文料中了。

梅迪一路走到警察局總局，出示《星報》的員工證，得到的反應是：「這不是記者證。」

「我知道不是。」梅迪說，但她還眞的不知道。「可是我在《星報》上班沒錯。他們派我來，因爲狄勒先生在忙。」

然而那個資深的社會記者狄勒就在現場，那幹嘛不由他來寫這篇報導？這又多虧了巴布．包爾，梅迪才知道箇中原因——狄勒啥都不會寫。他會打電話向報社報告蒐集到的事實，再由撰稿編輯根據這些素材，寫成可以見報的文章。這類社會新聞是新進記者的差事，大多數人會設法盡

譯註：電腦文書處理尚未普及前，英文報紙排版是以面積計算字數，編輯多半以英吋代表相對應的欄位面積。

快脫身，巴不得寫出從頭到尾都是親筆、由自己署名的報導。狄勒卻毫無改變現狀的欲望。假設有個黑人女子死了，就算要狄勒在睡夢中口述相關事實也不成問題，但要是和犯罪扯不上邊的報導，他根本不知從何下筆。

梅迪拿出簇新的記者筆記本，努力跟上警察局長背稿式的八股讚美詞。她沒學過速記，也不知該怎麼逐字記下別人說的話，只好盡可能隨機應變，發明一套自己的縮寫代號。現場人很多，但眾人好像都把目光焦點集中在蛋糕上，沒怎麼在意薇歐蕾．威爾森．懷特。後來局長硬是要今天的主角說幾句話，薇歐蕾也只短短說了幾句，嗓門並不大，卻帶著引人注目的自信與說服力。

「謝謝局長。」她說：「我很高興二十九年之後站在這裡。不過我的任務並沒結束，還沒。」她講到「還沒」時加重了語氣。

「祝妳有下一個二十九年。」人群最後方傳出一聲高喊。這未免太不會看場合說話了，梅迪心想，甚至可說非常失禮，也有挖苦的意思，感覺那個高喊的男人是在取笑懷特女士。梅迪不由好奇佛狄是否在場。想當然耳，今天這種特殊場合，黑人警員應該都會被叫來總局才對。但現場的人並不多，而且大多是白人。

於是她就問了狄勒。自然沒問佛狄在不在，而是問爲何現場黑人並不多。

「這就是專門做給記者看的嘛。」狄勒回道：「誰會因爲服務二十九年就有慶祝會啊？這是他們臨時決定辦的啦。說穿了就是公關花招，叫大家別忘了，他們比以前更能接納黑人啦，不是只會打爆黑人的頭。」

「那我們幹嘛來採訪？」

狄勒對她投以怪異的眼神：「等等，妳是《星報》的？」

「是啊，我是梅迪……」

但話沒說完，狄勒已經走去幫自己拿了蛋糕，還選了邊角的厚厚一大塊。他身旁圍了一群男人，大概都是像他那樣的記者吧。要用什麼詞稱呼一群記者？「烏合之衆」應該不錯吧，梅迪想。一群烏鴉湊合起來，成了一堆記者。

她走向今日的主角，手持筆記本，跟對方說自己是記者。她是在做記者的工作啊，不是嗎？懷特女士沒答應。「我之前已經有很多機會講自己的事了。妳要是來之前做過功課——當然，我想妳一定有啦，我的事妳應該早都知道了。」

她等於拐著彎訓了梅迪一頓，但也言之有理。梅迪早該先從報社資料室調剪報出來看的，一想至此，整張臉頓時燒得滾燙，但她也下定決心，今天不跑到新聞絕不回辦公室。這是對她的測試，但過去的她總能高分過關。

「當第一位的感覺怎麼樣？」

「和第二、第三、第一千位沒什麼差別。」

「不過局裡的黑人還是沒那麼多啊。他們開放給黑人警察做的事，也沒有白人警察那麼多。」這當然是佛狄跟她說的。黑人警察充其量就是當巡警或臥底警察。沒法開警車，也沒有無線電。不過佛狄深夜總會開警車過來，但梅迪決定不問他是怎麼弄到車的。

懷特女士顯然很驚訝梅迪怎麼知道這些，態度稍稍緩和了些。「唔，講到『用最少的資源，做最多的事』，我是老手啦。早些年我的巡邏路線是賓州大道。那時我就覺得，比起當老師，我這份工作更能幫那區的孩子們做點事情。我不是批評老師喔。我自己以前就是老師，我先生在學校體系裡幹了一輩子。有很多女人當老師，孩子們天天看得到，沒什麼特別感覺。可是我穿著警察制服在街上走，就等於證明給他們看，女人能做的還有很多。我們很難想像自己看不到的事。」

梅迪拚命記筆記。懷特女士以自己工作爲榮的滿腔熱血，讓她感動得差點忘了問最基本的問題——懷特女士多大年紀？她先生大名是什麼？梅迪接著又問了些關於她的出生地、父母對她當警察的看法、她下班後有些什麼消遣等等。

懷特女士被最後一個問題逗樂了。「就看看電視呀。」她說：「看看報什麼的。我試過打毛線，我只會打圍巾啦，不過就算只是打圍巾，還是根本不成形，歪七扭八的。我姊就說我打得很爛。」

梅迪在下午四點半前回到報社。她打字固然很快，寫稿卻不然。她爲了這篇文章絞盡腦汁，卻也樂在其中。感覺像回到高中編學生報、寫專欄的時光，得挖空心思想笑點，幫學校的風雲人物取綽號等等。等她交出長官要的四百字稿子，已經快晚上八點了，但又不好意思學別的記者喊「交稿」，讓跑腿的小弟來拿稿子給編輯，就自己帶著打好的稿子去找卡文。

「太長了。」卡文對稿子連看都沒看便說，隨即大筆一揮，在最後一段上畫了個紅色的X。

「可是最後一段最精采。」梅迪說：「我在那段有引用她的話，她說希望自己能啟發每天巡邏看到的那群小朋友。」那句就是「我們很難想像自己看不到的事」。

「妳本來就不應該把最精采的放到最後。」

梅迪自從進了《星報》，看報變得格外用心，那是過去的她不曾生出的觀察力與專注力。她逐漸察覺能讓報導生動、感人的關鍵，也發現有些報導只是像警察問話一樣平鋪直敘——只要講出事實就好，別的都免了。

「這是人物特寫，對吧？特寫可以……」她不確定這裡該用哪句「行話」形容，也沒把握自己有沒有用行話的資格。「特寫可以把令人最意外、最感動的高潮放在結語，不是嗎？」

「我本來只要一篇六吋稿，講一個不搞暴動、不偷東西的黑人。」

「可是她滿有意思的。」梅迪仍不死心：「我覺得很有東西可以寫。」

「我們已經報過一堆她的事啦。現在還能上文字稿，妳已經要偷笑嘍——我們大可以擺張照片，配個圖說就算了。不過要是妳真有兩把刷子，我搞不好會再發點東西給妳寫。」

要是妳眞有兩把刷子。梅迪可沒那麼好騙。卡文打的算盤應該是：以後把靠近傍晚的任務都丟給她，她有企圖心，又還是菜鳥，一定不會拒絕。這自然是超時工作，但卡文吃定她不敢照規定爭取自己的權益。

「現在已經超過八點了。」梅迪說：「我加了三小時班，要怎麼在這週的薪資單上報加班？」

「妳就用補休吧。」卡文一副無所謂的語氣：「我會跟唐說一聲，妳可以用三天的時間，一天休一小時。」

「補休？」

「就是補償妳加班的時間。只要大家都同意就沒問題。噢，嚴格說來，應該要在加班的那一週就補休完，這樣妳上班的時數就低於四十小時，不過沒人會在意這些小細節啦。」

梅迪敢說不在意這些小細節的是管理階層。

「加班費是以薪資的一點五倍計算，這代表我應該補休四小時半才對吧？要不然我覺得補休很不划算。」

卡文頓時換上冷冰冰的眼神，原先僞裝的那一丁點和善之色也瞬間消失無蹤。加上他尖得出奇的門牙，白得反常的皮膚，紅得嚇人的雙眼，完全是吸血鬼的模樣，或是得了白化症的貓。梅迪明白卡文其實什麼實權也沒有，這想必讓他很不爽。

「喔，那好吧。」卡文說：「算妳補休四小時半，要在我們雙方商量好的時間休。妳打算拿來幹嘛？午休休久一點？還是去逛個街？」

「我暫時不用，先存起來再說，誰知道呢，也許哪天就用得到。你可以跟唐說一下這個情況嗎？就是你要我加班去採訪，換成補休時間。」

「而且要在我們雙方商量好的時間休。」卡文說：「妳不能前一秒說要休假，下一秒就走人。妳要問過唐，他同意才可以。」

「當然。」

梅迪走回自己位子，心裡清楚她並未回答卡文方才那探人隱私的問題——她補休要做什麼？她毫無意願把自己的盤算告訴卡文——她要找出另一條進入報社的管道。一則貨眞價實的報導。

隔天的《星報》上，梅迪那篇文章被刪到只剩五段。非但沒有她的名字，她自覺寫得生動精采的段落、引述等等，也全被刪掉了。無所謂。她剪下那則報導，放進檔案夾，夾子上的標籤名稱是她思索後寫下的：「梅德琳．摩根史登」。等哪天她有自己署名的報導，或許就該用這個名字。

她回頭處理卡文派她出去採訪時先擱下的一堆信。其中兩封應該有可能刊出，她先擺在一邊，準備交給希斯先生。有一封她可以自己應付，內容是有個路人發現德魯伊丘公園噴泉的燈不亮了。她明天打電話給公共工程局報修就好，用不著占專欄空間。現在的她已經學會分辨這些信件性質的差異，也得意於自己的主動積極。巴布．包爾早就警告過她，希斯很怕梅迪搶他的位子。

梅迪其實把眼界放得更高，高到連自己都還不明白自己到底要什麼。同時她又對希斯先生百般照顧，幾乎到寵溺的地步。她會爲希斯先生準備「安特曼」牌餅乾，或切一塊「莎莉」大理石雪藏蛋糕，讓他配下午的咖啡。沒多久，梅迪又是希斯先生眼中的好學徒了。四個半小時，隨她高興怎麼用。不過她想怎麼用呢？四個半小時能做什麼？

不久就會有個划著小船的電工給她答案。

法律夫人

我根本不想辦派對。誰會爲了服務二十九年辦派對啊？我不幹到隊長絕不走人，我跟主管講過無數次了。無數次。

但我也明白這是怎麼回事，我知道局裡幹嘛要幫我辦慶祝會，還找一堆攝影記者來，甚至有個文字記者。她不算年輕，但我還是覺得她滿嫩的。我當時心想，她得更有自信，才做得了這份工作。我接受過的採訪可不少，而且是更有深度的報導，用不著拍我切蛋糕的樣子好嗎。

我最不缺的就是自信。我父親教我不怕死，所以我才做得了現在這份工作。「不怕死」和「什麼都不怕」是兩回事。「不怕死」代表我不擔心自己選擇的方向可能以死亡收場。我這一生當然不是沒犯過錯，但我是基督徒，我會向我的主禱告，請祂引領我度過難關，在我走偏的時候寬恕我，伸手幫助我回歸正路。

大家以爲我應該喜歡的事物，我通常都不喜歡。派對就是其中一個。我也不喜歡鏡頭對著我。我不喜歡受人矚目。我也不怎麼喜歡上電視，好比參加那個遊戲節目《老實說》，但最起碼我是講眞話的那個人【註二】。不過我還是覺得上那個節目不太得體。畢竟那節目就是介紹某種怪人，甚至是可能讓人有點發毛的那種怪，但我不是那種人嘛。我可是受過大學教育的女性，也很關心孩童，這「孩童」包括我自己的孩子（我有四個小孩，兩個自己親生，兩個是領養的），還有我巡邏的幾個社區的孩子們。我是警察沒錯，但某種程度來說，我做的事還比較像社工，但我覺得我造成的改變比社工更多。社工上門，大家會把他們當成死對頭，覺得他們管東管西。但我上門（通常是因爲接到民衆報案，說有人酗酒、動粗等等），家中的女主人大多會暗地裡對我表示歡迎。她們知道我懂，知道我是眞的關心。不過我得把她們的孩子放在第一優先，始終如此。

他們都叫我「法律夫人」。我倒是眞喜歡這個稱呼，尤其是「夫人」這個詞。我很自豪的一點就是我很有禮貌，很清楚應對進退的分寸。我在五〇年代帶過幾個年輕女警，一直跟她們強調禮貌很重要，從外表到舉止，都要表現得有教養。女人幹警察，不等於要表現得像男人或耍老粗。我有時還非得變成凶巴巴的女老師不可，到戲院抓蹺課偷溜進電影院的小男生。我總會跟他們說現在來二選一，看是要我送他們回家，還是去少年感化院，他們最後總是說要回家。

我想局裡那些人會覺得我該考慮退休了。今年秋天我就六十九歲啦，也許辦那個派對就是暗示我吧。不過我才不管什麼暗示，也不在意他人投來的怪異眼神。有人暗地裡嚼舌根議論我，無論我該不該聽到，反正一概不理。要是誰對我有意見，大可直接跟我說。我還沒打算走人，也沒想過要規劃自己的葬禮。就連那個男人拿槍指著我臉的時候（他自以爲是神的使者，其實不過就是個拉皮條的），我也沒想過自己的葬禮要怎麼辦，那何必現在傷這個腦筋？我還想舒舒服服安享晚年呢。我知道我能留給這個世界的，比當那個什麼「第一人」多得多。

那天我對那記者就是在解釋這一點。她看來三十好幾，但一副畏畏縮縮的樣子。（白人有個特色，要猜他們的年齡很容易，看皮膚就對了，簡直跟看樹的年輪一樣準。）啊，講到這個，我四十歲才當警察，改換職業跑道應該永遠不嫌遲吧。搞不好等我離開警界，可以再展開事業第三春。我覺得自己應該滿適合講道的。不過比起動嘴勸別人，我更喜歡動手做。我每年都會幫人做節慶禮物籃，說不定我可以用這個創業，或發起什麼慈善活動之類的。但我不會用「法律夫人」的名稱，那可就不成體統了。這個名稱會跟我一起退休。

隔天晚報出刊，內頁有我的照片，旁邊只附了幾段文字。那小妞引用了我的話，但不時就冒出引用錯誤的地方。倒是有個西北區的巡警，叫佛狄南．普拉特的，在走道上攔住我，問了我一些（我覺得滿無聊的）問題，好比我覺得這篇報導怎麼樣、還滿意嗎等等，我就講了實話，說我對跟自己相關的文章都沒什麼興趣，又說這些年來已經有很多關於我的報導。哎喲，我早在幹警察之前，就因爲在「基督教女性禁酒聯合會」幾個地方分會服務的事蹟上過報啦。我覺得「酒」是我們這個時代最大的禍根。毒品當然也是，但法律容許酒精飲品存在。我每次開在環城高速公路上，經過卡爾靈啤酒廠，聞到的不僅是啤酒花烤焦的味道，還有一股惡臭，那背後是許多慘遭酒精蹂躪的破碎家庭。我曾在奇法沃委員會【註二】作證，講到毒品的危險性，但若要從耗損的成

譯註一：《老實說》（*To Tell the Truth*）是美國一九五六年開播的遊戲節目，歷經不同電視台及製播期，現由ABC電視台播出。遊戲型態爲：三名參賽者宣稱自己爲某眞實人物，該眞實人物多半有特別資歷或從事不常見的工作，但只有一人確爲本人，另兩人爲假冒。四名來賓則分別向參賽者提問與其資歷相關問題，再判斷哪位參賽者是本人。

譯註二：Keafauver Commision，一九五〇年代由美國參議員奇法沃組成的委員會，在全美各大主要城市舉辦聽證會，審理組織犯罪，如禁酒、毒品等。

本來看，酒的問題更嚴重。是，我知道禁酒造成的矛盾。禁酒令那時我已經成年了，也親眼見到它引發的問題。可是讓酒合法就是解方嗎？我也說不準。

這個叫佛狄南的年輕人八成是覺得上報很了不起。他長得是滿帥的，但有點太帥了，對他沒好處。有傳言說他和我們社區某些人走得有點太近，特別是其中一個壞蛋。那傢伙故意找些白道的人來當擋箭牌，躲在後面幹黑道的事。這王八蛋就是謝爾．戈登。他在賓州大道上開了一間很不入流的店，在那邊上班的女生都得被迫穿不堪入目的制服。我聽說佛狄．普拉特會去光顧那裡，也認識裡面的一些常客。和這警局其他的骯髒事比起來，這只是小意思。

再說，這甚至或許正是好警察的表現。世上有很多謝爾．戈登這樣的人，儘管可能為非作歹，卻積極協助維護秩序。天下大亂和日常犯罪都在他們的管轄範圍內，是他們的目標，也得由他們策畫，可不容許有誰自己跑單幫。我知道克麗歐．薛伍德案在調查初期，那間俱樂部的人曾協助警方釐清克麗歐的下落。克麗歐的爸媽都是好人，我搞不懂為什麼他們的女兒會變成後來那樣。我只知道克麗歐十幾歲的時候就開始我行我素。有些女生就是漂亮反被漂亮誤，卻又不知如何是好。我自個兒從來不是美女，但說我頗有姿色也不為過。我身材不錯，膚質又好，膚色也美。至少我先生從來沒什麼不滿。

很遺憾我沒在克麗歐小時候認識她。要是我們認識了，我相信我一定能幫她走上正路。

好，妳見過法律夫人了，梅德琳．史瓦茲。我當然認識她，那時我還小。我們那附近的人都認識她。妳未來的老公把我弄哭的時候，就是她來安慰我的。米爾頓害很多小孩哭，這妳知道嗎？那時他是個可憐兮兮的胖小子，在街角那間他們家開的雜貨店，一邊顧店一邊看他的書。我才六歲，上小學一年級。他已經上大學了，只因爲聽到別的小孩叫我的綽號「克麗歐」就取笑我。我的本名叫尤內塔，妳能怪我偏愛「克麗歐」嗎？

這個綽號是別的小朋友給我取的，綽號通常都是別人取的。我想有些人會自己取綽號，但這有點悲哀，不是嗎？我們課堂上學到古埃及，課本上有一幅克麗歐佩托拉的側面畫像。有個小男生想捉弄我，就說：「韓德森老師，這好像克麗歐喔，她鼻子總是翹得高高的。」我的鼻子確實很美（那時就很美），又直，線條又柔，形狀超完美。感覺就像帶著十克拉美鑽走在貧民區，只是鼻子長在我臉上，沒人搶得走。於是大夥兒就想盡辦法讓我覺得鼻子漂亮是件壞事，想把我的美說成醜，上變爲下，黑說成白。然而這些人再怎麼嘲弄也影響不了我，因爲他們掩不住自己的羨慕。我眼睛顏色很淡，嘴型又很好看，顴骨線條分明，但說實話，我五官出色的關鍵在於鼻子。大多數人的發育過程都會有段尷尬的時期，但我從來沒有，這樣講好像自以爲了不起——或許我也應該經歷那段過度期。早在我十四、五歲的時候，就開始有男人主動接近我。到我二十一歲，已經懶得趕他們走了。也就因爲這樣，最後我有了兩個寶寶，但沒老公。

我很快就變成克麗歐，沒人記得「尤內塔」，沒人明白他們幫我取綽號反而幫了我大忙，我再也不必和那個難堪的名字綁在一起，從此我再也沒想起名字的事。直到那天，我和堂弟在米爾頓家的雜貨店，他聽見堂弟問我：「妳拿到錢之後要幹嘛，克麗歐？」那時「盒子」叔叔要來我們家。他並不是我們親叔叔，我也不曉得大家幹嘛叫他「盒子」，他又是什麼來歷。當年我們只知道他在我們家來來去去，但他來的時候就像辦派對，非但不需要理由，而且氣氛超棒超開心。他會發錢給小朋友，我爸則在牆角沒好氣看著這一幕。反正開派對、玩樂、所有代表享受人生的事情，我爸都討厭就對了。

「大概買點水果太妃糖吧。」我對堂弟沃克說。

「克麗歐？」我正把錢放到櫃檯上推給米爾頓，他忽地冒出一句：「這是哪門子的名字啊？」

「是克麗歐佩托拉的簡稱。」我回答：「大家都說我長得像她。」

他放聲大笑。「哪個阿呆黑小孩會長得像克麗歐佩托拉啊。有沒有這麼智障的事！人家是女王耶，妳只是個窮黑鬼。」

「黑鬼」。他用的就是這個字。別的小孩聽了紛紛笑起我來，彷彿米爾頓這兩字沒罵到他們。我就這樣孤伶伶的任人嘲弄。我放聲大哭衝出店門，把糖果和錢都忘在店裡。

「小妹妹，妳怎麼哭啦？迷路了嗎？還是家裡怎麼了？」

我抬起臉，把手臂架在挺直的鼻梁上擋著，覺得哭成這樣好丟人。要是讓同學看到我哭就麻煩了。我那些同學巴不得看我哭，還會故意鬧我欺負我，看我會不會忍不住大哭，那個惡毒的胖小子米爾頓．史瓦茲對我用的是同一招。我把頭一直往後仰，才終於看清楚法律夫人的臉。我們這兒的人都認識懷特女士。她是警察，但她人還不錯，不到必要不會把人抓去關起來。但要是你帶著裝了酒的牛皮紙袋在街上走，碰上懷特女士巡邏，就只能祈求老天保佑了。

我結結巴巴講了方才的經過，只是滿腹委屈又激動，話根本講不清楚，但她不知怎的，居然每個小地方都聽得懂。

「有些很有學問的人認爲，克麗歐佩托拉是非洲努比亞這個國家的人。」她對我說：「我們現在回那間店去，把妳的錢拿回來吧。」

她陪我走進店裡。我拿回了糖果和錢，內心震驚不已。這就是正義嗎？這就是法律嗎？米爾頓是不是因爲想奪走我的什麼，所以免費給我糖果？要是有人想傷害你，是不是代表對方欠你的比你應得的還要多？誰虧欠妳？梅迪．史瓦茲，妳又欠了誰？

無論如何，我六歲那年就對自己說，有個東西我絕對不再讓人奪走，那就是我的尊嚴。但我們年輕時對自己許下的諾言往往難以堅守，妳也早就知道這點，梅迪．史瓦茲。然而二十年來，我確實保有自己的尊嚴。我不會爲男人哭過，就連只會把兒子丟給我、不會爲我戴上婚戒的那兩個傢伙，我也沒爲他們哭過。就算我只能穿教會救濟箱的衣服，也是抬頭挺胸走路。我可是克麗歐佩托拉，隱身民間的努比亞女王。

後來我遇見了一個男人，是我一直想要的那位國王，我的生命也因此走到終點。

如今五個多月，快六個月過去了。湖水漸漸暖和、動了起來。微小的生物一點點啃噬我身上僅餘的衣衫。午間的光線穿過層層雲霧，卻觸不到我。不知怎的，那團東西已變成了我，那副目中無人、不甘寂寞的破皮囊，早已取代了我原本美麗的身體——那團東西移動著，堵住原本裝設好的線路，也可能是把線路切斷了。某天晚上，有個男的和人相約在爬蟲館見面，他去赴約的路上，發現噴泉的燈沒有亮。最起碼我認定發現燈沒亮的一定是他，也知道他去那兒幹嘛。那種人有無法曝光的一面，在那種情況下都會心臟狂跳，五感全開。那一帶的人都知道夜裡會在爬蟲館附近閒晃的是哪種男人。畢竟物以類聚。有不可告人之事的人，才能感應到尋常事物的核心自有祕密，才能察覺不亮的燈背後有更嚴重的事、更要命的事。於是這人寫了一封信給「服務熱線先生」，問說本市這麼美的景點怎麼可以不亮燈。他把我帶到妳眼前；妳請人去查看噴泉。那人乘著小舟，划向湖的彼岸，就像我們以前在學校讀過的希臘神話故事，他划過地獄外的那條河。

願你們統統下地獄，永世不得超生。

我們以前在學校讀的那首詩是怎麼寫的？「因爲少了一根釘……」唔，因爲少了個燈泡，就快要有人發現我了，而且，是的，某個算得上是王國的王國也將毀滅。有些人的生活即將崩解，有位國王會下台，有些人會心碎。

這筆帳全得算在妳頭上，梅德琳．史瓦茲。我則因沉默而保有尊嚴。無論死活，我都是有皇族風範的女子。

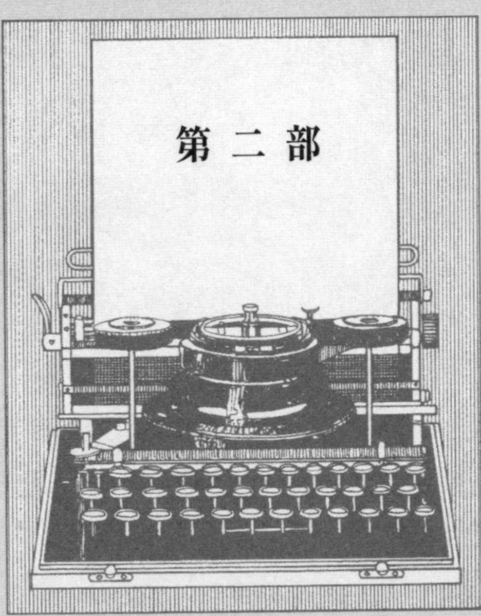

Lady In The Lake

一九六六年六月

梅迪拿著簡餐店的外帶紙盒，才踏出電梯，便察覺到編輯部（這個她已經熟悉也很喜歡的地方）氣氛不太一樣，只能用「好像少了點什麼」形容。平日這裡總是堆疊層層聲浪，此時卻像某一層聲音整個抽掉了。接收通訊社供稿的印表機還是喀啦喀啦叮叮咚咚響，電話鈴依然沒停過，但大夥兒的交談聲卻消音了。沒人高喊，沒有笑聲，只有陣陣低聲交談。由於已經逼近最後一版的截稿時間，大家講話都很節制，僅用三言兩語講些必要的事而已。

她走進服務熱線的小隔間，只見兩人已在裡面等著，一是挺著高聳雙峰、急得滿臉通紅的專題版編輯艾娜．李文斯頓，二是報社總編馬歇爾先生。這和發現上帝在你家外面閒晃沒兩樣。梅迪連忙放下裝三明治的紙盒和外帶咖啡，雙手微微顫抖。肯定是出事了，這兩人會同時出現，只有這個可能。是賽斯嗎？還是米爾頓？

「梅德琳．史瓦茲。」馬歇爾先生率先開口。

「是。」梅迪應道，儘管對方那一句並沒有詢問的意思。馬歇爾先生居然知道她姓名，這就更不妙了。她有麻煩了嗎？她做了什麼？是不是她寫懷特女士的那篇報導出了錯？會很嚴重嗎？她還在試用期，報社可以毫無理由解雇她。難道是她先前因爲加班的事向卡文據理力爭，卡文跟上面告了她一狀？

「我辦公室裡現在有兩個警察，等著要跟妳談談。」

梅迪頓時腳一軟，連忙按著桌面勉強撐住，心底有個角落高喊「賽斯」，另一個角落卻輕喚著「佛狄」。可是沒人知道佛狄的事。反正她有麻煩了。一定是出大事了。

「我們時間不多。」馬歇爾先生壓低音量，以明快的語氣說：「好在他們來的時候，妳正好去吃午飯。」梅迪發現這句話沒說對，她剛剛是去幫別人「買午飯回來」，不是自己出去吃。她上班以來大多是自己帶午餐。「警察會過來是因爲——希斯先生跟我們說，妳打電話給公共工程局，說德魯伊丘公園的燈不亮了。」

「對，我偶爾會自己打電話，比較小的問題我就自己處理。我哪裡做錯了嗎？」

「有個工人在那邊發現一具屍體，是黑人女性。警方想知道妳爲什麼打電話去，還有關於那個來問燈怎麼不亮的人，看妳能不能提供什麼消息。」

「那個人是寫信來問的。」她努力回想那封信的細節。手寫信、男性筆跡。有署名嗎？她覺得有，不過她也記得那名字一看就知道是假名，不是「約翰．史密斯」，但同樣是很普遍的名字。她當時並未查證姓名，因爲既然本來就沒打算讓那封信見報，也就沒有查證寄件人的必要。希斯先生以前還刊出某封署名叫「托伊伍」的來信呢，也沒事，這會兒梅迪卻得查證那個寄件人？

「而妳把信丟了。」馬歇爾先生接話。

梅迪本來想說沒有，她習慣把自己處理的來信和蒐集到的答案都歸到一個檔案夾裡，放到整個問題結案爲止。但一看馬歇爾先生深陷眼窩的褐色雙眸凝視自己的神情，梅迪一如往常，立刻明白男人這時最想聽的是什麼。

「不見報的來信，我們通常不會『留』。」梅迪刻意講得不疾不徐：「沒有留的道理嘛。」

「那好。」馬歇爾先生點點頭。「報社的顧問律師也在我辦公室。我現在就帶妳過去，讓妳跟那兩位警探說明，不見報的來信，我們不會保存——嗯，留著。好嗎？」

聽馬歇爾先生把自己的話再說一遍，感覺眞是美妙。梅迪肯定是用對了字。說的是實話，卻不是實情。那封詢問噴泉燈的信，應該早在週末前就扔掉的，只是此刻仍在梅迪的檔案夾裡。

等在總編辦公室的是凶案組的警探，外表和跑地方新聞的記者差不多。雖只不過四十來歲，卻因爲這份工作和工作連帶養成的壞習慣，已然顯出老態。兩人一聽報社的政策是丟掉未刊登的讀者來函，十分失望，不斷催促梅迪盡可能回想相關的細節。梅迪說她想不起寄信人的姓名，只記得是個男的，自稱在深夜路過噴泉。至於在此之前燈已經故障多久，沒人敢說肯定話。公共工程局不敢斷言這是不是老問題，只跟梅迪說噴泉燈可能故障了幾天才有人發現。

「知道那是誰的屍體嗎？」馬歇爾先生問那兩名警探：「死因呢？它怎麼會跑到公園去？」

只用一個字，「它」，好像講的是什麼物品。

「屍體的狀況非常不理想。」那兩名警探似乎邊講邊觀察梅迪的表情，看這句話會不會讓她覺得不舒服。「是名黑人女性。我們——嗯，我們就只能先講到這裡。」

既然你對我們有所隱瞞，我們也不會把知道的都跟你說。男人有時眞的很幼稚，以梅迪自己的經驗而言，女人從來不會這樣。男人動不動就發脾氣、鬧彆扭，還是跟小時候玩遊戲一樣，斤斤計較公平與否，在乎名聲地位。女人當然也在乎這些，只是女人很早就無奈接受了一件事——人生原本就是一連串的交換條件。身為女性，早在嬰兒期就會發現世上永遠沒有所謂的公平。

馬歇爾先生好似要證明女性只能享有次等待遇，隨即把梅迪打發走了，彷彿她對這場會議毫無價值，只不過是某種器具，和打字機、電話機沒兩樣。她只是轉達消息，但不能說出這消息她是怎麼知道的。梅迪回到座位繼續拆當天的來信，只覺一肚子氣。這個城市的各種小民投訴，背後潛伏著多少更大的罪行？

然而過了一小時，警探走了，總編又把她叫回辦公室，還要她帶著所有她「覺得可能相關的」檔案。

總編的辦公室相當豪華，她方才頭一次進來時心神不寧，根本沒注意到。有張超大的辦公桌（八成是桃花心木吧）、皮質辦公椅、綠色燈罩的檯燈；給客人坐的則是布面的高背扶手椅。與編輯部的髒亂眞是天壤之別。

「我想解釋一下剛才的事。」馬歇爾先生雙手互握放在桌上，身子微微向前靠：「我們都是善良老百姓，必要的時候一定會和警方合作。不過我們總得先搞清楚自己手上到底有什麼東西，才能跟警方說。警方一旦看到妳那些檔案，我們可能就得跟那堆資料說掰掰了。警方可能會扣押它們當證據。」

「我想這裡面沒什麼特別的。」梅迪說著，把存放由「她」負責的信件的檔案夾遞給馬歇爾先生，裡面都是她親自處理、解決疑難的來信，她是那個隱形的「服務熱線夫人」。嗯，還是說，她又變回「小姐」了？這兩個稱謂好像都不太適合。若稱爲「夫人」，那就是「米爾頓・史瓦茲夫人」，那個曾經輕輕鬆鬆就把全家打點好的家庭主婦。但要是寫「小姐」，又把她變成了十七歲少女。

「不如妳把信拿出來，唸給我們聽怎麼樣？」馬歇爾先生提議：「畢竟上面已經有妳的指紋了。我們沒法把證據保存得很完美，但至少也別進一步破壞證據。」

梅迪三兩下就找到那封信，她用訂書機把信封信紙釘在一起，儘管信封唯一能提供的訊息只有郵戳，可以證明是上週在巴爾的摩寄出的。信的內容直截了當。寄件人姓名是巴布・瓊斯。此刻唸出來，感覺更像假名了。

「如果我們不打算把信用在專欄，就不會查證寄件人的身分。」梅迪說著，發現總編並沒找希斯先生一起來開會，忽覺有點得意，儘管說不上來爲什麼。

「內容是沒什麼特別。」馬歇爾先生嘆道：「老實說，我本來希望這封信可以給我們一點線索，看有什麼可以搶在別家之前先發表。」

「噴泉裡死了個黑女人。」換地方新聞主編哈波發話了：「這種事我根本不會放都會版頭條好嗎。狄勒說從他聽到的消息來看，這女的可能是今年初失蹤的，謝爾・戈登那間佛朗明哥裡的一個女服務生。《非報》追得很勤，只是好像還沒什麼具體的消息。」

報社的顧問律師一直朝梅迪瞧。「欸，妳就是那個要了史蒂芬・柯文的。」

梅迪頓時臉一紅。「我不會說是『耍』啦，就只是請他回信給我而已。」馬歇爾先生把話題又拉回來。「結果妳只是隨便打通電話給公共工程局，就跑出一具屍體。」

梅迪頓時覺得彷彿有人把罪名安在她頭上。怪她愛管閒事？講話不誠實？這兩點都大錯特錯，難道他們不該誇讚她，說她有衝勁、有行動力，是個直覺敏銳、大有前途的好員工？她當下決定什麼也不說。這一刻的意義非同小可，答案就要揭曉了。她或許會獲得獎勵，或許會得到特殊待遇。最起碼他們會跟希斯先生說，她進報社不是來當他的私人祕書吧？

結果是她同一天第二次被打發走。「謝謝妳幫忙，梅德琳。」

她走出總編辦公室不過幾步，就聽到裡面傳來一陣哄笑。她覺得應該不是笑她，卻也意識到這些人可以在討論完剛剛那些事的下一秒，就開始談笑風生，這感覺還是很差。她悶悶不樂走進女廁，往臉上潑了點冷水，希望能洗去兩頰的通紅。

女廁可說是整個樓層少數安靜又相對乾淨的地方，甚至還有個小小的前廳，擺了張人造皮雙人沙發。不過會坐那張沙發的女人，也只有跑勞工線的艾得娜．史沛瑞而已。她總是帶著稿子、咖啡、香菸坐在那兒，也總要到交稿前一刻才走出女廁。編輯還沒動手呢，她就已經料到會改哪裡，喃喃罵不絕口。

「史沛瑞女士……」梅迪洗好手，往臉上潑了點水，決定冒險一試。

「怎樣？」

「我叫梅德琳．史瓦茲，現在在服務熱線專欄，不過我想在這邊當記者。我知道現在起步已經晚了——我都過三十五了。」畢竟三十七只是三十五加二而已，要說自己「快四十」，感覺像一腳踏進棺材。「我可不可以請教妳……」

顯然比梅迪年長的艾得娜對她打量了一下，又朝身邊快滿出來的菸灰缸彈了彈菸灰，發出一種有點像笑聲的聲音。

這種態度可嚇不到梅迪。

「我可不可以請教妳，是怎麼成爲女記者的？」

艾得娜這時發出的聲音肯定是笑聲。

「有什麼好笑的？」

「妳開口說『可不可以請教……』的那一刻，氣勢就沒了。」艾得娜說。

「我不知道還需要什麼『氣勢』。」梅迪新婚不久，剛在猶太會堂和婦女復國組織的委員會服務時，碰過好些母「老」虎，得費心施展個人魅力贏得她們認同。如今眼前的艾得娜和那些母老虎也沒什麼兩樣。

「妳需要說服力，需要自信。妳知道我怎麼踏進這一行的嗎？」梅迪覺得對方應該沒有要她回答的意思，便沒作聲。「唔，妳應該知道才對。妳要是認眞想幹這一行，第一步就是每次採訪之前都要做功課，對妳要訪問的人知道得愈多愈好。」

梅迪吃了一驚，但不想表露出來。「我不覺得妳是採訪對象，我把妳當同事耶。」

「那可就是妳犯的第一個錯了。」艾得娜回道。

有一種時刻，是足以左右某人未來的時刻，關鍵全在於是否用正確的方式回應。梅迪就體驗過幾次這樣的時刻。一如她快滿十八歲時，身在巴爾的摩西北區，面無表情站在屋外的車道上，看著搬運工人抬家具，把一張綠色絲質沙發塞進卡車後廂。她這輩子的夢想，也隨著那張沙發進了卡車。又如一個月後，她在一場舞會認識了米爾頓，隨即明白他既世故又天真，是她騙得過的男人。

「謝謝妳抽空和我談。」梅迪語氣和婉，心裡想的卻是：不對，我犯的第一個錯是找女人幫忙。我對男人比較在行。我對男人總是比較在行。

那晚，佛狄也笑她。「因為噴泉裡的那個女的是黑人呀，梅迪。黑人失蹤，不會有人覺得是什麼大事。」

「我當然知道。」梅迪回嘴：「我沒那麼天真。」

但她心底覺得很受傷。《星報》那些男性主管對這件案子毫不關心，令她非常火大，她原本以為這多少是受了佛狄的影響。萬一她和心愛的人永遠不能公開出雙入對，又怎樣？——問題不在種族考量，而是梅迪還沒正式離婚。或許也因為佛狄的感情狀態吧，儘管梅迪仍然不知道他結婚了沒。

「以前要是黑人女性死了，地方報紙根本不會報。」佛狄說：「妳那些長官原先根本不聞不問，到克麗歐的屍體出現了才有那麼點反應，我也不意外。克麗歐這種女生——和她往來的人太多了。《非報》會這麼重視，是因為她媽傷心成那個樣子。再說克麗歐又在謝爾．戈登的店上班。那傢伙自己的問題也不少。」

「你認識克麗歐嗎？」

又是那種笑聲。「這城市這麼大，梅迪，誰認識誰啊。」

梅迪半夢半醒之間，意識到佛狄其實並沒回答她的問題。這時若要再追根究柢，是不是有點太……像老婆會做的事？佛狄認識誰、過去又認識誰，干她什麼事？

然而梅迪還是放不下這件案子。克麗歐．薛伍德的屍體曝光和泰絲．范恩之死，兩者間似乎有許多相仿之處，卻有截然不同的際遇。沒有搜索小組，沒有大眾關注。沒有正式死因，至少尚未公布。沒有迅速逮捕嫌犯，沒有群情激憤。

這兩樁凶案的共通點正是梅迪。

是個巧合，沒錯，既然當事人自己就是那個「巧合」，很難不去放大這個共通點的重要性。以泰絲案來說，就算史蒂芬．柯文始終不供出那個共犯，他畢竟已經落網，算是為泰絲伸張了正義。但克麗歐案之後會有什麼結果？她又怎麼會在噴泉裡？為什麼去公園？到噴泉的時候還活著嗎？

「你剛剛說克麗歐．薛伍德在哪裡上班？」梅迪換了個方式問，這樣問感覺合情合理，也比較不觸及隱私。

「佛朗明哥俱樂部。」佛迪才說完就明白了：「梅迪，別。」

「別怎樣？」

「別把自己扯進來。」

「我怎麼會把自己扯進去？」連梅迪也聽得出自己口是心非。

「我想想，梅德琳．史瓦茲怎麼會把自己和謀殺案扯上關係？唔，她可以加入搜索小組；可以接受記者採訪……」

「我哪有接受採訪。」

「……她也可能寫信給某個會被判死刑的變態，再用點手段叫報社讓她把『這段經過』寫出來。妳和這間報社都不太對勁，梅迪。要問我的話，我說這叫飛蛾撲火。」

「我現在是報社的員工了，這是我的工作，我想做出點成績往上爬。這和你想在警局求表現，有什麼不同？」

佛狄聽了這句話，有好一陣子陷入沉默。兩人無語的這段時間，讓梅迪方才這一問顯出更多更深的涵義，只是她開口時沒想這麼多。這段談話的地點是床上，這也是他們最常待的地方。有時兩人會起來喝點啤酒吃個飯，但似乎從來沒有把衣服穿好的時候。有那麼一、兩次，他們想好好坐在沙發上看電視，但穿上衣服、並肩坐直身子，感覺很不自然。後來佛狄乾脆把電視搬到臥室的五斗櫃上。有時兩人就在床上看十一台「午夜場時光」的電影。臥室就是他們的全世界。

過了一會兒佛迪才開口：「我覺得妳……」又打住了。梅迪既興奮又害怕。世上最撩人的，莫過於聽到情人親口說出對妳的想法。

「說嘛。」

「我其實想不出該怎麼用言語形容。我在想妳是不是自己覺得，不知道，有點與世隔絕，或說卡在兩個世界之間吧。妳再也不是史瓦茲太太，但也不能說妳眞的『不是』。妳很高興用『史瓦茲太太』的名稱登在報上，也希望以後還有機會繼續用那個名字出現。不是出現在文章裡，是放在文章最上面。」

「對，就是署名。」這確實是她想要的。她把柯文那篇報導（那是「她的」報導）給了巴布．包爾之後，報社把她的名字放在最上面沒錯，還用了斜體：本文係根據與梅德琳．史瓦茲之通信撰寫而成。史瓦茲爲發現泰絲．范恩屍體之搜索小組成員。但現在她明白了，這樣寫不算是正式署名。而且從某些角度來說，那甚至不是她的姓氏。可是話又說回來，哪個女人眞能有自己的姓氏？梅迪的「娘家姓」也是她母親冠夫姓的結果。

她選擇佛狄，難道是因爲黑白通婚原本在馬里蘭州就違法？她能對外大大方方說她選擇了佛狄嗎？他倆形同住在自己的小世界，在這臥室裡躲躲藏藏——至於躲什麼，她也說不上來。她倒不是怕米爾頓。老實說，她還滿喜歡幻想米爾頓發現她有個「愛人」的表情——尤其是眼前這個愛人。佛狄犯不著爲了安全感，在網球場上追著華利．懷斯打的高吊球四處跑。

然而他們倆的關係永遠不能讓賽斯知道。這個年齡的男生，一來無法接受自己媽媽談戀愛；二來大人也不該指望他能接受。哪天等梅迪終於離成了婚，重返現實世界，會是如何（無論那時的現實世界會變成怎樣）？她會再婚嗎？她想再婚嗎？大概，也許吧。不過至少現在，她要的只是「這樣」，不管「這樣」代表什麼。她要「這樣」，還有編輯部。編輯部也是有女人投身新聞工作，報導港口、世界、華盛頓。

艾得娜。梅迪想到那女人竟然三兩下就打發她走，兩頰頓時發燙。

那晚，梅迪雖與佛狄同床，卻沒告訴他這些想法。既沒提到和艾得娜交手的經過（她自覺這一段很丟臉），也沒說爲了往上爬想多交點男性朋友，儘管她很肯定佛狄會吃醋，這更能滿足她的虛榮心。倘若佛狄是她日後廝守終身的人，她自然會渴望佛狄的妒意，也需要這份妒意，當年她對米爾頓也是如此。

然而佛狄不是、也不能是她的終身伴侶，就算法律允許他們結婚也不行——但現實擺在眼前，這種婚姻並不合法，在馬里蘭州就是不行。這不是梅迪的錯，縱使她想改變現狀，這也不是憑她一人之力能辦到的事。

他們倆再次做愛。清晨三點左右，梅迪恍惚間察覺佛狄正悄悄抽身離去。他在走之前輕撫梅迪的秀髮，再度送上一吻。

梅迪心想：也許我應該換回以前那個髮型。剪得短一點，弄蓬一點。艾得娜就是這種髮型。這麼一想，報社的女性大多都是這種髮型呢。

不，不用，梅迪告訴自己，她接下來要多交點男性朋友。

母老虎

我在女廁的直立式金屬菸灰缸摁熄了菸，那裡面的菸蒂十之八九是我的。這層樓就兩間女廁而已，但這裡的女性員工早就（不太情願地）默認這間是我的藏身處。這間女廁又小又爛又好用。有人認爲這些形容詞用在我身上也可以，只是他們不會當我的面這麼說。

我回到辦公桌，爲當晚要交的稿子打起電話來。我那些主管都受不了我分配工作時間的方式，但我的表現好得沒話說，他們開不了那個口叫我改，只是不免會埋怨幾句：我們是晚報耶，艾得娜。萬一事情在半夜或隔天早上有了進展怎麼辦？萬一我們得從早報的消息再追下去呢？講得好像全巴爾的摩有人搶新聞搶得過我似的。我高興什麼時候進辦公室就什麼時候到。我會先仔細看當天的稿子被亂改成什麼樣子，朝卡文吼一吼，再開始寫隔天要上的稿子。我大概晚上八、九點交稿，卡文就得因此幫我的文章挪出位子。我喜歡和卡文共事。他有點怕我，嗯，他確實有怕我的理由就是了。不過他還是會改我的稿。

他改稿有時改過頭，像今天他差點就要寫更正啟事：「茲因編誤……」這種事他們打死都不想承認，但我會逼他們非更正不可。爲了這個，我待會兒要找卡文談談，嚇嚇他，讓他接下來幾個月再也不敢亂改我的稿。卡文這傢伙就像條狗，而且是笨狗，得一教再教才行。說眞的，他們應該給我個權限，要是他不乖，我就有權拿捲起來的報紙打他。反正我們這兒滿坑滿谷的報紙，我肯定能把他打得乖乖聽話。

我的辦公桌就像小朋友用積木堆起來的那種城堡。小孩用的積木每塊都很大很輕；我用的積木則是一個個紙箱裝著的檔案。我並沒有用紙箱把編輯部擋在外面的意思，至少一開始沒有。我只是希望檔案就在手邊，再說抽屜早擺不下了。亂歸亂，什麼東西在哪兒我清清楚楚，想找什麼不用十分鐘就找得到，比圖書室幫你調剪報檔案的人快得多。但要是有人到我這小窩裡來找某個檔案，保證他什麼也找不到。也許我是故意的吧。

我跑的路線非常專門，可說是我在《星報》一手創立的。他們都叫我「勞工」記者，意思是指我追蹤本市各式各樣的工會。當然啦，要是巴爾的摩港或「伯利恆鋼鐵公司」有大新聞，我的報導往往就退居二線。警察、消防員、教師，巴爾的摩的大小事，勞工線都能報導。我唯一沒寫過的就是報業公會，他們今年底應該會發動罷工。萬一眞的罷工，我也不會和同事們一起上街抗議。我會跟大家說，要是我加入抗議行列，豈不有偏頗之嫌？我不會在大夥兒罷工的時候還進報社上班——眞要這麼做就太傻了，因爲等到罷工的問題解決了（一定會解決的），大家心裡難免有疙瘩。但我也不會和同事一起上街。

其實眞正的原因是我本來就討厭工會這種組織。當年進《星報》，我和他們談的就是不適用勞基法工資工時規定的職位，所以我不是報業公會的付費會員。上街抗議是小孩的玩意兒；罷工則是轉移員工注意力的遊戲，好讓他們忽略一個事實——沒人站在他們那邊，連報社的管理階層也一樣。你看，連員工自己的主管都不支持他們。

有些同事覺得我不加入報業公會才是偏頗，還會經想拿這個來跟我吵，但我覺得沒加入反而讓我更客觀。我的報導、我和巴爾的摩各個工會頭頭建立的交情，就是最好的證明。說老實話，這些工會大老還比較願意和我談，因爲我不會對他們手下留情。我問問題向來單刀直入，站在質疑甚至敵對的立場——但這樣往往可以讓他們發現自己策略上的缺失。

我幹了十一年的勞工記者，在《星報》服務十九年，記者生涯二十四年。連我讀西北大學時的學生報也算進去的話，就是二十八年的記者生涯。（我自己是這樣算的。）如果再往前算到我高中時代，那時我在老家（科羅拉多州的艾斯本）幫一間報社做了兩年固定供稿的特約記者，這樣全部加起來，我在報界的資歷足足有三十年。我絕對不是編輯部「首位」女性記者，但女性人數眞的不多，願意跑這種又硬又陽剛的路線的女性就更少了。

當然啦，我長得不怎麼樣，對幹這行絕對是加分。噢，我知道有人會說不要這樣自貶，但事實擺在眼前，我少女時代就是小個子紙片人，但當時大家趨之若鶩的是沙漏型身材。我鼻子長得倒還不錯，但在我臉上卻嫌太大。碰上這種遭遇的女人，有的走時尚作家黛安娜·弗利蘭路線，有人則仿效傳奇報人瑪莎·葛蘭姆。我根本懶得傷這個腦筋。我出社會的頭兩份工作，最先是在肯塔基州的萊辛頓，之後去了亞特蘭大。那時我對男人理都不理，堅信自己很快就會前往下一站。既然是我根本不想委屈自己久待的地方，談什麼戀愛？

可是不管我那些同事暗地裡怎麼說我，我終究是個女人，有女人的需求。到了巴爾的摩後，我大概看了一下可能的對象。同事、同業、警察、助理檢察官、工會理事長——女記者會碰到的大概就是這些人，只是沒一個我喜歡的。有天我到彼特小館，發現有個長得滿斯文的年輕人正在喝咖啡，我就盯著他瞧。他是中學英文老師，滿怕生的，也沒什麼戀愛經驗。我主動對他示好，他簡直感激不盡，也因此覺得向我求婚是天經地義，完全沒想過別的可能。我們現在有兩個快成年的孩子。若要說剛結婚的那些年非常痛苦（確實很難熬），那只能說如今我很慶幸我們終於走了過來，但中間的細節我再也記不得。總之我們熬出頭了，這才是最重要的。

結果現在不知哪兒來的這位太太，覺得自己可以就這麼大搖大擺走進《星報》辦公室幹起記者。是啦，我們這兒有不少人也是這樣起來的，一開始做行政文書之類的工作，還有人以前是總機呢，但他們進報社的時候都很年輕，而且從很基層的工作幹起。而這傢伙——她根本沒興趣從頭學起，也沒有積極的求知欲，這點我敢打包票。她要的是做女記者享有的種種好處——報導署名欄寫著自己的名字；找機會往哪個男人辦公桌上一坐，一邊伸手討菸抽，一邊晃著兩條玉腿。我坐辦公桌的時候很少抽菸，有個原因就是容易引起火災。此外也因爲我把香菸當成自我獎勵，交了稿、打完該打的電話就有菸抽，可以增進我的工作效率。我管這個叫我的「3C」——稿子（copy）、香菸（cig）、咖啡（coffee）。我都到女廁校稿，大多數的女性員工也都心知肚明，不來煩我。

誰不知道那美女是憑她的姿色才當了希斯的助理，但那份工作注定沒出路。她當時應該去試週日版才對，她寫新娘簡介、訂婚喜訊這種題材肯定非常適合。我們報紙不常報導猶太婚禮，但猶太望族「邁爾賀夫」家族的喜訊是少不了的，偶爾也會出現「賀蕭」家族。

常有人以爲我是猶太裔，但我家族其實是蘇格蘭人，又悍又耐操，性子比蘇格蘭採石場的大理石還硬。同樣因此有人以爲我支持工會，也同樣正好相反。工會的作用是幫助一般老百姓，對不成材的阿斗而言更是求之不得。但如果你原本就很厲害，工會反而會扯你後腿。

我很好奇我這幫同事萬一知道我的祕密，會有什麼感想，那就是——郡長阿格紐來找過我。他今年要選州長，共和黨員在馬里蘭州走這條路會很辛苦。他邀我出任新聞祕書，還說這是爲日後成爲州政府官員鋪路。我則跟他說我想入閣，最好是當商業部長。後來我又主動聯絡衆議員席可斯，他是最有可能贏得民主黨提名競選州長的人。我跟他說阿格紐邀我加入團隊。這樣等到十一月州長大選日，我就兩邊得利，穩贏不輸。我和雙方陣營都談妥了，可見我並不偏頗，對吧？

我已經受夠了報社生活。有太多這種美女，穿著高跟鞋喀喀喀在編輯部走來走去，以爲這種生活好好玩、好刺激，甚至還想和編輯部的男人約會。我年輕時是犯過不少錯，但好在沒犯這種錯。

一九六六年六月

梅迪在上回找艾得娜談話卻踢到鐵板後（梅迪不是涉世未深的小白兔，自己也知道搞砸了），立刻暗地裡把自己的處境評估一番——手上已經有哪些資源？她想要什麼？還需要什麼？然後把外表做了點低調的改變，一是不再穿得那麼入時，二是把熨直的頭髮挽成髻。（她還是一直去把頭髮熨直，否則佛狄會不開心的。）她也回顧了目前爲止自認的各項「成就」：從在植物園意外發現泰絲的屍體；主動丟給包爾一點線索，免得他一直想報導她；到打電話給公共工程局通報噴泉的燈壞了——沒錯，這些事都可以說是巧合，但都有一個共通點：梅迪。

她邀包爾先生共進午餐，請他給自己一些未來工作發展方面的建議。這時的她已經打定主意，不要再把自己努力的成績歸因於走運。

包爾的反應是瞇起眼瞅著她，一頭霧水的樣子。「妳是指哪裡？」

「這裡，我在報社的工作。」

「不是，我是問妳要去哪兒吃午飯？」

「紐奧良小館好嗎？」這間餐館離報社走幾條街就到，報社的職員和祕書常去那裡外帶午餐。梅迪爲了省錢，午餐大多是自己從家裡帶來。去那邊內用的記者也是有，只是不多。記者比較喜歡去報社附近碼頭上的海鮮餐廳。老鳥記者甚至還會等最後截稿期限過了，找暗一點、安靜一點的地方，花個兩小時好好吃一頓高級大餐，喝上幾杯馬丁尼，再跌跌撞撞走回辦公室。即使琴酒的後勁還沒完全消退也無所謂，因爲當天已經截完稿，他們也交了差，之後有整個下午到傍晚的時間恢復正常。梅迪自然很樂意去那樣的地方午餐，只是考慮到萬一這麼提議，包爾先生可能會誤以爲她別有用心。

再說，這餐是她提議的，她想請客。

梅迪點了鮪魚沙拉和「Tab」無糖可樂；包爾則吃辣味火腿三明治配咖啡。兩人吃喝之際，梅迪開口：「我知道我不是記者，不過要是他們願意讓我當記者的話，我想我應該可以表現得很好，而且不是寫卡文丟給我的那些垃圾。」

「『讓』妳當記者？」包爾回道：「這裡不會有人『讓』妳幹嘛的。妳得靠自己努力，讓機會來找妳。」

「要是我找到可以報導的題材，而且是很好的題材，用自己上班以外的時間來寫呢？」

「那妳可能會踩到別人的線喔。」包爾提醒：「這樣行不通。」

「萬一是沒人要寫的題材，我就不算眞的踩線，對吧？」

「妳這麼說，等於是做了壞事又想鑽漏洞，讓自己全身而退嘛。」他話雖然這麼講，但梅迪看得出來自己如此鍥而不捨，反倒把他逗樂了。她知道包爾對自己有那麼點著迷，這也無所謂，梅迪早習慣了。這輩子不知有多少男人迷戀過她，關鍵是要把這微妙的情愫拿捏得恰到好處，讓對方一直保有這種感覺，又不能讓它發展成認眞的關係，免得傷了別人的感情和自尊。

「妳想到什麼題材是『妳不追，就沒人寫』的嗎？」

「就是湖裡的那個女孩——女人。」

包爾搖搖頭。「那不是可以寫的題材。」

「爲什麼？」

「那女的不過二十來歲，放著自己的小孩不管，只管自己跑出去野。甚至沒跟小孩的爸爸結婚，又和不知哪來的傢伙出去約會，天知道是什麼三教九流的人，然後那傢伙把她殺了。這有什麼了不起的？」

「唔，假設我明天死在自個兒家裡，有人也會用類似這樣的話形容我。」梅迪心裡並不眞的這麼想，但覺得這樣講很有說服力。「我主動和丈夫分居，親生兒子又不願意跟我。你那天來找我，我不想和你談，就是這個原因。你要報導，就非寫到我那些事不可，這樣會害我兒子賽斯很難做人。」

包爾朝番茄醬瓶子猛敲一陣，卻倒不出番茄醬。梅迪正打算幫忙，女服務生已經過來接手，動作既迅速又熟稔。看樣子女服務生和包爾很熟，熟到可以調侃他點的菜。哎喲你點辣味火腿三明治啊，你這小辣椒。

「妳就這麼想當記者啊，梅迪？我們這行的女人，大多很年輕就入行了，要不就是嫁給幹這行的人，而且大多數都是母老虎，我覺得啦。」

「世界在變。」梅迪說。

「只怕沒變得更好。」

「那瑪格麗特．博克─懷特【註一】呢？」梅迪話才說完就知道自己操之過急了。她沒事提一個攝影師的名字幹嘛？到底還有哪些知名的女記者啊？

「有規則就有例外。凡事都有例外。妳覺得自己有厲害到可以成爲例外嗎？」

梅迪拿起快要解體的三明治，咬下幾乎看不見的一小口，刻意細細咀嚼了一番。「坦白說，我確實覺得有。喔，瑪莎．蓋爾洪【註二】。我剛剛是要說瑪莎．蓋爾洪啦。」

「那也許妳可以針對這個題材寫點什麼。這樣吧，明天妳午休的時候，我們去局裡一趟，我介紹妳給約翰．狄勒認識，他可以跟妳講些最基本的，好比先從怎麼拿到警方的事件報告開始。」

「我前陣子在總局碰到他，一下子而已，但我沒印象在編輯部看過他。」

「妳在編輯部啊，大概永遠看不到他。他都打電話進來講他手上有什麼資料，叫撰稿編輯去寫。那小子喔，要是電話那頭沒有撰稿編輯幫他，連寫張便條給他媽、列個購物清單都不會咧。這邊的記者背地裡都叫他副座狄勒，副座大哥之類的。這樣吧，我們就跟他說，這是……某種培訓任務好了，免得他疑神疑鬼，以爲哪個聽都沒聽過的小女生四處打電話、踩他的線。我之前不是說了嗎，與其說他是記者，他還比較像警察，從裡到外都是警察樣。局裡大大小小的事，他什麼都知道。」

也有他不知道的，梅迪暗想，血流忽地湧上雙頰。

女服務生

他們在聊克麗歐的事——B先生，和那個跟他一起來的女人。我差點就要湊過去對他們說，我認識她。可是這樣會嚇到人，還會害他們突然發現女服務生其實不聾也不啞，而且我跟你保證，他們最後給的小費肯定不會多。

我很意外最後埋單的是跟B先生一起來的那個女人，更意外的是她留的小費還不錯。不是每個女人都對小費吝嗇，但看這個女人的樣子，應該不懂得幹勞力活是什麼滋味。給小費大不大方的差別就在這裡。律師都很小氣，小費給得最少，但一輩子沒上過班的家庭主婦也好不到哪兒去。

也許她埋單是爲了讓B先生刮目相看吧。我在這間餐廳招呼B先生已經快十年了，也還記得他年輕時更瘦一點的模樣。他說自己正在減重，點了辣味火腿三明治。我跟他很熟了，熟到看他拿別人的薯條吃，就去打他的手，鬧他。

譯註一：Margaret Bourke-White（1904-1971），美國首位女性戰地攝影記者，也是《生活》雜誌首位女性攝影記者，於二戰期間赴歐採訪，是一九四一年首位記錄德國入侵莫斯科實況的西方攝影記者。亦採訪過甘地領導的印度獨立運動及韓戰等重大事件。

譯註二：Martha Gellhorn（1908-1998），美國知名記者及小說家，爲女性戰地記者先鋒人物，採訪過二十世紀多場重大戰事，包括西班牙內戰、越戰、諾曼第登陸等。

當然啦，那個女的沒點薯條。

一個女人幹嘛要幫B先生埋單？這樣不對吧。B先生跟我說過，他的帳永遠是他自己付，要是我看他和不認識的人一起來，我就幫忙安排一律由他埋單。可是今天他讓這個女人付帳，這可怪了。他顯然不是對對方有意思，否則沒有由女方付帳的道理。再說他可是已婚男人。他說自己婚姻很「幸福」，但我實在不覺得B先生的生活有哪點可以用「幸福」形容，也許只有報社那部分算是吧，那是他喜歡的工作。他不想回家，我知道，因爲他有時會在我們打烊前不久進來，點杯咖啡慢慢喝，我則在一旁數當天的小費。他邊喝會邊跟我聊起他老家，那小鎮感覺很像我的故鄉，在西維吉尼亞州。

他講什麼都不干我事。我要做的就是把吃的趁熱趕緊端上桌。

我十三歲就端盤子了。我因爲腿特別長，十三歲就有十六歲的樣子。我爸媽在戰後把全家搬到巴爾的摩，因爲那時葛倫．馬丁在巴爾的摩開設飛機工廠，有很多就業機會。只是最後結果不如預期，他們無論做什麼都不順。於是兩人酗酒、離婚、復合，只是復合後情況比酗酒和離婚還糟，我只得找個方法逃跑，哪怕當時我才十三歲。我先是在一個叫「史黛西」的餐館找到工作，之後又去一間叫「沃納」的餐廳，現在換到「紐奧良小館」，我們管它叫NOD（New Orleans Diner）。這間餐館的店面是狹長型，害很多女服務生吃不消。我看過很多年輕人因爲不懂得有效率的工作方法，做沒多久就離職了。她們在店裡大多用小步跑來跑去，很少有輕快移動的時候。但我知道如何以最少的走動，照顧店裡最大的範圍。

這不代表我從小頭腦就很好。事實證明，對十幾歲就自己在外面闖蕩的女生來說，每天下班手邊就有現金未必是好事。我有幾年很慘，差點要變成我媽那種人。每個女人的一生大概都是這種遭遇，對吧？要麼就變成妳媽，要麼就不像妳媽。當然啦，每個女人都會說絕對不要變成自己的媽。別傻了。對很多女人而言，像自己媽媽那樣，其實就代表成長，學著負起責任，有個大人的樣子，做大人該做的事。我聽過很多女生邊喝咖啡邊聊天，埋怨自己的媽對什麼都有意見，還立一堆規矩等等。我是站在媽媽那邊的。尤其現在這年頭，年輕人的舉止變得怪裡怪氣的，穿著打扮也是，聽的音樂愈來愈吵愈誇張，我當然和媽媽同一陣線。

不過我也能了解小女生的感受。還記得我年輕時迷貓王迷得要命。我寧願當時家裡有個媽媽能罵我兩句，也不想要個穿著浴袍、抱著琴酒酒瓶的酒鬼，還趁我不在家溜進我房間，偷走我辛苦賺來的小費。

總之，有天我就這麼懷孕了。那男的娶了我，但他這輩子只做對了這麼一件事。沒多久我已十九歲，一個人帶著寶寶。

那個寶寶叫山米，如今已經十四歲，在學校是優等生。我滴酒不沾，把全家上下收拾得井井有條。房子是租的，但整理得井井有條，先不管這個詞到底什麼意思。「井」和「條」有什麼關係？我每天下班回家，會花一小時把腳放到擱腳凳上，倒杯百事可樂放在旁邊。正因爲我有抬腳的習慣，雙腿半點靜脈曲張的痕跡都沒有，還是足以讓人吹聲口哨。我不太小跑步，盡量快步移動，還有就是常抬腳。要是有年輕人來問我，我一定會分享這些保養雙腿的小祕訣，只是從來沒人問我。這些女生自以爲什麼都懂，有幾個在紐奧良小館熬出頭的女生，居然也這麼以爲。

老實說，我們的店名很容易讓人誤會。有人以爲這裡賣的就是紐奧良菜（先不管紐奧良菜指的是什麼），但其實會取這個名字，是因爲這間店原本開在奧良街，後來老闆把店搬到朗巴德街，就把新的店叫「新奧良街小館」（New Orleans Street Diner），這樣老客人好認。但他印菜單的時候沒注意到漏了「街」字，又不想因爲改過來多花錢，所以就這樣了。他是希臘人，理財和烹飪都很厲害，其他的事都很糊塗。

和B先生共進午餐的那個女的——她問B先生好多問題，但不是想多了解B先生的那種問法，也不像約會。我用不著聽他們談話也知道。那女的就像緊盯著松鼠的狗兒，興奮得全身發抖。我每次看到狗兒這樣都很納悶：你要松鼠幹嘛啊？你不都已經吃得飽飽的嗎，松鼠又沒那麼好吃。不管那女人想從B先生身上撈到什麼，反正不會有她想的那麼了不起。天下沒有那麼了不起的事。我這輩子一而再、再而三的學到教訓。你以爲自己想要的東西很重要，其實根本沒那麼了不起。

我幫B先生倒第三還第四杯咖啡的時候，聽到她的名字，克麗歐．薛伍德。她在沃納的廚房做過，只是沒做很久。她想當女服務生，但那邊的幾個頭頭都不同意。只有白人可以端盤子，他們說這是符合客人期望。克麗歐說她這樣的美女躲在廚房裡太可惜，她說的沒錯。如今她卻死了。我前幾天在《星報》看到的。除了原本就差不多會死的人，像年紀很大的長輩之類的，克麗歐是我認識的人之中第一個死掉的。在報上看到克麗歐的死訊，感覺眞的好詭異，而且還死在湖裡。好好一個女生怎麼會死在噴泉裡？肯定是惹到男人了。年紀輕輕就死掉的女人，肯定和男人脫不了干係。

因爲想到克麗歐，讓我明白人生有多短暫，有時人也需要好好享受一下。那天下午我算算自己的小費，結果居然反常的多。於是我下了班居然沒去搭公車，而是往反方向走，一路走到市中心中央，那邊有好幾間大型百貨公司。哈茲勒太高貴了，不是我這種人去得起的地方。它有十層樓，裡面的東西多到一棟樓放不下，延伸到旁邊另一棟。霍修．孔百貨就沒那麼嚇人了。我推動旋轉門，大步走向香水櫃檯，因爲我第一眼就看到那裡。

香水用在我身上其實也是浪費。我全身上下總是一股培根和薯條的味道，不管洗頭洗得多勤都沒用，只是身邊的人未必會發現。打從山米上小學，我就下定決心不再想男人的事。等他上大學，我三十五歲，要找點樂子應該還不算太老。和B先生吃午飯的女人身上有種好聞的香味。我也希望身上有那種香味。

「需要幫您介紹嗎？」女店員問我。她一身美麗洋裝，秀髮配上纖纖玉手，害我眞想把自己的手趕緊塞進口袋。

但我沒把手藏起來，反而開口說我想試試「喜悅」的味道。香水我不熟，只是記得看過廣告，說「喜悅」是全世界最貴的香水。那店員不太情願遞了張有香味的紙給我，連沾一丁點香水在我手腕上都不肯。我嗅了嗅那張紙。不對，和B先生吃午飯的女人身上不是這香味。我索性亂猜，隨手指向一個頂端有隻鴿子的香水瓶，瓶身寫著「L'Air du Temps」【註】。我不敢講出那個名稱。就算我會講法語，也會因爲自己的口音講得亂七八糟。我甚至不知道自己有口音，是因爲兩年前山米帶朋友回家玩，聽到他們在廚房裡的對話才發現。「你媽爲什麼那樣講話？」「哪樣？」山米問，眞是我的好兒子，小心肝。「像影集《豪門新人類》裡面的暴發戶。」這樣說不對吧，我講話哪裡像那些人啊，西維吉尼亞州習慣拖長音，但我早就被身邊這些巴爾的摩口音同化了。經過這件事，我的口音就變得有點像山米，算是因禍得福嗎？大家都喜歡我的聲音，也可說他們是喜歡我這個人。我那些常客啊，每次看到我來幫他們點菜，整張臉就亮起來。我是他們喜歡、珍惜的對象。我才不要在店員面前講「L'Air du Temps」的法語發音，省得她嘲笑我。

「這個牌子的古龍水比較便宜。」那個女店員說：「但瓶子就沒那麼漂亮喔。」

「我不會爲了瓶子買香水啦。」我說，想讓她知道我不是鄉巴佬。

不過看看這價錢——哎喲老天爺，誰會願意爲了把身上弄得香香的花這麼多錢？在耳朵後面沾點香草香精不就結了？

只是我一吸氣就知道了，這就是和B先生吃午飯的女人的香味。我很清楚，不管我在紐奧良小館來來回回走多少路，無論有多少新客人看了菜單故意鬧我：「什麼？居然沒有紐奧良秋葵濃湯？」（我聽了總是哈哈大笑，像是頭一次聽到有人這麼問）這都是我買不起的東西。我和那女人的美貌不相上下，或者說，我也可以像她那樣漂亮。我就比這香水櫃檯的女店員好看啊，她那個鼻子尖得都可以戳到天花板了。我雙腿線條還是很勻稱，膚色也漂亮。我有個貼心的好孩子，母子倆生活也過得去，但我這輩子永遠不會有一瓶蓋子上有鴿子的香水。而那女人的五斗櫃上應該有很多香水，擺在貴婦常用的鏡面香水盤上，這鴿子香水只是其中的一瓶。

「我想這不是我喜歡的類型。」我說：「它太……果味太重了。」

那店員只笑了笑，一副抓到我說謊的樣子。

我回家，抬腳一小時，喝百事可樂，看《打保齡贏現金》，這節目總是讓我心情好，我也不知爲什麼。有時還有這附近我認識的太太們上節目。我脫下絲襪，把雙腿塗上可可脂，好好按摩了一下。我的腿眞漂亮，這是我避免小跑步、盡量快步移動的成果。我要是去當免下車餐廳的服務生也不錯，那種服務生都穿雙排輪鞋。不過馬里蘭州沒有免下車餐廳。我想那應該是加州才有吧，要不就是天氣比較好的州。

山米回家了。十四歲的他，已經比我高十公分左右。他不用我開口就來親我臉頰。去年母親節，他送我一瓶鈴蘭香味的香水，是在「Rite Aid」藥妝店買的。你知道嗎？那眞是比「喜悅」還是什麼瓶蓋上有個天使的香水好多了。L'Air du Temps，到底是什麼意思啊？是空氣什麼的嗎？我以後再問山米好了。他在漢彌頓中學每科成績都拿A，連法文也是喔。我的好兒子，他將來肯定會做一番轟轟烈烈的大事業。我有他就夠了，我這輩子最棒的成績就是他。

我趁電視廣告的空檔看《星報》，克麗歐．薛伍德果眞成了昨天的新聞，從報上消失了。她有次跟我說她以後一定要成名，我想以某個角度來說，她確實成名了。或者說，成名了一天。

當時我眞應該湊過去跟那位女士說：「我認識她，那個叫克麗歐．薛伍德的。妳可以問

譯註：字義爲「時尚」或「流行趨勢」。此指Nina Ricci推出的「比翼雙飛」香水。

我。」這樣事情不就有意外的發展嗎？不過幹我們這行的，永遠不要讓客人曉得你聽到多少。他們以爲自己的談話都沒人知道。我服務過的客人有談地下情的、談分手的，還有些男人顯然在做不該做的事。我照樣幫他們上菜，和熟客打情罵俏，其他時候我就當自己又聾又瞎。

紐奧良小館的油氈地板都舊得變形了，凹凹凸凸的，但我就像穿了雙排輪鞋來去自如，我最厲害的就是輕快移動，避免小跑步。

一九六六年六月

包爾先生把梅迪帶到警察局總局的記者室就走了，活像帶小孩去上第一天幼稚園的粗心爸爸。他只管送梅迪到門口，至於勇敢大步走進去，在裡面找到自己的位置，就要看梅迪自個兒了。

梅迪已經在《星報》編輯部領教過髒亂的辦公室，但一看總局給記者的空間竟是個污穢陰暗的角落，還是吃了一驚，而且裡面坐的清一色是男性。儘管約翰．狄勒一直說眞的有個女記者跑社會新聞，叫菲莉絲．巴斯克，是另一家晚報《光明報》的記者。

「那她人呢？」梅迪一副不太相信的語氣。

「開車到環城高速公路兜圈子去了，這樣里程數和她報的公帳才對得起來。」狄勒回道。

梅迪有種被耍的感覺，不過還是點點頭。假設眞有這個女記者，梅迪也能理解她爲何不想待在這間記者室。老實說，以梅迪去新地方探路的經驗，不單是記者室，這整棟大樓都可說是她印象中陽剛氣最重的地方，而且不是讓人覺得舒服的陽剛氣，就像「郝思納」餐廳的酒吧。（或者說，梅迪想像中郝思納餐廳的酒吧——郝思納是巴爾的摩的老字號餐廳，有些奇怪的規矩，例如女性不得進入，也不接受訂位，但等著用餐的人龍還是一直排到街上，顯然生意不受影響。）沒錯，警局裡是有些女警員、祕書之類的，還有這個神奇的菲莉絲．巴斯克，但上上下下都瀰漫著男人的味道——男人的汗味、菸草味、造型髮乳和鬍後水的氣味，而且還是劣質的平價鬍後水。

狄勒幫她導覽了一番，首先是示範怎麼取得警方的事件報告。她仔細讀了克麗歐．薛伍德失蹤案報告中的細節。從克麗歐失蹤到有人察覺，中間隔了好幾週。有個叫湯瑪斯．拉得洛的酒保說，克麗歐的男伴在一月一日清晨來俱樂部接她，兩人一同離開去約會。那個男的高高瘦瘦，三十來歲，穿高領套頭衫，外罩黑色皮夾克。克麗歐沒有把他介紹給店裡的同事認識，湯瑪斯印象中也沒見過這男的。那天克麗歐身穿綠色上衣、豹紋長褲，紅色汽車大衣配紅色皮質駕駛手套。梅迪把這些小細節一一抄在自己的筆記本上，就當沒事找事做也好。

「什麼是一號女性？」她問狄勒。

「黑人。」狄勒答道：「白人是二號。黑人一號。」

狄勒帶她去每個部門轉了一下，把她介紹給不同的巡佐認識。他們一見梅迪進門便精神大振，但一聽是狄勒的同事，臉就垮了下來。梅迪慣常在男人面前享有的優勢，在這裡似乎派不上用場。她想和凶案組組長談談克麗歐．薛伍德，但對方不怎麼願意開口，幾乎到了不太客氣的地步。「還沒有正式列為凶案。」那人說：「還在等醫檢的結果。」

這整個導覽過程中，個頭短小、衣著考究的狄勒，反而是梅迪最難解讀的對象。她原本以為狄勒就喜歡看她初來乍到、手足無措的模樣，又或者存心想整她，讓她知難而退不來煩他。然而等導覽結束，狄勒卻主動提議：「妳想不想去太平間，看看他們對薛伍德這個案子有沒有什麼進展？」

她有點遲疑，但因為沒特別意見，很自然就說好。

「她的屍體還在太平間啊?」

「我覺得他們應該還沒把屍體交給家屬。就算已經交給家屬了,妳去太平間也不算白跑一趟。妳要是想寫警察的事,就應該去跟那邊的傢伙認識認識。」

噢,好喔——還有更多的「傢伙」要認識啊。

從《星報》去太平間的路不算遠,比從總局去遠一點而已。狄勒在路上談起「九宮格殺手」,此人專門在碼頭邊挑成天泡酒吧的人下手。他指了條巷子給梅迪看,說有個被害人的屍體是在這兒發現的,又眉飛色舞把被害人身上的傷口描述了一番,但報社當時決定給殺手一個別名來暗示這點,好讓讀者自己推想屍體的狀況。「我一般是不會跟女人講這種事啦,但妳是記者嘛。」

內港這一區實在髒得可以。港口西側盡頭,生產調味料的「味好美」工廠飄出肉桂的氣味,和這片風景形成怪異的對比。梅迪平日即使往南走,也很少到港口這邊,唯一的例外是賽斯小時候有幾次學校遠足,他們在去麥克亨利堡的途中經過這裡。梅迪努力在腦中勾勒著九宮格殺手犯案的畫面——有些處境窘迫又生著病的男人到酒吧買醉,被三言兩語哄騙出了酒吧,最後陳屍在空地或小巷中。但大眾看待這些被害人的態度,還是比對克麗歐·薛伍德多了幾分尊重。殺了他們的凶手好歹有人的稱謂、人的特質,而且他們的死彼此互有關聯。

「克麗歐·薛伍德的案子怎麼可能不是凶殺案?」梅迪問狄勒:「屍體怎麼會在一月的時候跑到噴泉裡?」

「妳這些問題問得很好。」狄勒說,但沒有回答問題的意思。

醫檢官的辦公室燈火通明卻了無生氣。狄勒和梅迪一進門，原本繞著輪床的幾個男人隨即讓出一個空隙，讓梅迪可以直接看到床上的死者。那人塊頭很大，皮膚近乎全紫，而且由於擺放姿勢的緣故，胯下剛好正對著梅迪。

「這位是瑪菊莉・史瓦茲。」狄勒把她介紹給醫檢官。

「我叫梅德琳。」梅迪說著，原本想基於禮貌伸出手，後來想到自己的手沒消毒不太好。

「我一直想和你談談克麗歐・薛伍德。」

「噢對，那個湖裡的女人。」醫檢官說。梅迪很喜歡這個別名，暗暗記在心裡。這個名稱或許會有類似九宮格殺手的作用，讓克麗歐・薛伍德的故事不會那麼冷冰冰，至少能帶點人味。

醫檢官帶梅迪到一排排的抽屜前，隨意開了幾個抽屜，彷彿根本不知道克麗歐・薛伍德的屍體放在哪兒。梅迪看到有個男人身上有許多刀傷，還有幾具沒什麼特別的普通屍體。最後，她來這裡的原因終於出現。她胃裡一緊，但表面上強自鎮定。

「她……她的臉。」梅迪說。那已經不能算是臉，顏色並不白，也不是褐色，比較接近斑駁的灰。

「她母親來看過嗎？」

「是她妹妹指認的。」

梅迪很想問這樣要怎麼認，開口問的卻是：「是什麼原因導致的？」

「泡水。這樣放在外面五個月——情況當然不理想。我們已經證實她不是淹死的，頭骨也沒創傷的痕跡。」

「噢不是，我是問，這怎麼可能不是他殺？屍體怎麼會在噴泉裡？」

「這不屬於我們的工作範圍。」醫檢官說：「我們是負責找出死因，目前爲止找不到。」

「有哪些可能的死因？」

「受寒、失溫，也許她卡在噴泉裡——最後一次有人看到她是一月一日，那天還滿暖和的。」

「你覺得她是穿得整整齊齊的游去噴泉……她衣服很完整對吧？再爬進噴泉？」

醫檢官把報告上的字唸出來：「死者身穿豹紋長褲、紅色羊毛大衣、綠色上衣。」之後抬眼道：「妳知道人喝醉了會做什麼事嗎？講出來嚇死妳。嗑了藥的更誇張。」

「你是說迷幻藥嗎？」梅迪在《時代》雜誌上看過對迷幻藥的種種恐怖描寫。

「在巴爾的摩？她嗎？海洛因還比較有可能。」

「克麗歐．薛伍德有海洛因毒癮？」

「我沒這麼說。這種事我們不會知道。」

屋裡的男人都在觀察她、估量她、等她崩潰。這時梅迪轉向狄勒問：「快中午了，想去吃午飯嗎？我餓扁了。」

狄勒帶她去對街的一間酒館。「貝比．魯斯【註】的爸爸以前是這兒的老闆。」狄勒說。梅迪看到菜單上寫著「豬雜玉米餅、各式薄切肉片堆成厚層……」，胃不禁翻攪起來。不過她打定主意要好好大吃一頓，或至少要裝成開懷大吃的樣子。她已經習慣裝成無拘無束、愛吃高熱量油膩食物的女人。她點了總匯三明治和薯條，明知自己應該只會吃個幾小口，在盤子裡撥弄兩下再撕成小塊而已。狄勒點了啤酒，她也要了一杯。

她以爲狄勒不是明察秋毫的人，狄勒卻注意到她根本沒吃幾口。

「不舒服嗎？」

「減重啦。」梅迪回道：「有些女人還吃茅屋起司呢。我會點我想吃的，然後吃幾口而已。」

兩人一語不發吃著，其實眞正在吃的人只有狄勒。

「你跟她家裡談過嗎？」梅迪問。

狄勒似乎有點摸不著頭腦。「誰家？」

「克麗歐．薛伍德呀。『湖中的女人』。」梅迪想用用看這個詞，把它變成自己的語彙。

「我幹嘛和她家談？」

「難道不用嗎？有人死的時候，你不都是這麼做嗎？」

狄勒吃下最後一口漢堡，用餐巾按了按嘴。他顯然不是老粗，舉手投足流露的教養與梅迪不相上下，甚至可能更勝梅迪一籌。雪白的襯衫，鬍子刮得很有專業水準，筆挺的泡泡紗西裝外套。

「她是黑人耶。」

「所以呢？」

狄勒的表情像是認眞思考這個問題，一副從沒聽過有人這麼問的模樣。

「黑人死掉不是大新聞。我是說，一天到晚都有黑人死，這和新聞的定義正好相反嘛。狗咬人有什麼稀奇的？而且妳也聽了醫檢官說的，有可能是嗑了藥，嗑嗨了，突發奇想游到噴泉去。」

「她明明死在大庭廣眾之下，卻有這麼多難以解釋的事。」

「所以剛找到她屍體的時候，確實有引起關注，但我們會查的，《非報》大部分都做了。講白了她就是個和壞人出去約會的女生，沒什麼好寫的。她反正和很多男人交往過，就我聽到的是這樣。」

「很多是什麼意思？」

「不知道，我……」狄勒努力想著適當的措詞：「我只是把我聽到的講出來。有些女人就是這樣，只喜歡吃喝玩樂，靠這個就能付房租。她上班的那個俱樂部，叫佛朗明哥的？那就是『花花公子俱樂部』的平價版。女生穿得少少的，賣的酒都攙了水，樂隊也是二流的。那邊的老闆也開妓院，大家都知道。」

梅迪想著自己方才看到的，曾是克麗歐．薛伍德的那具屍體被糟蹋到了什麼地步。大自然何等無情。瑪麗蓮．夢露四年前過世時，大家都說歲月催人老，真是美人遲暮，還提到她生前曾希望死後屍體也要美美的。但沒人能有美美的屍體。就算不因外來創傷而死，死後數小時內，也只有靠防腐員的巧手，才能讓屍體保存得尚堪入目。梅迪的美貌每天都在流失，她活著的每一刻也

譯註：Babe Ruth（George Herman Ruth，1895-1948），巴爾的摩人，因在美國職棒大聯盟締造的輝煌紀錄，有「棒球之神」美譽。一九三六年入選美國棒球名人堂。一九九八年在《體育新聞》選出的史上百大棒球球星中排名第一。

是在死去。

夢露死時三十六歲。梅迪則在三十七歲生日的前幾週決心好好活著。

「如果我去和她爸媽談談呢？」

狄勒聳聳肩。「滿殘忍的，尤其是萬一妳談了又寫不出東西的話。但我猜只要『服務熱線先生』高興，妳想做什麼都可以。不過要是妳想寫個專題報導，幹嘛不去找靈媒？」

「什麼媒？」

「靈媒。巫師、通靈的，怎麼稱呼都行啦。她爸媽就去了一個靈媒那邊，想打聽她的下落。妳可以用這點來寫一篇關於克麗歐的報導，就當人物側寫。那個靈媒說看到綠色和黃色，但噴泉裡沒有黃色的東西，唯一綠色的東西就是藻類，但克麗歐失蹤那晚哪來的藻類？那個酒保跟警方說她穿著綠色上衣，所以這也不是什麼新鮮事。我敢說，假如妳今天跑去問那個靈媒，要她解釋這一點，她會說黃色是因爲克麗歐的臉被轉過來面向陽光，要不就是湖邊開滿水仙花，但這兩件事都沒發生嘛，一月哪來的水仙花呀。」狄勒說完大笑，笑到連話都講不出來，顯然自己被自己的話逗得很開心。「記得別先打電話過去喲，因爲，因爲……」狄勒邊說邊笑邊猛拍自己大腿：「因爲我敢打賭，她絕對料不到妳會出現。」

副座大哥

我知道同事背地裡都叫我什麼。他們叫我「副座大哥」，說我眞是入境隨俗，簡直就是警察，不太像記者了；又說我文筆不行，所以幹了三十年還在跑社會新聞。想認眞在報社發展的人，不會一直跑社會新聞。結果不知哪裡冒出個一頭熱的小妞，以爲寫個死黑人的報導，就能在報社往上爬。她懂什麼啊。就連我們《星報》（我們有自知之明，很淸楚自己不是高高在上的《燈塔報》，人家不但有國外分社，還有八人編制的駐華府小組）都把社會線當成暫時落腳的地方，只是過個水而已。

五十二歲還跑社會新聞確實不太常見。別的社會記者在我面前都尊稱我一聲「前輩」，裝得一副很仰仗我的樣子。其實這些人打的算盤是偷我的消息來源，以爲他們一定可以挖出更多東西。不過我手上之所以有這些消息來源，是因爲我鐵了心要待在這兒，不走了。這些小伙子一轉身就可以在背後捅你一刀。我花很多工夫和我這條線的人打好關係。我會出席他們小孩的受洗禮，偶爾參加警察兄弟會的烤公牛餐會，在酒吧裡也會請警察喝個幾輪酒。

我在總局過得很開心。進報社辦公室反而讓我壓力很大，除非是爲了拿薪水支票或報公帳。要走進《星報》大樓，只有這兩個理由我還能接受。

我爸是新聞界的傳奇人物。他當年是費城的專欄作家，強尼．狄勒——他全名是強納森，我的名字則因爲出生證明打錯字而成了約翰，改不掉了，所以我並不是「強納森二世」什麼的，我也不許別人叫我「強尼」。受了父親的影響，我覺得當個新聞人很有趣，很自然就想做和他一樣的事。正因爲他的名字固定出現在報紙頭版，大家彷彿都敬他三分。然而我最後卻進了《星報》，因爲我後來念了約翰霍普金斯大學，還編了學生報。我總幻想有朝一日成爲專欄作家或政論作家，跋涉百里，風光回到費城老家。

但只有一個問題：我文筆實在不好。是啦，我可以把句子用正確的順序組合起來，過去曾有的文采卻完全不見了，我自己也不知該怎麼解釋。他們在報社架構文章的第一步不是動筆，而是去犯罪現場，找支公用電話打回報社，把蒐集到的事實告訴撰稿編輯。我們是晚報，沒時間讓你回辦公室寫稿。所以你得把全市每支公用電話在哪兒摸得一清二楚，那就是你的辦公室。

我遇上的第一件謀殺案，發生在我剛進報社的第三天。我花了許多心力在筆記本上寫好稿子，想說可以直接唸給撰稿編輯打字，應該可以省他不少事，結果居然換來一頓痛罵。他說我不但沒有幫他省事，反而害他浪費時間，因爲我寫的東西根本不能用。他吼我：「我要的是這些這些，而且要用這種順序。」要是我想寫得生動一點，或加上我覺得滿有意思的細節，他會說：「小子，我問什麼你就答什麼。」

當時我對自己說：那就露兩手給他們瞧瞧吧。之後我就趁夜裡寫起小說，投注全副心力，寫了一個男孩的故事——男孩在費城長大，住在所謂的「好區」，卻忍不住被比較差的那區吸引，和那邊的一個男孩成了朋友。算是滿典型的劇情，像舞台劇《街頭浪子》演的那樣，年少時混街頭的孩子，長大後一人當了牧師，另一人成了罪犯，只是我沒把反差寫得那麼大。我寫的是一個男孩後來幹了記者，另一個當警察。兩人最後因目標相左起了衝突——有件重大謀殺案，記者堅持要報導某個環節，但若報導出來，就有可能影響審判，讓凶手無罪開釋。警察則做了自以爲非做不可的事——他殺了那凶手，自己也因此被捕。

我覺得自己實在好會寫。

某一晚，我坐在打字機前，看著自己動筆以來累積的稿子。我的進度是一天兩頁，寫了大約半年，累積了三百頁，差不多是一本長篇小說的篇幅。我把稿子從頭讀起，結果最記得的就是兩件事。

第一，我眞的很討厭自己寫的那個記者。我下筆時顯然對那個警察比較偏心，儘管那記者可說是以我爲本。

第二，我文筆眞的不行。完全不行。

別誤會我的意思，我這小說並不差，但也不能說好。我對天發誓，我以前眞的很會寫，不知在多少筆記本裡寫滿了詩和短篇小說，高中和大學時代也得過文學獎。可是到了《星報》，那個撰稿編輯扼殺了我內在的不知什麼，再也找不回來了。我只覺像個所有神力都慘遭剝奪的神，被貶到地球，只能漫無目的四處遊蕩作爲懲罰。問題是，爲了什麼受罰？只要我和撰稿編輯一直維持「我講他寫」的關係，我的寫作技巧只會愈來愈差，愈來愈差，愈來愈差。《星報》對新聞報導的定義太過狹隘，害我也沒了自己的觀點。

可是，萬一我在報社往上爬，有自己的線了——還是寫不出來，那該怎麼辦？

就在那瞬間——我依然能看見自己坐在客廳的書桌前，（當時）年輕的妻已早早就寢，我捲起襯衫袖子，準備大幹一場。感覺就像看見一個男人自以爲會飛，然而夢醒後，只見那人站在窗外的平台。我呆若木雞，就算有人拿槍指著我的頭，我也不覺得自己按得了打字機的鍵。我碰上了寫作瓶頸，至今依舊無法突破。我只能寫下字和詞，成不了句。我把事實記在筆記本上，但這不算寫作，只是速記。我其實知道怎麼速記，所以才這麼會寫筆記，而且內容絕對可靠，引述別人的話也從來無人質疑。從來沒人說我的引述有哪個字出錯。就算所有的報紙都報導同一件事，大家引用的話或寫的事實多少有出入，我也始終正確無誤。我幹這行快三十年，從沒寫過更正啟事。你知道這有多稀奇嗎？

我和那個叫梅迪還瑪菊莉的小姐一起吃午飯，要她和我平均分攤餐費。她似乎有點驚訝，但還是把她該付的錢給了我，這也是應該的，我們又不是約會。我把午餐的收據放進口袋，回辦公室填報帳單——我把剛剛那份午餐也算進去，在收據背後寫上「招待派崔克·馬洪尼巡佐」。報完公帳、辦好手續，一筆不錯的現金就到手了。下了班，我去警察最喜歡的酒吧，用報公帳拿回的現金請在場的大夥兒一輪酒，再拿買酒的帳單以便之後報公帳，一切合乎規定。假如請警察喝啤酒不算我的工作，我也不知什麼才算了。

我看到負責泰絲·范恩那案子的巡警，他是第一個趕到現場的警察，年輕的波蘭佬，他的厲害據說是有名的（但反而可能害到自己）。這小子在酒吧都只喝一杯啤酒就走，絕不久留，還會擺出一副假道學的臭臉，而且很愛提到他老婆。一般男人講到老婆，難免開開小玩笑或抱怨個兩句，但這小子不來這套，他老婆可是聖人，是天使。如果真要問我，我會覺得他一天到晚把老婆講得這麼好，反而讓人覺得假假的。

「你知道那個好心的太太，發現泰絲・范恩的屍體、還跟凶手當筆友的那個女的？她現在在我們報社上班耶。」瞧，我丟一點東西出去，或許人家也會丟一點東西給我。

那小子皺了皺眉。「我倒不確定她好不好心。」

「怎麼說？」

「我不想八卦。」

當然啦，講八卦的人在開始八卦之前都會講這句話。這傢伙尤其喜歡八卦，儘管嘴上不這麼說。男人從來不會承認的。

我先起個頭，做球給他。「她決心要研究克麗歐・薛伍德的案子。就是那個佛朗明哥的服務生，人還滿隨便的。」

「誰還管這件事呀？」

「沒人管，所以就讓她試試也好。」

「她果然喜歡黑的吶。」他冒出這麼一句。

我湊過去，把自己那包菸放到吧檯上，往他的方向一推。我知道這人的習慣。他啤酒只喝一杯，但那杯可能會喝得很慢很慢，邊喝邊抽菸。

「我不太懂你的意思。」我繼續做球給他。

「你有沒有見過一個叫佛狄·普拉特的巡警？西北區的，黑得比墨還黑。那個太太『認識』他。」他特別在「認識」兩字加重了語氣，聽不懂他的暗示都不行。

「是嗎？」

「我一直在調查這個普拉特。他和佛朗明哥的老闆謝爾·戈登走得很近。我倒不覺得這女的眞的想寫克麗歐·薛伍德的事。她應該是想挖點什麼消息給普拉特。我想普拉特大概是跟她講了泰絲·范恩的什麼事，所以巴布·包爾才會知道那麼多。要是她眞的在追這個案子，八成也是佛狄·普拉特叫她這麼做。」

「他幹嘛叫她去查？」

他吐出一口煙。「問倒我了。不過我看他在那女人的家進進出出的，那兒可不是西北區，這我很確定。」

「你到那兒幹嘛？」

這小波蘭佬猛灌酒，沒說話。這傢伙就是這樣。天生愛打小報告，外表是大人，骨子裡依然是個愛告狀的小鬼。每筆帳總是記得清清楚楚。

「我得走了。」他說：「我太太要等我進了家門才睡得好。」

他走了，我則細細思索他講的事。搞了半天，這個小婦人是因爲有個警察男友（而且還是個黑人）才在報社一鳴驚人。我很好奇她會寫信給殺害泰絲·范恩的凶手，是不是那男友的意思，還指點她該寫什麼？還有，凶案組的警探是不是透過那個男友利用她？不過她那篇報導出來的時候，我認識的警察都很不爽，因爲《星報》明確指出柯文對警方和對她是兩套說詞，又提到可能有車搬運屍體，還有共犯。三個月過去，柯文對警方還是同一套說法，說報上登的都是鬼扯，他只是對那女的亂編故事等等。不過顯然確實有個逍遙法外的共犯，警方爲此氣得抓狂。要是他們抓到那個共犯，就可以讓這兩人彼此供出對方，還可以讓其中一人被判死刑。

但我不是愛告密的傢伙。我才不會衝回報社跟大家說這個新來的妞和警察有一腿。反正她最後又不會跑社會線，至少在《星報》不會。

妳看到屍體，有什麼感想？在妳眼中我變得更眞實了？還是正好相反？我相信那景象很嚇人，像恐怖片裡才有的東西，簡直就是電影《黑湖巨怪》的公園版，我實在不忍心說那怪物就是我。不管是妳、太平間的人還是警探，有誰能從那玩意兒看得出是人呢？沒人關心這件事，我也不怪他們。我無所謂。那副爛皮囊死命守著祕密不放，但我對它一點感覺都沒有。妳居然可以盯著它看那麼久，眞要給妳鼓鼓掌。

我知道這樣講很傻，不過還是要問——我想我一定是全裸的，對吧？那我的衣服呢？顯然也全爛了，他們不會讓這種東西留在我身上。那，我這些衣服算是證據嗎？會有人化驗、存放在某個地方嗎？還是清理之後就丟了？假如眞有人想知道，每件衣服其實都有故事。我那晚挑選的衣服有好多好多故事。

那晚天氣算暖和，所以我選了豹紋長褲、輕便的紅色汽車大衣，和百分之百純絲的祖母綠上衣，但還是覺得這樣搭配起來有點礙眼，因爲紅配綠太像聖誕節了。可是有男人在等我，他又叫我別磨磨蹭蹭浪費時間。我拿了條絲巾包住頭髮，那是前天才熨直的。首飾則完全沒戴。

這身打扮都是我男人送的，但這還不是完整的故事。隨便哪個男人都能幫女人買洋裝、大衣、披肩，但我男人就精明得多。他必須耐心等時機成熟、看準機會、馬上行動，就像他看到我的那一瞬間便立刻出手。他送我的衣服偶爾需要修改，都是他親手完成。他對我的身體就是那麼熟悉。想到他在縫紉機前弓著身，依照我的身型修整衣服——這麼說吧，每每想到這一幕，我就知道他愛我，也因爲他愛我而愛他。他是王一般的男人，而我原本可以是他的王后，比他不得不接受的那個人好得多，但大家都說假如他想拓展自己的王國，就得把那個人留在身邊。我讀過很多寫亨利八世和他幾個老婆的書，其中我最喜歡安·波林。從某個角度來說，我是想仿效她設的局，只是一九六五年的遊戲規則，和一五某某年還是有點不同。

而且這局比我以爲的還大得多。比我，比我們所有人都大得多。

一九六六年六月

梅迪按下那個靈媒的門鈴，接著是個穿粉紅色睡袍的女人來開門。天夫人得了重感冒，梅迪忽地想起艾略特的詩〈荒原〉，爲自己知道這個文學典故暗暗得意，卻怎麼也想不起詩中幫人算命的夫人叫什麼名字，不禁一陣氣惱。

穿粉紅色睡袍的女人聲音很沙啞，幾乎成了破音，但又不像感冒流鼻水的樣子，就算有，也有可能是過敏的緣故，畢竟六月天氣這麼宜人，應該不會重傷風吧。

梅迪一直等到下班，才搭公車到「天夫人」的「工作室」，地點雖在水庫丘這區某幢古老大宅的一樓，但隔成了公寓。梅迪先前去太平間考察了約兩小時之後回到報社，卻萬萬沒想到爲此被長官痛罵到抬不起頭，儘管她該做的工作都做完了，外出也是用原先四個半小時的補休時間。這時她才有點明白，「長官說她可以寫報導」和「她真的動手寫報導」之間還是不同的。她每天都欠報社八小時。縱使她工作得心應手又有效率，八小時的事六小時就做得完，但因此省下的時間也不屬於她，一如描述礦工生活的名曲〈十六噸〉，她就算不把靈魂賣給公司，也得交出原本就屬於自己的時間。

梅迪還是家庭主婦的那些年，很自然養成處事俐落、講求效率的作風。她就是自己的老闆，雖然她會讓米爾頓以爲某些事還是他這個一家之主的決定。如今她卻得聽命於眼前這些男人，但他們又不是自己的丈夫，感覺好怪，也讓她很鬱悶，不禁有種反抗的心理，就像賽斯對大人的反應。她很想說：我該做的工作都做了，利用午休時間外出久一點，去研究克麗歐·薛伍德的案子，干你們這些人什麼事？然而她也很清楚，不要和他們吵這個才是上策。

此刻她搭公車來到巴爾的摩的這一區。不久前的她連開車經過這裡也不敢。要是她待會兒坐計程車回家，車費能報公帳嗎？她很懷疑。再說這裡也沒有計程車。

但至少現在白晝的時間長了些，她和天夫人談完後太陽應該還沒下山。這裡正好離米爾頓常去的「奇薩克·阿姆諾會堂」不遠，走路就能到。那間猶太會堂沒多久也不會在了，他們已經宣布明年就會遷到市郊，畢竟他們的會眾都住在那裡——「猶太人所在之地」。梅迪坐公車來這兒的路上，腦海中響起一九六〇年的名曲〈男孩所在之地〉的旋律，索性改編了一番，把原本歌詞中的「男孩們所在之地╱有人在等我」，改成「猶太人所在之地╱沒人在等我」。

如此大的轉變，竟是還不到一年前的事。在這之前的她，能不去巴爾的摩市中心就不去，少數的例外是偶爾聽聽交響樂、到「佩佩叔叔」西班牙餐廳或「牛肋排」牛排館晚餐。她一直覺得市中心既髒亂又危險，這也不算說錯。但自從到《星報》上班後，她發現辦公室附近的港口沿岸就有好些熱鬧的酒吧，而且走路就可以到霍華街上的大型百貨公司——她居然有種戀愛的感覺。倒不盡然是愛上這個城市，而是愛上重新起步的契機，尤其在自以爲人生已經畫上句點，不再有什麼可能的這個年紀。

她小時候自己算過：一九二八年出生；到二十世紀中葉就是二十二歲；跨進二十一世紀時，

她就七十二歲了。她曾以爲自己不會改變分毫，覺得成年就代表不再變動，年少的她想得也沒錯——梅迪二十五歲時，人生已然定型。她和米爾頓那年在派克斯維爾買的房子（那是他們第二次買屋），很可能就是兩人未來的陵墓。儘管屋裡布置精美、設備齊全，仍舊是座陵墓。賽斯是那棟屋子中唯一眞實活著的生命，而他離家在即。梅迪想像中，賽斯的離去就像童話故事，或某一集《陰陽魔界》的劇情。（她並不眞心喜歡《陰陽魔界》，但那是米爾頓的最愛，因此兩人總是一起看。）他們夫妻倆未來的人生將如槁木死灰。表象下的虛空就要曝光了。

天夫人——噢，想必取「天」夫人這稱號是因爲「天眼通」，這也未免太賣弄小聰明了吧。梅迪這會兒就站在她門口，天夫人能憑直覺知道關於她的種種嗎？梅迪不相信通靈的力量，但對方令人畏懼的眼神中，有什麼像是在對梅迪說：假如她想，還是有可能相信的。

「妳有預約嗎？」

「我想妳應該知道我會來。」梅迪話才出口就後悔了，她幹嘛把狄勒的玩笑話拿來用？顯然不會讓這女人對她有好感。

「我這才能不是一直外顯的。」天夫人說：「有這種才能，得在必要的時候休息一下才行。這也有可能很累的，這種能力。」說著意味深長地停頓了一下，才道：「要我運用這種才能，是得付費的。」

梅迪想到錢包裡只有幾張鈔票，看來搭計程車回家的希望要破滅了。

「我來這裡不是想請妳算命。我是《星報》的人。克麗歐．薛伍德失蹤期間，妳曾經爲她的下落算過命。我想就這點請教妳幾個問題。」

「問問題勢必會用到我的才能。」

「那，三塊錢夠嗎？」

「把錢拿來我看看。」她接過梅迪遞上的鈔票，掀鼻子聞了聞。

不過想必天夫人認爲鈔票沒問題，因爲她隨即帶梅迪進入屋內某個房間，看得出應該是過去的前廳。面街的幾扇窗垂著某種算是類似綢緞、泛著光澤的紅色布料，但梅迪看得出只是廉價的仿製品。房間裡有個水晶球和一疊普通的撲克牌。但天夫人沒理會這些道具，要梅迪坐到她對面，把雙手掌心朝上放在桌上。梅迪照做了，天夫人隨即把自己雙手蓋著她的掌心，十指伸向她手腕。此刻要是想測梅迪狂飆的脈搏，應該也不是難事，但天夫人沒這麼做，反而一動不動。

「克麗歐．薛伍德的爸媽來找過妳？」梅迪開口打破這令人不安的沉默。

「她媽來過，她爸沒來。她爸認定我做的事是魔鬼的作爲。」天夫人說著蹙起眉頭。「那人眞沒知識。」

「妳當時看到什麼？」

「我拿著一個東西，她媽覺得那個東西對克麗歐有很重大的意義。」

「一個東西？」這可是新鮮事。

「一條貂皮披肩。」天夫人嗓音輕柔，一字字緩緩吐出：「非常精緻的披肩。」

「克麗歐怎麼會有貂皮披肩？」

天夫人露出不屑的眼神。當然啦。年輕單身女子怎麼可能會有毛皮製品？

「我知道妳跟《非報》說的事，可是好像不太……」梅迪知道自己措詞必須很小心：「好像不太符合發現克麗歐的地方。也許綠色算是說中了，有可能是因爲公園，或她那天穿的上衣。不過那邊沒有黃色。黃色是因爲那天深夜之前出現了什麼嗎？就是妳看到的那個黃色？」

天夫人點點頭。「是，黃色是深夜之前出現的。我想她一定待過黃色的房間。她最後看到的是黃色。」

「妳是指——她是在別的地方被殺的？」梅迪的思緒回到太平間，和那個醫檢官描述的情況。屍體很重的。男人就算很壯，要一個人扛起屍體丟進噴泉，應該不太可能。

「她最後看到的是黃色。」天夫人又說了一遍。

梅迪不敢相信自己浪費了時間金錢，只換來這點東西。關於那披肩的細節之前沒聽過，但還是撐不起一篇報導。「妳還看到別的嗎？」

天夫人閉上雙眼，久久不發一語，久到梅迪開始懷疑她是不是睡著了。接著她倏地睜開雙眼，擺出極爲老練的優雅姿態開口：「祕密。」

「克麗歐．薛伍德有祕密？」

「不是，我想是妳的祕密。」

梅迪得強忍著自己抽回自己雙手的衝動。她的手仍被天夫人粗糙的手蓋著。

「每個人都有祕密呀。」梅迪說。

「對，大家都一樣。不過妳的祕密讓妳壓力很大。就像鞋裡有顆小石子，但妳還是繼續往前走。其實妳只要停下來，把鞋搖一搖，讓石子掉出來，就會舒服多了，但妳不想這麼做。我很好奇爲什麼。不是什麼天大的祕密，但妳不希望任何人知道。」

梅迪瞬間想到了佛狄。天夫人指的是佛狄嗎？她隨卽罵自己：別傻了。這女的根本是冒牌貨，講得頭頭是道，沒一句是眞的。「也許不是我的祕密。或者不光是我的祕密。」

「沒有，這是很久以前發生的事。不過我也在妳的氣場裡看到黃色，只是愈來愈淡，漸漸消失了，就像光線慢慢變暗那樣。是路燈嗎？不知道。現在沒了。」

梅迪把手放回自己腿上，好切斷兩人之間的連結，以防萬一。「妳會爲了自己做的事內疚嗎？」她問。

「我幹嘛要內疚？」

「妳幫克麗歐．薛伍德的母親算命，給了她希望。可是她來找妳的時候，克麗歐應該可以說已經死了。妳沒辦法給她眞正的答案。」

「我這本領是天生的，不是我求來的；我也沒叫大家來找我，更沒叫『妳』來找我。我也不保證會有答案。大家來問我看到什麼，我就跟他們說。另一個世界的事不是那麼清楚直接，我看到的東西也不一定都有解釋，這不能怪在我頭上。」

「妳能跟我說一下我的未來嗎？目前爲止妳看的好像都只是我的過去。」

天夫人深吸一口氣，屏住呼吸，凝視梅迪，自己的瞳孔都放大了。梅迪自覺像是眼鏡蛇對著弄蛇人。過了好一會兒，天夫人終於呼出氣來。

「危險。」她說：「我看到危險。」

「我有危險嗎？」梅迪想到要自己走路回家，尖聲問道。

「不，妳本身就是危險。妳會把某個人傷得很重，會搞出各種各樣的麻煩事。」

噢，梅迪心想，竟不由自主覺得失望。這不又是過去的事嗎？米爾頓，她傷害了米爾頓，還有賽斯。有時她會想，假如把所有實情都告訴米爾頓，結果會更好嗎？或更壞？倘若她過了這麼久，到這時候才揭穿自己的謊言，會讓米爾頓對她拋夫棄子的感覺好一點嗎？

但話又說回來——黃色，逐漸消失的黃色。日蝕。那可惡的日蝕。

她在六月的暮色中走回家，自覺像希臘神話中的人物，或許是到地獄救出尤瑞狄絲的奧菲斯吧。她抬頭挺胸，把皮包改成斜背，現在都建議女性這麼做了。她努力調整步伐，不想走得太快，固然多少是因爲高跟鞋原本就不適合快走，但也因爲她想表現得天不怕地不怕。然而她在這一區顯然就是個外人，路上的男人見她經過，也都似乎自動退後，讓點空間給她。難道這些男人也看到了危險？

那晚她沒關窗戶，這當然有點危險，但晚春的空氣如此清新芬芳，或許是拜大教堂的花園之賜。巴爾的摩這一區鮮少有自然的香氣，彷彿四季變換硬是跳過了市中心。她一絲不掛鑽進被窩。半夜兩點左右，消防梯上傳來很輕的腳步聲。她凝神傾聽，有人推窗，讓窗戶敞得更開了些。男人的身體覆了上來，占有她。

「這我們談過了，梅迪。」完事後，佛狄說：「別讓那扇窗開著。除了我以外的人也有可能進來。」

「也許我就是爲別人開的。」

一陣沉默。房間很暗，梅迪看不到他的表情。「不要這樣。」

「哪樣？」

「像，嗯，脫衣舞女郎，或者誰都可以上的那種女人。」

「像克麗歐．薛伍德？」

「妳還在追這個啊？」

「我要寫篇關於她的報導。一個女人就這麼死了。我也許可以讓大家知道這是應該關心的事。」

佛狄嘆了口氣。「我懷疑。」

「你認識她嗎？」

「怎麼可能，佛朗明哥俱樂部又不在我管區。」

「你覺得她有男朋友嗎？地下的那種？」

「肯定不只一個啦。」

佛狄一掌打在梅迪臀部，但力道很輕，這是給她的暗號，意思是要她翻過身呈四足跪姿。她對佛狄說過，她在床上從來沒用過傳教士姿勢以外的體位，米爾頓拒絕接受其他選項。

這一點是眞的，但也不是眞話。她和米爾頓只用一種方式做過，然而——儘管米爾頓仍然相信梅迪只有過他這麼一個男人，他卻不是梅迪的唯一。梅迪的初戀情人很狂、很敢，而且，唉，這人就是能說動她，讓她無論做什麼都願意。綠色的絲質沙發。日蝕過程中那一小角黃色的月。啊，但那是天夫人的花招對吧？不管她看到什麼顏色，反正顧客會自己用想像力把故事補上的。

沒有這種天賦的人很難理解我的情況，但這或許也是必然。要是你知道我看見什麼，尤其是「怎麼看見的」——嗯，從前從前，他們會把我這種女人燒死，也許那是種慈悲。

我看得出今天來找我的那個女人並不信這套，所以就想稍微嚇嚇她。她不值得我動用自己的天賦，她也不會把我的能力用在好的地方。我說她有祕密，但誰沒有呢？儘管我不想動用自己的能力，還是確實看到她周圍有黃色的氣場，只是我看不出那黃色是真的與她有關，還是因爲上回克麗歐．薛伍德的母親過來，要我摸摸那條毛皮披肩之後，有什麼還沒了結，所以我仍然感應得到。我當時很肯定那女孩還活著，也許是真的吧，誰知道呢？她的屍體有可能是二月底才放到湖裡的。但假如她那時還活著——那她人呢？我爲什麼救不了她？是不是有人把她關起來，而那房間的牆壁是綠色的，所以我才看得到？會不會有人把她關在地下室，那裡只有一盞燈泡，所以我看到黃色？

我八歲那年頭一次明白自己有預知的能力。我作了一個夢。夢裡有我、我阿姨（她那時候才十幾歲），還有一個和阿姨不太熟的男人。我們三人都在車裡，那個男的開車，但他開得太快了，阿姨一直拜託他慢一點。後來車失控了，阿姨受了傷，那男的死了。早上我醒來，夢裡的這些事居然真的發生了。阿姨斷了一條腿住院治療；開車的男人死了。我跟媽媽說自己夢到這些事。我媽起先拚命叫我不要這麼想，她說：「不對不對，小乖，妳一定是晚上聽到我們講話。」要不就是：「也許那是妳在出事當天晚上作的夢，但因爲那天好多事情亂成一團，有那麼多人進進出出，我們又好擔心她會死掉，所以妳的夢在腦子裡也亂了，順序都不對了。」

現在我懂了，我想媽媽當時一定很擔心我。她很清楚擁有天賦就得付出代價，我也確實付出了代價。這才能我控制不了，也無法召之即來。要是我坦承這點，大家就會以爲我是冒牌貨，所以我不提。但問題是，來找我的人都能得到很好的建議，錢也沒白花，但不是每個人都能經歷眞正的通靈體驗。這不是我能控制的。

克麗歐．薛伍德的母親——她就得到了眞正的體驗。很清楚的綠色和黃色，四周都是。我想那可能是陽光，想說她應該是在某個地方轉不了頭，只能被迫直視太陽，也說不定是房間或天花板。但不管怎麼說，她生前最後的幾分鐘身邊都是黃色，這點我很有把握。

那個女人離開後（我不必運用自己的預知力，也知道她覺得自己白跑一趟），我關了燈，決定提前打烊，雖然平日我晚上生意比較好。很多人喜歡等天黑了才上門，尤其是虔誠的基督徒。但我今天太累了，就連最細微的振動也會讓我吃不消。

我今年四十七歲，結過三次婚，每次都搞得慘兮兮，但我從來不提，同樣是因爲大家知道了，就會懷疑我的能力。有預知力的靈媒，怎麼會一直挑到爛丈夫？答案很簡單，因爲我的心怎麼說我就怎麼做。心什麼都不知道，什麼也看不見，但爲了達到目的，不鬧得天翻地覆不罷休。我做的事、我這個人、我的預知力怎麼作用，沒有人眞的了解。我的能力不像機器，只要插電打開開關就有。這種天賦十分敏感，也會挑天氣。晴天比雨天好；冷天比熱天強。

克麗歐的母親上門那天天氣很好，乾冷而晴朗。空氣中帶著這種刺骨寒意的時候，我就能感受平日感受不到的東西。我可以看見薛伍德太太的靈魂深處，那眞是慘得不忍卒睹。她深愛這個女兒，想要我看看有沒有什麼跡象能顯示克麗歐還活著，也許正因如此，我覺得我應該辦得到吧。克麗歐雖然一直讓她操心，但我覺得她對丈夫、對自己其他幾個孩子，都比不上她對這個女兒的愛。有些媽媽就是這樣。我撫摸著那條毛皮披肩，感覺它似乎活了起來，就像貓發現有人輕搔牠的背。而且那披肩還散發一股香氣，芬芳卻又陳舊，是某種香水，聞著就像——渴望。她非常想非常想要某個東西，那女孩。

我看見黃色，艷麗而刺眼的黃色。我看見有個女人的頭被轉得面向太陽，或許是飛得太接近太陽，就像那個希臘神話故事。我們本來就不是飛翔的命；我們原本也不該看到我看到的東西。我是個好人，規規矩矩上教堂，有時週日我會在教堂向上帝禱告，請祂別讓我看到那麼多（但我從沒跟講道的牧師說過這件事）。可是上帝說，蘇珊（這是我的本名）——我不會把天賦賜給受不起的人。

那個來打聽克麗歐．薛伍德的女人應該是盤算做些什麼壞事。我察覺得出她也有渴望，但那渴望的成分並不單純。她像汽車引擎，轟隆轟隆轟隆，在這世上製造一堆噪音，還冒出好些火星。她處心積慮想達成某個目標，問題是她不知道自己的目標在哪兒，所以才說她危險。

我享用了豬排配菜豆的晚餐，還任性一下喝了點甜酒，才漸漸平靜下來，然後就準備上床睡覺，不過想到睡覺我就難受。作夢對我是沉重的負擔，因爲夢境有時會成眞，但我不知道哪些夢會成眞、哪些不會。你有沒有體會過——你卡在惡夢裡醒不過來，醒後發現原來全是一場夢，才終於鬆了一口氣的那種感覺？我還得親自查證，確定自己的夢沒有成眞，才能眞的放下心上的重擔。沒錯，我的預知能力是天賦，但不是我求來的，我巴不得還回去。請把這能力拿走吧，上帝，這是不對的。請讓我當個平凡人，一個能與男人正常生活的女人，夜裡頭一沾枕卽可安然入夢，不用害怕夢裡可能出現的種種，也不必擔心天亮後，在他人的美夢惡夢結束之際，或許依然等在她眼前的種種。

綠色和黃色喔？還眞是一分錢一分貨啊，梅德琳·史瓦茲。妳知道那綠色和黃色代表什麼嗎？那是我死前兩週去劇院看戲，包廂座墊的布料。

我男人說要給我個驚喜，帶我去了紐約一趟，說他有音樂劇《夢幻騎士》的票。座位不算很好，而且在我看來，我們是全場僅有的黑人。至於音樂嘛——唔，我覺得是滿八股的音樂啦，老人家才會聽的那種。但我看得出他深受感動，也看到淚水順著他臉頰流下，但他的哭點不是大家都很熟、收音機也常播的那首曲子（同樣，如果你聽老人常聽的電台就知道），而是到了最後那場戲，女人說，床上那死去的男人不是她認識的那個人，她深愛的那人依舊活在某個地方——這時我男人哭成了淚人兒。那一刻我心想，他會是我的，他會選擇做個英雄，而不是床上的男人。但事實不是這樣，他哭得那麼傷心，是因爲他清楚自己的極限，知道自己最後會做什麼選擇。他就是那麼懦弱。

他看劇，我看他。那劇是齣戲中戲，讓我想起我們小時候常講的笑話，一起頭就沒完沒了：我在畫我自己畫我自己的畫。畫愈變愈小愈變愈小愈變愈小，到最後什麼也看不見。

於是我暗暗打定主意：我要做那個活下去的人，不要當舞台上那個躺在床上的老人；不要當安·波林和凱薩琳·霍華（亨利八世這兩個太太都是美女，但也是瘋子）；更不要當最後那任太太，我記得她是護士，但大家都不太提她的事，而且她在亨利八世去世後沒多久就死了。我要當安．波林的妹妹瑪麗，她成功騙倒了所有人，過著幸福的日子，又很長壽。我就要選擇這樣的生活。

只是太遲了。我活下去的選擇早已讓人奪走，而我完全不知情。

一月一日清晨三點，我打開衣櫃挑選約會要穿的衣服，還特意花了點時間整理，免得我和拉提莎的衣服混在一起。我們倆會互相借衣服穿，但我的衣服比她的好很多。這麼晚約會也不是第一次了，再說我每逢過節放假都是一個人，這樣安排正好。我就把它當成上第二輪班。我男人很大方，但我要的總是更多，而且我只能待在吧檯，工作沒少做，小費卻少得多，這要怪誰呢？大家都知道我晚點要約會，除了他。我希望他永遠不知道，但我也很清楚，有心挑撥我們的人會故意讓他發現這回事。

我把那條毛皮披肩推到衣櫃最裡面，把它好好放在乾洗店的袋子裡，彷彿冬天已經結束，準備換季。對我來說是啦。一切都結束了。我這兒不是什麼好區，我家即使看得到公園和湖，也不算什麼好地方。我想當年白人還住在這裡的時候，沿著德魯伊丘這一帶的樓房應該都是豪宅，但那也是好一陣子之前的事了。我們這區就是這樣，世界也是這樣。白人總是能即時抽身。他們有種特異直覺，知道何時水管漏水、線路短路。就說妳好了，梅德琳．史瓦茲，看準時機一溜煙逃出了婚姻。妳八成以爲妳是在最後關頭逃出來的吧。

我把毛皮披肩塞到衣櫃最裡面，就出門赴約。焦慮、恐懼種種情緒在我體內翻攪，但還是得去。我的結局已有人寫好，不是我能控制的了。

六週之後，媽媽說服我住處的房東開門讓她進去，找到那條毛皮披肩，認得那是我心愛的東西。她把披肩帶去給靈媒看。那靈媒把整張臉埋進淡粉紅色的絲質襯裡，摸著白色的毛皮。那明明是兔毛，她卻要說成貂。這女的爲人怎樣，從這點就知道了吧，還說什麼看到我生前最後幾小時的樣子咧。綠色和黃色，還講得跟眞的一樣。是啦，我是穿了綠色上衣，但綠色眞正的意思是嫉妒，而且哪來的黃色？除非是指那男人懦弱的個性——他下令要我死，卻拉不下臉自己動手。

一九六六年六月

「妳做了什麼啊妳？」

茱蒂絲．萬斯坦舀起一勺猶太雞湯餃正要送進嘴，梅迪卻剛好在這時說起去找天夫人的事。其實以茱蒂絲從打扮到舉止都一絲不苟的個性，大可以照常喝湯，一滴也不會灑出來，但梅迪最近的各種奇遇顯然比雞湯餃更有吸引力。

「我去太平間看克麗歐．薛伍德的屍體。之後又去找她母親看過的靈媒。」

「那個死掉的黑人女生？在謝爾．戈登的俱樂部上班的那個？」

「她上班的地方叫佛朗明哥，就是妳說的那間嗎？謝爾．戈登是什麼人？」

茱蒂絲冷哼了一聲，卻很像貓打噴嚏，乾淨俐落，十分節制。

「他的本名是史都華．戈登，綽號叫『花生殼』（Peanut Shell，shell音譯謝爾）。明明是小咖，又拚命想當大咖，就像那個威利．亞當斯【註】。他對亞當斯喔，有多崇拜就有多討厭。」

「這些人我連聽都沒聽過。」

譯注：Willie Adams（1914-2011），原籍北卡羅萊納州，一九二九年至巴爾的摩發展，做過各種苦工，後以非法彩券生意發跡，成爲房地產及食品業大亨，一度躋身全美非裔美籍首富之列，但也經營非法彩券及賭博等違法生意獲取暴利，曾被起訴判刑，最終因聯邦最高法院推翻該判決而未入獄。

「我就跟妳說嘛，妳應該跟我一起到石牆俱樂部看看，很好玩的。不過我剛剛跟妳講的這些事，大多是聽我哥唐納說的。謝爾．戈登跟亞當斯一樣，都想當政治掮客。他爲了大選那天的走路工，砸了不少錢呢。」

「走路工？」

茱蒂絲喝了口湯。這麼熱的天還點湯來喝也眞是一絕。市郊之家餐廳的湯很好喝，但梅迪決定大吃一頓犒賞自己——貝果配燻鮭魚和奶油乳酪，外加Tab無糖可樂。她這一週走了好多路，再說佛狄喜歡的是她最自然的體型。

「有走路工才有票嘛。」

「可是付錢叫人家去投票是犯法的耶。」

茱蒂絲微微一笑，她們倆成爲朋友還沒多久，並不算熟，但她很高興自己這時成了兩人之中見多識廣的那個。「並不是眞的付錢叫人投票啦，是付錢『動員』投票。」

「我看不出來差別在哪兒。」

「到頭來是有可能沒什麼差別。」

梅迪沒興趣上政治課。她找茱蒂絲出來是爲了講講心底話，希望有人可以聽她說說工作上的事。假如講給佛狄聽，他八成不是覺得無聊就是大驚失色，想說她怎麼可以去不該去的地方（好比太平間和黑人社區）。她當然也絕不會跟母親說自己的盤算，所以只能找朋友——這才發現原來她一個朋友都沒有。她也打過電話給艾蓮娜．羅森葛倫。打從大夥兒一起和華勒士．萊特吃了那頓改變命運的晚餐後，她和艾蓮娜就沒見過面——說那一餐改變命運並不誇張，梅迪的人生確實因此轉向。只是艾蓮娜的態度變得怪怪的，似乎刻意拉遠距離。派克斯維爾的人顯然壁壘分明，梅迪心裡有數，她的老朋友都站在米爾頓那邊，一如在巴爾的摩「市」與巴爾的摩「郡」之間，那些人當然選擇以「郡」爲家。梅迪拋下的不僅是米爾頓，也是那整個社區。她的新生活就像對他們所有人甩了一耳光。

於是她回頭找茱蒂絲。她每次打電話去，這個熱情的小女生都是又驚又喜。梅迪看茱蒂絲爲晚餐之約如此興奮，自己也頗感快慰。茱蒂絲甚至提議晚餐後一起去派克斯戲院看場電影，還自告奮勇說可以開父親的車送她回家。

梅迪原本以爲晚餐的話題主要是自己分享工作上的奇遇，茱蒂絲應該沒法貢獻什麼話題，卻沒想到茱蒂絲也有祕密要講（老實說梅迪因此不太高興）。

「妳記得那兩個警察嗎？就是那天……」即使到現在，要提起泰絲．范恩還是不太容易——以及她鞋底的銀色金屬片、紅髮、綠色大衣。

「當然記得。」

「我的那個打電話給我。」

梅迪留意到那兩個字，「我的」。言下之意，另一個警察就是她的嘍？那警察當時想跟梅迪一起走到家門口，但那肯定是出於禮貌吧？不管怎麼說，那警察之後沒再打來，也沒追蹤後續。聽茱蒂絲這麼說，她有點意外自己的妒意竟油然而生，彷彿她和茱蒂絲跟那兩名警察一起出去約會，茱蒂絲的約會很順利，她卻無功而返。什麼爛比喻，她絕對不跟警察約會。欸……可是她還眞的在跟警察約會。不對，那不叫「約會」，她和佛狄所做的不能用「約會」形容。梅迪想到這裡臉紅起來，但茱蒂絲應該沒注意到。

「他想幹嘛？」梅迪問。

這一句問得有點衝，但茱蒂絲沒生氣。「他約我出去。我知道我媽會大驚小怪，但眞的氣瘋了的是我爸，不曉得是因爲他是警察，還是嫌他是愛爾蘭人。總之我爸說啦，他的女兒絕對不准跟『那種男人』出去。」

「眞可惜。」梅迪其實口是心非：「他還滿可愛的嘛。」這句同樣口是心非，她只記得那個人哇啦哇啦講個不停，別的毫無印象。

「他今晚想跟我們碰個面。」茱蒂絲說：「在電影院集合，可以嗎？」

梅迪只覺自己眞傻，有點被利用的感覺，儘管是她自己打電話約茱蒂絲出來的。原本要站在茱蒂絲這邊的心情，轉而傾向支持茱蒂絲的爸媽，畢竟她年齡應該和他們比較接近。萬一哪天賽斯說想和非猶太裔的女生約會，又是警察的女兒，梅迪也不會准的，但她也會很小心，不能明顯表示反對。梅迪的母親當年就是這樣處理她高中時和艾倫的關係，假裝毫不擔心，還邀艾倫的父母過來吃逾越節晚餐。

梅迪不禁好奇，要是母親知道自己眞正的初戀對象是誰，會有什麼反應？梅迪那時不知怎的，居然有辦法瞞過所有人。或許地下戀情才是她眞正的天賦。不過現在是一九六六年，交際花可不是一種職業。

「交際花」。梅迪可以聽見那個初戀情人隔著遙遠的時空放聲大笑。沒膽講真話的人才會用這麼委婉的詞喔，梅迪。這麼一想，他以前還滿常取笑梅迪，笑她竟然想在文壇發展，說她以後還是會變成住在市郊的典型賢妻良母。

「當然可以，沒問題。」梅迪同意茱蒂絲的安排。

「我在想啊……」茱蒂絲說：「要是妳不介意的話……我們就幫妳出回家的計程車錢。是這樣啦，我爸媽以爲我會先送妳回市中心再開回家，難免會晚一點到家，所以……」

這下子換茱蒂絲臉紅了。梅迪原本應該很嫉妒的，但她自己也知道，不管茱蒂絲和她的男伴會怎樣利用那偷來的短短空檔，也遠遠不及她與佛狄在同樣的時限內達到的境界。只是，噢，能坐在戲院裡，握著某人（隨便哪個人）的手，該有多美好？難道永遠只能二選一？是要放肆的激情？還是端莊的舉止？

他們去看的電影是《春風無限恨》。在茱蒂絲和那警察的精心安排下，他們三人在戲院大廳巧遇，再選了後排的座位。但梅迪不多久就說她忘了帶眼鏡，堅持要去前排坐（她根本沒戴眼鏡的習慣）。茱蒂絲和那警察（叫保羅還什麼的）也沒怎麼留她。那人今晚穿的是便服。梅迪並不覺得他特別帥，但知道自己背後數過去十一排的座位上，有對情侶沉醉於禁忌之愛（也是欲），卻讓她春心盪漾起來。也或許是因爲片中的李察．波頓即使滿臉痘疤還是很帥，總之梅迪可以察覺自己情欲高漲。

然後她才發現，鄰座的男人早已把手伸過來放在她膝上。

梅迪不動聲色把那隻手挪回男人腿上，順便瞄了他一眼。那人長得不像變態色狼，也沒有自慰的動作，只是兩眼直盯著銀幕。梅迪早該大喊大叫請帶位員過來的——不過嘛，那人側面還挺好看的。堅挺的鷹鉤鼻，濃密的頭髮，鏡片後方的雙眸有長長的睫毛。沒有髒兮兮的雨衣，沒有拉開的褲襠……

這時梅迪才尖叫起來。

不是因爲害怕，她並不是眞的怕。噢，她是嚇壞了，但和那男人無關。她最最震驚的是自己一丁點「怕」的感覺都沒有，反而滿腦子都想著怎麼帶那男人出戲院，對他爲所欲爲，也讓他對自己爲所欲爲——哪怕這念頭一閃卽逝。她逐漸化身爲變態色狼，沒有別的詞可以形容了。難怪她會閃電結婚，因爲那初戀情人喚醒了她體內的獸欲，她淸楚自己必須加以收服。只是如今那頭野獸又竄了出來，在世間橫行無阻。

想當然耳，她這一叫，保羅和茱蒂絲隨卽來救她，那個鷹鉤鼻男人則不見蹤影。看梅迪嚇成這樣，他們沒再提議出錢讓她坐計程車回家，而是開車送她回去。梅迪知道自己壞了兩人的好事，差點就要覺得內疚，但話說回來，他們在戲院裡只待了四十五分鐘就提前走人，等於至少還有一個小時可以獨處。

隔天茱蒂絲主動打給梅迪，因爲是用哥哥珠寶店裡的電話，講得很小聲。

「他想把車停在溪爾本大道。」茱蒂絲說：「就在……附近，這很怪吧？」

「不會呀。」梅迪嘴上回道，心裡閃過的卻是「當然」。怪是怪，但沒有我昨晚想做的事情怪，我哪來的資格議論別人？

「浪女」。梅迪放下電話後，想起了這個詞。我要變成浪女了。這詞最初是從哪兒聽來的？當然，是那個初戀情人講的。那人還活著嗎？他很久以前就搬走了，梅迪和他就此失聯。不過憑那一家在巴爾的摩的人脈，梅迪相信要是他過世了，報上應該會有訃聞。萬一過世的是他太太，訃聞更是必然。只是他才快六十，還不算老，沒理由把他想成已經過世。

梅迪看見還不滿十八歲的自己，站在人行道上，看著搬家工人把家具搬上卡車。

「他們要搬去哪兒？」她問了那群工人之中看起來最不嚇人的那個。

「紐約。」那人一邊發出使勁搬東西的聲音一邊回道。

「我認識他。他們。」對方沒問，她卻逕自說起來：「我是……我和他們的兒子是同學。」搬家工人對此毫無興趣。這幾個月來，梅迪最最害怕的就是有人發現她的祕密，知道她做的事。但如今她才明白，最悲慘的厄運是沒人知道這一切。她實在太會守密。所有的承諾，呢喃的低語，立過的誓言，都是爲了奪走她再也要不回來的東西——卻完全無人見證。只有那人清楚自己說過他倆要如何一同遠走高飛；他形容的那個未來，比用畫筆描繪的更加美好。他說在那個未來，他們要一起住在紐約的格林威治村，成爲眞正放浪不羈的浪子浪女，眼中只有藝術與愛。但梅迪無法證明這些確實發生過，連隻字片語都無法證明。她年少歲月意義最重大的一件事，就在她眼前被人抬上卡車，而且卽將前往的下一站偏偏是紐約，只是大概不會是格林威治村——永遠不會是格林威治村。他們應該會住在上東區吧，搬進他說他最痛恨的那種屋子，成爲那種人家。

工人把一張綠色的絲質沙發搬進卡車。梅迪十七歲那年夏天，就在那張沙發上失去了童貞。「妳不能再待一會兒嗎？」男人問她：「今晚會有日蝕，可以說是一輩子就這麼一次的大事耶。我知道妳爸媽從不擔心妳到我這裡來。」

沒錯，她爸媽從不擔心。就連十七歲的梅迪也明白這何等諷刺。

兩個月後，夏去秋來，她認識了米爾頓。他當然以爲梅迪是處女，她也不覺得有反駁的必要。她是，也不是。她成了新的、不同的梅迪。眞要說的話，大概可說她覺得自己被男性長輩玷污、玩弄後，變得更純眞、更年輕了吧。這男人花言巧語騙了她，害她失去世人所謂最珍貴的大禮、能獻給男人的唯一寶物，也是她僅有的、意義依然重大的嫁妝。那男人卻沒半點良心不安。

克麗歐．薛伍德有男朋友嗎？大家都說沒有，但一般約會對象不會送女生貂皮披肩。梅迪想到大仲馬的名言，只是換個性別——找出那個男人。她要找出克麗歐的情人，這個有婦之夫，向他問出答案。十七歲的梅迪曾下定決心向男人的妻子自我介紹，只是她沒能做到，一次又一次。而現在，找出克麗歐的情人，就像爲了補償當年那個沒膽的自己。

當然，男人的妻子早就認識梅迪，但只知道她是兒子的同學，兒子跟她約過會，還邀她去畢業舞會，之後便甩了她。丈夫在畫室畫過這女孩的肖像，但最後畫出來的人物很生硬，少了她的活力與丰采，也少了男人所說、在她身上看到的種種特質——當他放下畫筆，與她一次又一次再一次做愛，在她十七歲那年的夏天。

戲院那個人

我發誓我這輩子從來沒幹過這種事，那不是計劃好的。好啦，我是有計畫沒錯，但只打算坐到她旁邊而已，畢竟有這麼多位子給我選。戲院裡人並不算多。我通常不會選離銀幕那麼近的位子，因爲很傷脖子和眼睛，但我看到她和一對男女一起進來，很像監督他們的長輩，接著又讓那兩人坐後排，自己往前面坐。我就跟著她，先找了隔著一條走道的位子坐下，等開演前的卡通片播完，再趁正片開始的時候坐到她旁邊。

我是……我不想說我做了什麼事。我做人規規矩矩，這點一定要相信我。我人很好，也很顧家，是全家的經濟支柱。對，我結婚了，但太太對我很冷淡，從以前就這樣。我不覺得她喜歡我。有時我會問她「妳喜歡我嗎？」她會說「我『愛』你」，言下之意彷彿是「『愛』比『喜歡』還好，這樣總該夠了吧」。但「愛」沒有比較好，我要她也喜歡我，爲我講的笑話開懷大笑，別表現得好像只要我存在就是給她負擔。我每天下班一進家門，太太就好像覺得我在屋裡只會添麻煩。我們家這棟屋子很不錯，裡裡外外都是我在出錢。這讓我想起神話故事中的丘比特和賽姬，只是賽姬一心要趁丘比特熟睡時偷看他的長相，我太太卻根本懶得在我入睡之際看我一眼。反正只要有人乖乖賺錢拿回家，她就算嫁給怪物也無所謂。

於是我偶爾會跟太太說我要加班，但眞正做的是去看場電影，或找個地方喝一杯。但你一定要相信我：我從來、從來沒做過今晚這種事。至於是什麼事，眞的那麼重要嗎？我不過就是摸了她單邊的腿和膝蓋，也就是衣服沒遮到的地方。她穿短裙，所以我才摸得到裸露的膝蓋。我原本沒打算要摸她，眞的沒有，但後來她的呼吸有點不對勁，頻率慢了下來，簡直就是引誘，像是對我釋放性感的信號，儘管當時銀幕上的畫面並沒特別引人遐想。她身上的味道好好聞，不是香水的香味，而是更自然、天生的質地，比香水、洗髮精、香皂都好聞。就像走過鄰居的院子，看到有叢灌木的花開得正好，探出圍籬，或許還有那麼幾朵花想跑出來看看外面的世界。你一開始除了聞聞那些花，沒有別的想法。於是你湊上前深深吸氣，然後就不可能回頭了——你忍不住碰了花，輕輕搓揉一片絲絨般柔滑的花瓣，讓花粉飄散到空氣中。之後要是鄰居沒出現，你便越了界把花摘下、帶走。大家難道沒做過這種事嗎？

我沒做到那種地步。我就是摸了她膝蓋而已，非但沒有惡意，時間也很短暫，很可能只是偶然碰到。然後我就等著。有那麼一會兒，感覺她好像在思考要不要也來碰我。我察覺得到她轉著念頭，考量著自己有哪些選項。然後她把我的手放回我大腿上，但動作很輕，甚至可說很溫柔。

這時她才尖叫起來，叫得鬼哭神號。

好在我對這一帶很熟，戲院裡外動線也淸楚。我從銀幕旁的安全門跑出去，出口直通一條巷子。一到戶外我就沒再跑了，這點我很小心。他們一定會找趕快逃離現場的人。我拿出香菸，用微微顫抖的手點著，就靠在戲院出口隔壁的中餐廳後門抽起來，只是吸進的焦油比尼古丁還多。我看到有個男人出來，後面跟了兩個女人，三人一直打量這條巷子。我直盯著他們看，極力裝出若無其事的樣子抽著菸。

他們朝大街走去，但沒有那麼急匆匆的了。那一男一女已經不忙著找色狼，而是拚命安撫那女人，一左一右攙扶著她，彷彿她生了重病。我很想在他們背後大喊，我不過就是摸了她膝蓋一下嘛。

我決定回家。太太坐在廚房桌前玩Jumble字謎遊戲，這是小孩玩的，但她一題要花差不多二十分鐘才解決。

「工作還好嗎。」她嘴上這麼問，但連眼都沒抬一下，甚至懶得提高句尾的語調，這根本不是問句，只是丈夫回來應該說的話罷了。她的嗓音甚至比《傑森一家》卡通的機器人女傭還沒感情。

「還好。」我回道，但只傳來她鉛筆的沙沙聲。她用鉛筆玩Jumble；我則用鋼筆玩《紐約時報》的「猜文解字」字謎遊戲。

「席拉，妳喜歡我嗎？」

她嘆了口氣。「又來了。你是怎樣，還在演《屋頂上的提琴手》？要我跟你說多少次啊？我愛你。」

「我是問妳『喜不喜歡』我。」

「『愛』更好啊。」

是嗎？真的是這樣嗎？四年前，我在舞會認識一個女人。她話不多，也彷彿因此顯得神祕而迷人。她對自己的身體，對親吻他人、流露感情，也一如對言詞那般謹慎。我把她的沉默與抗拒想成多種意義。想說靜水流深、沉默寡言的人一定很有內涵、感情比較內斂等等。我們不到三個月就結婚了。

事實證明，就算靜水流深，也是無波無浪，讓你哪兒都去不了。到頭來，靜止的水所做的，就是當你沉沒之際，在你上方緩緩合攏。

一九六六年六月

梅迪轉過街角，走到克麗歐．薛伍德父母住的那條街，才發現自己認得這個街區。阿肯托利排屋路的這一段，不僅離猶太會堂和史瓦茲家開的那間老雜貨店很近，以前她與米爾頓去市中心吃飯看戲的路上也會經過。米爾頓開車總會刻意繞點路，好經過這條街。這（還沒正式成爲她前夫的）男人就有這麼個怪癖，梅迪私下稱之爲「米爾頓的回憶路線」。他總會不時回顧過去，一次又一次把重要的地標指給賽斯看。房子、雜貨店、學校操場。米爾頓的重點不在念舊，而是要提醒賽斯（也可能包括梅迪），他年少時代過得很苦卻很努力，完全靠自己奮鬥成功。

「這些人很窮嗎？」賽斯七、八歲的時候曾這麼問過。那時應該是夏天吧，很熱，居民在門廊消磨時光，孩童在街上跑來跑去，甚至跳進打開的消防栓噴出的水柱。

「是啊。」米爾頓會說：「但沒我家窮。」

六月底的這個下午不算特別熱，至少戶外不會。但通往二樓薛伍德家的樓梯間非常滯悶，還有很重的油煙味。梅迪光是上樓就已經覺得渾身黏膩。

或者，皮膚上那股黏膩感是自己的羞愧作祟？因爲她居然不先打聲招呼就來找死者的父母，也因爲她打算要問的問題。

但就算她想事先通知，也不代表這個電話打得成。薛伍德家根本沒有登記電話號碼，然而梅迪逐漸學會不必先徵得同意。一旦問了，對方就有可能回絕，但假如直接採取行動，好似師出有名，光是那理直氣壯的氣勢，說不定就能一舉成功。不久前包爾先生不就是這麼對她嗎？只是那個純眞的梅迪·史瓦茲，似乎已是陳年往事了。

她敲了敲門，語氣明快幹練：「哈囉，我是《星報》的梅德琳·史瓦茲。想問幾個關於克麗歐·薛伍德的問題。」

有個少女來應門（是克麗歐的妹妹？），雖然她回頭看了一下屋內的某人，梅迪還是直接走了進去。同樣的，她再也不想等人同意了。有個男人坐在客廳窗戶旁的安樂椅上看報，應該是克麗歐的父親。梅迪注意到他看的是《星報》，那是「她的」報紙耶。但男人完全沒抬眼，也沒有向她招呼的意思。

男人腳邊有兩個小孩在地毯上玩著玩具火車，想必就是克麗歐的兩個兒子，只是兩人長得不太像兄弟。比較大的那個大概四、五歲，長得還滿壯的——不算胖，只是個頭大一點，體格頗爲結實，專注力相當驚人。他把黃色玩具卡車從地毯一端推到另一端，完全沉浸於自己的遊戲。小的那個則長得酷似《非報》照片中的克麗歐，梅迪之前看過剪報。淡色雙眸，細緻五官，有種愛幻想卻又獨立的氣質。

薛伍德太太拖著沉重的腳步從廚房出來，一邊用擦碗巾擦手，卻沒打算伸手和梅迪互握。

「有什麼新消息嗎？」她問。

「新消息倒是沒有。」梅迪答道：「不過我想寫一篇關於克麗歐的報導，看能不能再找出一些之前沒提過的事，讓大家重新回想一下當時的情況，幫我們找到凶手。這應該會有點難度……」梅迪瞥了兩個男孩一眼，又移回視線。「不過我想，無論那天晚上湖裡究竟發生了什麼事，這篇報導應該可以吸引大家的注意力。也許有人看到報導，會想起當時覺得沒那麼重要的事。」

這並不是梅迪今天眞正的任務，但現在的她累積了經驗，知道不要劈頭就問更難啟齒的問題。

「《非報》之前已經寫了很多關於『尤內塔』的事。」薛伍德太太說：「那時就沒人當回事了，現在怎麼可能還有人關心？」

「我覺得還是有很多人關心的。」梅迪回道。她不喜歡說謊，但這句話也不完全是騙人。倘若眞能找出凶手，而且是因爲她鍥而不捨追查下去才找到的，那大家就會關注這件事了，這點她有把握。「我只是……想了解有沒有什麼事是我應該知道的。那個靈媒跟我講了一些，有一個小地方我印象特別深。就是那個『天夫人』。」

「喔，『她』啊。她沒幫上什麼忙。」

「妳不覺得黃色和綠色有什麼特別的意思嗎？」

「沒有，太太。」

克麗歐的母親顯然比她年長，卻叫她太太，感覺很怪，但這也代表梅迪不知怎的讓薛伍德家的人相信她有某種權威，是因爲她在報社工作？還是因爲她是白人？

「我印象很深的一點，是妳帶了條毛皮披肩去，對嗎？」

「對，太太。」

「那條披肩是誰給——尤內塔的？」梅迪沒忘記對方剛剛講了女兒的名字，也等於暗地責怪梅迪說錯話。

「我很肯定我不知道。」

「但那是她的披肩對吧？」

「對，太太。」

「那怎麼會在妳這裡？」

「啊？」

「她失蹤的時候並不住在這兒，對嗎？她和一個女生一起住。」

「對，太太。她有個室友叫拉提莎。居然不付房租，一聲不響就跑了，就在尤內塔……」薛伍德太太瞟了在地毯上玩的外孫一眼，那兩個男孩好像根本沒在聽她們說什麼。「大概一週前的事。唔，去年十二月，拉提莎跟尤內塔說她要跟一位先生去佛州，是她聖誕節之前沒多久認識的人。隔了兩週她發電報來，說是要結婚了。結婚當然是好事啦，可是她該出的一月份房租還沒付。結果那封電報來了也沒人收，我想她不會知道事情變成這樣。房東以爲尤內塔就跟拉提莎一樣靠不住。」她講到這裡就停了，好似覺得這番話回答了所有的問題。

「我還是不清楚妳怎麼會有那條披肩。」

「那房東遲早會換掉她們那裡的門鎖，把她們倆的東西統統丟出去。所以我去了一趟，看有什麼比較值錢的東西就收一收。那條披肩上面有香菸和梔子花的味道，我想她應該是最近才用過，就把它帶去給天夫人看。我想尤內塔可能是在她……一、兩週前穿過。」

「那披肩是誰給她的？」

「我怎麼會知道？」

薛伍德太太答非所問，但梅迪沒點破。

「我可以看一下嗎？」

這時坐在一旁的父親把報紙抖了抖，清清喉嚨，動作和聲音都故意誇大。薛伍德太太朝梅迪打了個手勢，要她跟著一起到屋子後面，接著把她帶到一間儲藏室，原本是放食物的，現在成了衣物間，堆滿衣服、紙箱、小孩玩具等等。不過薛伍德太太似乎非常清楚其中的條理，很快便拿出那條掛在衣架上的毛皮披肩，外面還罩著塑膠套。梅迪知道毛皮披肩不該這樣存放，卻也馬上看出那毛皮不算特別高級。她沒問對方可否拿掉塑膠套就動手了，以便翻看披肩上的品牌標籤。「范恩毛皮」，正是泰絲．范恩家族開的店。巴爾的摩還眞是小啊。她仔細審視披肩，牢牢記下每個細節。

「這是她自己買的嗎？」

對方隨卽開口，語氣嚴峻：「她可沒『偷』。尤內塔很乖的。」

「不是，我是問——這是別人送的嗎？」

「她收入很不錯。她知道我們照顧兩個孩子，給我們的沒少過，同時她自己也很努力……要過好日子。」

「是。她是做會計的？《非報》之前是這樣寫的吧？」

「也……不算是啦。她在賓州大道的佛朗明哥俱樂部當收銀員，也在吧檯幫點忙。我們家不喝酒，但替喝酒的人服務沒什麼不好，畢竟也沒犯法呀。」

梅迪繼續打量那條披肩。嗯，不是什麼名貴毛皮，但有一定的品質。粉紅色的醋酸纖維襯裡很像絲，做工也不錯。

「所以披肩是她買給自己的？」

「我不能說。」

言下之意是「我不會說」。

「這裡還有她別的衣服嗎？」

「照理來說我不應該……那房東……」

「我不會跟別人說的，薛伍德太太。我只是眞的……很好奇。我希望能想像一下她的樣子，多了解她一點。要是可以看到她平常都穿些什麼……」其實梅迪眞正希望的是留下來跟她談談。

薛伍德太太先是略爲遲疑，隨卽拿出一件又一件的衣服，顯然頗得意女兒的好品味。每件衣物都罩著乾洗店的塑膠套，但梅迪過了一會兒才想到這些衣服之間的另一個共通點，就是款式都有些過時，非但不是這一季的，連上一季都不是。有件亮片小禮服，以現在的標準來看都嫌長；某件香奈兒風的套裝外套，則可能是快十年前的款式；還有件品味不俗的黑色毛料洋裝，上面是「瓦納梅克」的標籤，外觀和梅迪出席公公告別式穿的那件完全一樣。那曾經是最紅的款式——

卻是兩年前的事。

梅迪發現這之中完全沒有黃色或綠色的衣服。這下子真的可以不必再管天夫人說什麼了。

兩人走回客廳，梅迪卻一直想著剛才那些衣服，那個瓦納梅克的標籤。這是費城的高級百貨公司，但從來沒在巴爾的摩開過分店。那件瓦納梅克的黑色洋裝品質很好，但怎麼會從費城跑到克麗歐的衣櫃？而且標籤寫著尺寸是14號，但以克麗歐的身材，幾乎可以肯定她不會穿超過10號的衣服。

「薛伍德太太，那……尤內塔有男朋友嗎？我知道她那天晚上出去約會，是她新認識的對象，警方一直沒找到那個人，也沒人認識他。不過她是不是還跟誰交往？那個人可能會送她那條披肩、那些洋裝？」

這一問居然讓薛伍德太太頓時淚如雨下，把臉埋進掌心，梅迪嚇了一大跳。「她真的是個好孩子，我不管別人怎麼講怎麼想，她年紀輕，又糊塗，但心地很善良，不會主動去做什麼壞事。」

「她就是糊塗沒錯。」做父親的這時開口了；「妳說得太對了。她這麼糊塗又嬌生慣養，都是妳的錯，默娃。妳老是幫她找藉口，從沒叫她負起責任來。」

「妳是說……」梅迪話沒講完就感到一陣痛，原來是兩個男孩之中的哥哥用金屬玩具卡車朝梅迪扔，砸中她小腿正面，刮破了絲襪，也害她掛了彩。梅迪一時沒反應過來，目瞪口呆。

「不許妳害我阿嬤哭！不許妳講我媽壞話！妳出去。出去出去出去出去！給我出去！」

弟弟則連頭也沒抬，只是一直把紅色卡車在地毯上推過來推過去，彷彿什麼事也沒有。

「『小男人』！不可以這樣，小男人。你怎麼搞的你？」薛伍德太太大吃一驚，反倒是薛伍德先生，儘管一臉嚴峻（他好像固定就是這個表情，很難想像他微笑的樣子）卻點了點頭，彷彿哥哥剛才做的事正中他下懷。

梅迪一拐一拐走出薛伍德家大門，下了階梯，一直走了好幾條街才停步，在公車亭的長椅上喘口氣，也看一下絲襪破到什麼程度。小腿正面的傷口很難好，她心裡有數。傷口會好一陣子無法癒合，也會緊貼著絲襪，脫下絲襪時就會沾到血跡。她趁入夏這陣子還不太熱，常去市區的公園晒太陽，把雙腿晒出好看的棕色，但在辦公室可不能露出光溜溜的兩條腿。

儘管受了傷、絲襪破了，她認爲跑這一趟還是很值得。她的直覺沒錯。克麗歐有情人，而且那個人買得起這些禮物——卻承擔不起曝光的後果。假如跨年夜來接她的男人在那天前後都沒人見過，那送她衣服的人又是誰？

要是她約會的對象送了她那條毛皮披肩，那晚雖然不冷，她難道不會圍著嗎？

那女的害我媽媽哭了。我是說阿嬤啦。我叫她媽媽和阿嬤，因爲她對我來說就是媽媽和阿嬤。我們剛搬到這裡的時候，我有媽媽，也有阿嬤。後來媽媽搬出去，但常常回來看我們，差不多每個禮拜都來。她跟我說她上班的地方規定要住在公司，她得一直工作，我們有一天才能在巴爾的摩有個新家，家裡會有個爸爸（是新爸爸，不是我爸爸），也許還有好幾間房間，我就不必再跟希歐多同一間了。我們在阿嬤家和愛麗絲阿姨睡同一間，希歐多跟我一起睡單人床。他睡覺老是愛動來動去，有時候還掉到床下面。好啦好啦，也許有時候是因爲我把他推下去，可是他睡覺很會踢人，手臂又揮來揮去的，我也需要空間啊。我媽媽住在這裡的時候就常這麼說，而且講得很大聲：「我需要空間！」接著拿了書和外套就衝出去。我好怕她永遠不回來了。

後來有一天，她眞的沒回來。起先阿嬤說媽媽去另一個城市了。「去底特律嗎？」我問，因爲我爸爸就是搬到底特律。我爸住在底特律；希歐多的爸爸打仗死掉了，只是我不知道他在哪裡打仗。我想以後不會有戰爭了。不過我爸還活著，他可以叫我搬過去和他一起住，但是他沒有，大概是因爲希歐多。「沒有男人會要別的男人的種。」阿公對媽媽這麼說。當時媽媽要出遠門，我想是去聖路易，應該是吧，有時候她會提到聖路易。

媽媽離開之前都住在巴爾的摩，每個禮拜都來看我們，還帶好多禮物來。阿嬤都會說，有錢買禮物，還不如把那個錢存起來，我們就可以早點團聚過好日子。媽媽總是笑著回答：「這又不是妳的錢，對吧？」她穿的衣服愈來愈好看。我們的媽媽比別人的媽媽都漂亮，可是她搬出去之後，穿的衣服都很名貴，有好多毛皮。袖子上、帽子上都是，有天她還穿了全是毛皮的斗篷。她說她在服飾店上班，可以借店裡的衣服穿，只要小心不弄髒就好。我是不知道她爲什麼一定要睡在服飾店裡，也許她是那邊的保全人員吧。總之因爲這樣，後來希歐多想去摸那件斗篷，媽媽很生氣。她說那不是斗篷，是披肩（stole，同偷竊 steal 的過去式），我問：「從哪偷來的？」阿公一聽就笑了，但不是開心的那種笑。「要當心我們家的小男人喔。」阿公說：「小男人很精明呢。」「那我呢？」小多問。「你很漂亮。」阿嬤說。誰想漂亮啊？女生才要漂亮。

聖誕節之後又過了幾天，媽媽回來了，還帶了有史以來最棒的禮物——「通卡」玩具卡車（儘管聖誕節才剛過，我們已經有禮物了）。我的是黃色拖吊車；小多的是紅色皮卡車。媽媽給阿嬤一個信封和自己身上的外套，手腕那邊有一圈毛茸茸的。「妳給我這幹嘛？」阿嬤問。「我看到妳打量這件外套的表情。」媽媽回答。阿嬤搖手：「我哪來的機會穿，妳又不是不知道。」媽媽說：「唉呀，總會有告別式吧。」阿嬤馬上說不要這樣講話，不吉利。

那是我們最後一次見到她。「媽媽什麼時候回來？」我問。阿公和阿嬤起先都說「快了」，但我看得出來，他們也不知道。阿嬤變得很常哭，而且都在她以爲我們沒聽見的時候哭。愛麗絲阿姨也是，她都在深夜哭。幾個禮拜之前有個男的來敲門，我們家所有人都哭了，但那種哭法是我從沒見過的，很像大吼大叫。那個畫面就像看恐怖電影，我有時會跟著愛麗絲阿姨偷溜進電影院看的那種。有部片子是講一個男的把幾個女人偷來做成雕像。恐怖電影裡面會有壞事發生，把你嚇一跳，但不知為了什麼奇怪的原因，感覺也滿好的。我覺得大家都在哭的那場面就有點像這樣，不好的事情已經發生了，那也許事情會從現在起變得更好。

可是媽媽一直沒有回來，她不回來，事情也沒變得比較好。

現在是夏天了。昨天小多不知道說了還是做了什麼，阿嬤差一點就笑出來。他長得跟媽媽一模一樣，只是他是男的而已。他還是小嬰兒的時候，幾個阿姨會把他打扮成女生鬧著玩，大家還會說：「小男孩眼睛這麼漂亮要幹嘛？」「看東西啊。」我說，他們就會哈哈哈一直笑。我喜歡也不喜歡他們這樣。媽媽離開以後，我一直很努力要說好笑的話、做好笑的事讓大家笑。他們會笑，但那種笑就是不一樣了。現在每個人的笑都和以前不一樣了。以前我要讓大家笑很容易，現在他們都不笑了，不管我多拚命都沒用。要是他們真的笑了，也多半是笑小多，而且有時候笑著笑著就哭了。

那天那個白女人來，帶著筆記本，講話的語氣很像學校老師，還害我阿嬤哭，所以我才會站起來用卡車丟她。那是媽媽給我的最後一樣東西。我使出全身力氣砸那個女人的腿。在場的大家一陣驚叫，我當然知道自己闖了禍，阿嬤說我把那個女人的絲襪弄破了，得想辦法賠人家。但我知道我不用賠。連阿嬤都很高興我把那個女的趕跑了，只是沒表現出來而已。

我很會把人趕走，這是我的專長。我把媽媽趕走了，她再也不會回來了。我以前很擔心她會回來帶走小多，因為小多長得和她一樣漂亮，小多應該去很好很舒服、到處都是毛皮的地方。

我不知道萬一我們搬進很豪華的房子，我能不能適應。再說我有爸爸，小多沒有。他們有打給我爸，問他要不要我搬去底特律，但他真的很忙。我爸還說我要是搬過去會很想小多，也許吧，儘管偶爾我差點就會想起只有我和媽媽兩人的時光。我想我還記得當年那種感覺吧。

而且就算後來有了小多，我還是與衆不同，有些事情只屬於我和媽媽共有。她以前會要我幫她在出門前拉上衣服背後的拉鍊；她會叫我「小男人」。「來幫我一下，小男人。我這輩子只要你這麼一個男人就好。」「那小多呢？」「他很乖，但你是我的第一個，寶貝，什麼都改變不了這點。我就靠你了，小男人。這個家的船以後就由你負責掌舵。」

我想這個意思是我應該加入海軍，因爲我不認識有船的人，但我知道怎麼游泳，媽媽教過我。她因爲頭髮的關係不喜歡游泳，但她會游。她很強，又快，還會帶我去德魯多丘【註】那個大池子游泳，就在動物園附近。她願意把頭髮弄濕，只爲了我。只爲了我。

所有的事都是妳自找的，梅德琳．史瓦茲。我還眞希望小男人對妳下手更重一點。他要是用那輛小卡車把妳打得頭破血流就更好了。

妳惹的事還沒完，是嗎？害我媽媽哭，還害我的乖寶貝萊諾突然動手，妳做得還不夠嗎？天夫人摸了那條毛皮披肩，妳也去摸，這還不夠。妳就是要知道那披肩從哪兒來、是誰送的。妳就是要東翻翻西弄弄，從來不想想自己會搞出什麼麻煩。

在妳眼中我是眞的嗎？妳把我當過眞人看嗎？妳在太平間沒瞧我身上一眼，我不怪妳，那兒的我只是沒有臉的怪物。可是妳看了我的照片，摸了我的衣服，還闖進我爸媽家。要不是我和拉提莎住的地方現在有了新租客，妳搞不好也會去那邊把所有的房間都巡過一遍。

妳根本不在意我的「生」，只關心我的「死」。這兩個不是同一回事，妳知道的。

譯註：原文Droodle Hill，小孩對德魯伊丘（Druid Hill）的稱呼。

一九六六年七月

「喏，給妳。」巴布·包爾說著，把一個信封扔在梅迪辦公桌上。

「你現在發起薪水支票啦？」梅迪問。她喜歡偶爾逗逗包爾，在「不太算調情」和「也不能說不是調情」之間，拿捏那微妙的平衡。

「老闆看我那篇柯文的報導做得不錯，送我兩張金鶯隊的票，明天晚上的球賽。我用不到，就想說……」

他沒講自己想的是什麼。梅迪也不確定他是否有那個心思想過，他大可以老實說：這個可稱爲「年度最佳系列報導」的題材是梅迪拱手讓出的，只爲了交換這個跑腿打雜的差事。巴布·包爾後來寫了一篇又一篇的後續報導，主題包括始終保持沉默的史蒂芬·柯文、至今身分未明的共犯，以及同樣神祕兮兮，在德崔克堡進行的那一連串實驗——也就是史蒂芬因宗教信仰拒絕徵召入伍後，改派到那邊參與某種研究計畫，被下了迷幻藥。包爾甚至去採訪過史蒂芬的母親，對方傷心表示兒子打從退伍就一直不太對勁。

梅迪覺得自己就像〈傑克與魔豆〉故事中的傑克，只是她用家裡的牛換來的不是魔豆，就只是一般的豆子。她覺得兩張棒球賽的票沒什麼了不起，儘管位子確實很好，就在金鶯隊選手休息區後面四排而已。不過她還是收了下來，想到可以問問賽斯，他應該會喜歡出門看球，甚至還可能覺得老媽弄得到這麼好的位子很厲害。賽斯有蒐集棒球卡的習慣，也很崇拜金鶯隊的明星三壘手布魯克斯．羅賓森，每次形容他有多神，簡直就像描述《舊約聖經》中的先知。

「我有事。」梅迪當晚就打給賽斯，但他只回了這麼一句。「不能去。」

「不能改時間嗎？」梅迪仍不死心：「難得有這麼好的機會，而且今年金鶯隊打得不錯，對吧？」她其實不太淸楚詳情，但知道金鶯隊今年的表現滿好的。她平日不看體育賽事，但《星報》有個傳統，賽後隔天的頭版都會有一則鋼筆素描漫畫，畫的就是前一晚的賽事精華。這個夏天關於金鶯隊的漫畫，氣氛都很歡樂。

「我們昨天晚上不是才見過嗎。」賽斯回道。沒錯，昨晚他們又在市郊之家吃了無趣的一餐，賽斯也還是張著嘴嚼東西。梅迪只喝了咖啡，熟悉的菜單上完全沒有讓她感興趣的菜。她最近在報社圖書室看起《紐約時報》，注意到一個叫克雷格．柯雷伯的男人寫的食譜，看到喜歡的食譜就抄下來。最近有一則講「剩菜再利用」的食譜特別吸引她。她從沒想過可以把雞肉預先炸好，刻意放涼了再吃。她一直以爲冷雞肉是常備的現成食物，是嘴饞時開冰箱拿了就吃的東西。米爾頓以前就常半夜開冰箱找東西吃，腰際也因此多了一圈肉，所以才會去十字鑰的網球場打球，也就這樣讓華利．懷斯重返梅迪的人生，使得她走到現在這一步。上週她才做了冷雞肉配烤番茄當主菜給佛狄吃，他還說雞肉做得眞好。梅迪沒說食譜是報上看來的，她感覺得到，佛狄會認爲做炸雞還要看食譜很可笑。

「有規定說你一星期不能有兩天晚上和我碰面嗎？」梅迪問。

「我有事。」賽斯說。

「約會嗎？」

「媽。」他的答案最低字數只有三個字，而且最後那一聲「媽」更含著滿滿的輕蔑，梅迪實在不忍再問，就隨他去了。當晚佛狄過來，兩人盡情享用了牛排三明治、啤酒與性愛後（那則剩菜再利用的食譜還建議多烤一塊牛排，之後可以做牛排三明治。只是靠梅迪那點薪水，根本買不起牛排），她問佛狄：「你喜歡棒球嗎？」

之後不到二十四小時，他們就在球場演起陌生人變朋友的戲碼：他們到了紀念體育場，座位正巧相鄰，就愉快地聊了起來——也可說都是梅迪在講。想不到原來佛狄超愛棒球和金鶯隊。整場球賽下來，他的視線很少離開場內，不時熱烈鼓掌歡呼。有一球他看得特別起勁（梅迪則因爲進入放空狀態，不知場上發生什麼事），忘情得猛然站起，害他旁邊的人都嚇了一跳。金鶯隊球迷大多習慣維持表面上的禮貌。

梅迪發現佛狄是他們那個座位區唯一的黑人，但這也難怪，畢竟這區的位子非常好。她環視體育場，望向最上排，仔細打量票價較便宜的露天看台區。現場觀衆幾乎都是白人。場上的黑人球員很有可能還比座位區的黑人多。難道黑人不愛棒球？

她差點就要在那一刻去礎佛狄，所幸及時明白萬萬不可。她有票，佛狄也有票，他們只是恰巧坐在一起，只是體育場中的兩個陌生人，以客氣而疏離的態度閒聊。你喜歡棒球嗎？喜歡呀，我小時候在派特森公園打棒球，通常守外野，不過當投手也沒問題。我讀理工專校的時候是中外野手。從某個角度來說，此時梅迪對他的了解，比之前在床上的時候還多。

背號六號的金鶯隊球員揮棒擊球，球朝後方劃出一道弧線向他們飛來，但落到他們後面幾排去了。佛狄雙眼始終跟著那道弧線，恍如少年，那神情說明了他有多想撿到那顆球。有個幸運的男人徒手撿到球，隨即轉身送給背後的小男孩。佛狄看著這一幕，點了點頭，很高興那男人如此大方。

那晚兩人的性愛更勝以往，梅迪很是意外，沒想到好還可以更好。不過佛狄似乎特別興奮——一來金鶯隊贏了球，二來是他倆玩起壞壞的小遊戲。他的投入讓梅迪「性」致高昂，害她有點擔心自己的低聲叫喊會讓街上聽見，即使窗口的方形風扇轉動聲也蓋不掉。

「我不喜歡那風扇。」佛狄說。

「因為太大聲嗎？」梅迪還很慶幸風扇的老式扇葉會發出嘩嘩嘩的轉動聲。

「因為要開風扇就得開窗戶，這樣不安全，梅迪。」

「這一區還是你幫我挑的耶。」

「我知道，可是……我其實是為我打算啦。我需要有個可以自由進出、沒人會管我是誰的地方。我以為這裡算安全了。去年冬天認識妳的時候，東西——我是說窗子，都鎖得牢牢的。我會在意那座消防梯，只是因為妳還沒電話之前，我都靠它上樓下樓。可是現在……我會擔心。別忘了我們怎麼認識的。」

梅迪望向那盆非洲菫，如今已經長得碩大又艷麗。

「結果我住得也滿好的呀。這裡去《星報》走路就到，省了公車錢。我搭公車或計程車去採訪還可以報帳，公司會還我先墊的錢。」

「有人說妳去找克麗歐．薛伍德的爸媽。」

這句話著實讓梅迪吃了一驚。「誰說的？」

佛狄嘆了口氣。「妳跑去那種社區，很容易受傷的。現在到處都在暴動，難保不會輪到巴爾的摩。」

「受傷的是黑人。你看到克里夫蘭最近的新聞嗎？」克里夫蘭最近發生種族衝突的暴動，兩名黑人男性遇害，數名白人男性被捕。

「克麗歐．薛伍德這件事沒什麼好報的，梅迪。她就是跟不對的人出去，如此而已。」

「她有個男朋友，也許那個人因爲這樣吃醋，說不定……」

「佛朗明哥的酒保已經跟我們說了，和她一起離開的那個男的長相。」

「那不是她男朋友。」梅迪講得跟眞的一樣，而且一副深知內情的語氣，自己也得意起來，但她根本不知道這是不是實情。

「佛朗明哥那個酒保本來就不是誰的男朋友。」佛狄說。

「我是指……」梅迪沒再說下去。佛狄明知她的意思，只是故意裝傻。

他把手放在梅迪肚子上，這是表示他不想再談下去的暗號。梅迪想到自己的肚子就一陣尷尬。當下的時尚雜誌都是比基尼女郎的照片，下身那截泳裝好短好短，雙臂雙腿又瘦又骨感。梅迪向來滿意自己纖瘦的身材，但和這些妙齡女郎一比，自己簡直是龐然大物，也成了古時候的老派女人。她想變得摩登，想要曲線玲瓏，她要成爲那艘爲探索外星而造的火箭。

「我眞希望……」佛狄的話起了頭，但沒立刻接下去。在如此難能可貴，卻又有各種詮釋可能的瞬間，梅迪既惶恐又興奮。到底、究竟，佛狄想要什麼呢？

「我眞希望……」佛狄又說了一次：「能接到那顆球。要是眞接到了，我也會送給那個小孩的。但我還是希望接到那顆球的人是我。那不是很帥嗎？」

六號

三局下半，我面對投手羅培茲，我隊的超前分在二壘。羅培茲這人很難說。他這季在場上已先後擊中六名打者，但他當時並不是故意要投近身球，就是控球不行而已。

一壞球。

兩壞球。這球投得離我很近。我可以感覺休息區的隊友們也跟著緊張起來。

一好球，我沒出棒。

兩好球——擦棒球，飛進觀眾席。

這是我在金鶯隊第三個球季，雖然我在一九六四年真正上場的時間並不多。那年我的紀錄是一打數，一次被三振，排進上場名單共八次。我去年打了一百一十六場，打擊率二成三一，不算很好，但比艾奇巴倫好，再說我的守備技巧無懈可擊。我也挨過四記觸身球。我是不介意被球打中啦，但也不想用這種方式上壘。

下一球會是內角曲球。我揮棒、擊中球，壘上的跑者回來得分，我則站上一壘。比數二比一，我們領先。

金鶯隊的球迷實在太有禮貌，不喊也不叫，多半都是自己嘟囔一陣就算了，但他們也不太會噓人，所以我想這算扯平了吧。不過就算在相對安靜的紀念體育場，還是看得出來球迷都知道這個夏天特別不同。我們真的很神。明星賽就快到了，我們目前戰績五十四勝，二十五敗，我的打擊率就快接近三成。我是進不了明星賽了。法蘭克顯然會入選，布魯克斯大概也會。不過總有一天我會進去的，我相信。除了明星賽，搞不好還可以拿下一、兩座金手套獎。我今年二十二歲，年薪八千元，每天醒來都會笑。

打從八歲以來，這就是我這輩子最想要的。威利．梅斯【註一】是我的英雄，但我知道自己有機會進入大聯盟後，就在想：我得找出自己的特色，不能學威利．梅斯靠低手接殺成名。我不想讓別人說我模仿威利。但我可以像威利那樣守得很淺，在野手之間的空檔追著球跑。要是我沒接到球，肯定是因爲打者打了全壘打。

賽後我坐進自己的車，一九六五年的道奇「飛鏢」，是六六年新款上市後買的，所以價格還不錯。一堆小朋友紛紛湧過來要簽名。只要有一個小朋友等著我簽名，我就不會走。說到底，球迷才是我們眞正的老闆。要是他們不來看球，我們就失業嘍。給我什麼我都簽，棒球卡、棒球，隨便拿張紙來都行。萬一冒出個小男生說他以後想打棒球，問我好不好，我都會說好，夢想總有成眞的一天，看我就知道。

今天倒是有個男的朝我走過來，年紀比我大不了多少，但沒要我簽名。「我叫佛狄．普拉特。我只是想跟你握個手，布雷爾先生【註二】。你眞的是在享受人生耶。」這人至少比我大個六、七歲，卻叫我「先生」。

但他說的沒錯。這就是人生，而我樂在其中。

一九六六年七月

梅迪對佛朗明哥有點失望，問題不在於它不夠氣派（畢竟是賓州大道上的二流俱樂部，她原本就不抱什麼期望），而是它實在普通到了乏味的程度，令人感受不到半點危險的氣氛。當然，這會兒才晚上六點，要縱情聲色對誰都嫌太早，不過這間俱樂部在梅迪眼中，和派克斯維爾的「烏德洪姆鄉村俱樂部」辦主題之夜的時候沒什麼差別。

她找了吧檯的位子坐下，點了杯香艾酒。酒保是白人男子，體格結實，深色頭髮，上眼皮垂下來變成內雙。當時有個酒保跟警方描述克麗歐・薛伍德失蹤當天的男伴，難道就是眼前這人嗎？梅迪沒料到一間由黑人經營，又以黑人爲主要客群的俱樂部，居然會有白人員工。她以爲白人男性對她會比較沒有敵意，這人身子卻微微後仰，雙臂抱胸，沒有要幫她倒酒的意思。

酒保開口了：「我們這邊的規矩呢，是希望女性顧客和男性一起來。就算是有男伴的女性，

譯註一：Willie Mays（1931-2024），美國職棒大聯盟傳奇球星。一九五四年效力於紐約巨人隊時，在世界大賽系列賽中以神乎其技的接殺名留青史。一九七九年入選美國棒球名人堂。一九九八年在《體育新聞》選出的史上百大棒球球星中排名第二，僅次於貝比・魯斯。

譯註二：Paul Blair（1944-2013），一九六四至一九七六年爲巴爾的摩金鶯隊中外野手，並因優異守備技巧，自一九六九至一九七五年連續七年贏得金手套獎。一九八四年入選金鶯隊名人堂。

我們也不會請她們坐吧檯。我們老闆覺得坐吧檯……」他講到這裡停了下來，思索適當的用字。

「不成體統。」

「我不是客人。」梅迪說。

「很好，妳一點就通。妳怎麼不和貴婦朋友一起去哈茲勒百貨喝下午茶？那邊感覺和妳比較搭。妳要是眞的想喝酒，可以去愛默生飯店。」

「我是記者。」

那人看似沒睡飽的眼中，是被逗樂了的笑意嗎？總之他還是幫梅迪端了酒來，隨後就到吧檯另一端準備晚上要用的東西。梅迪喝了一小口酒，很意外這酒的品質和她在其他酒吧喝的差不多，但馬上就想到根本沒什麼好意外的。香艾酒的種類原本就不多。葡萄酒和威士忌的種類五花八門，但以梅迪喝酒的經驗，香艾酒只有甜和不甜兩種。這杯是甜的。

有個女子走進來，一身寬鬆上衣配休閒長褲，好奇地瞥了梅迪一眼，再看看酒保。

「講講你的事吧？」梅迪問那酒保。

「沒什麼好講的。」

「每個人都有故事。」

「我不覺得。妳知道我一晚上聽的東西有多少跟故事沒半點關係？那妳有什麼故事？」

「我剛剛跟你說啦，我是記者。」

「哪家報社？」

「《星報》。」

「沒看過。」

「那你喜歡哪家?」

「《燈塔報》。」

「爲什麼?」

「它們家的最厚。我有養鸚鵡,好用。」

梅迪又抿了一小口酒。這人顯然故意給她釘子碰。不久前的她應該會因爲這樣就退縮,也有可能會和這人攀談起來,甚至來個打情罵俏。但此時這人的態度,卻讓她相信自己終於來對了地方。這是克麗歐·薛伍德最後出現的地方,和一個沒人知曉、沒人認得的男人一起出了門。照眼前這個男人說的是這樣。

「我在寫關於克麗歐·薛伍德的報導。」

「沒什麼好寫的。」

「你話怎麼這樣講?她還這麼年輕就死了,又死得不明不白,當然有東西可寫。」

「嗯,或許我應該說,『這裡』沒什麼好寫的。克麗歐不管碰上了什麼事……跟佛朗明哥半點關係都沒有。」

方才瞄了梅迪一眼的女子這時從裡面的房間走出來,換上了俱樂部的招牌制服——連身的緊身衣,領口和尾椎處都綴著粉紅色羽毛,下半身是網襪。噢,多可悲,多無趣啊,梅迪心想。這怎麼能算是體面的制服?她想起了克麗歐，還有那些出人意表的精美華服。梅迪很肯定那都是有人買給她的。找出那個送她衣服的男人，還要找到——嗯，總得找點什麼就對了。

「認識克麗歐嗎?」她問的對象是那女子，不是酒保。毫不意外地，那女子望向酒保，看他有什麼指示。酒保只是和女子互望，沒有其他動作。

「怎麼可能?」女子邊說邊把玻璃杯一個個放到托盤上:「我是接她的位子。她在這兒上班的時候我又還沒來。」

那酒保一個眼神就能傳達許多訊息，果不其然。

「說得也是。」梅迪轉向酒保道:「但『你』認識克麗歐，你跟她是同事，也知道跨年夜——那個清晨和她一起離開的男人長什麼樣。你跟警方描述過那個人，和克麗歐那晚穿的衣服。」

「對。」

「跟我說說吧。」

「都在警方的報告裡，我想妳一定也看過了。妳以為我會有不同的說法嗎?我講的還是跟之前的一樣。」

梅迪翻開長方形線圈筆記本，看自己當時記了什麼。來接克麗歐的男人大約清晨四點到俱樂部，克麗歐沒把他介紹給大家。她換穿綠色上衣、豹紋長褲、紅色汽車大衣，穿高跟鞋，拿綠色大包包，戴紅色皮質駕駛手套。男人是高個子，深色皮膚的黑人，穿黑色皮大衣、高領衫，可能三十多歲，頭髮剪得很短。「非常瘦，相當黑。」這一點在警方報告中重複了兩遍，表示很重要，但覺得這件事重要的，是酒保還是警方呢？我有個印象，克麗歐不太高興那個男的進店裡來。她說：「我不是叫你在外面等嗎？」也許她不想讓人看見自己跟那個男的在一起，但我不知道原因。我根本不認識那個人，也從來沒見過他，那之後也沒見過他。

「跟我講講她的事吧，我說克麗歐。她是怎樣的人？」

他臉上有什麼變得柔和了些。說這男人長得不帥算是委婉了——他皮膚很差，頭髮雖然濃密，但髮際線顯然逐漸後移，又有個蒜頭鼻。然而他有酒保的本領，能讓人不由自主對他吐露心事，而且會這麼做的不僅是熟客。感覺克麗歐有可能和他聊過什麼。他有可能比克麗歐的母親更了解她。

「她人很好。」酒保這麼回答：「很精明。很外向，很直率，也很活潑。老天爺對她實在不公平，對很多人都不公平。」

「那天晚上跟她一起的那個男的……」

「我不認識他。沒什麼可說的。」

「可是一定還有什麼沒說的。我想知道『她』是什麼樣的人。我想知道她有過什麼夢想，這輩子到底想追求什麼。」

「不管她有什麼夢想還是願望，反正都跟著她一起死啦。」

這時有個一臉凶相、身形瘦削的黑人男子走進來。酒保似乎馬上明白男人腦中浮現的念頭，就像方才那個顧吧檯的女子很會解讀酒保的眼神。

「她說她是記者，戈登先生。我不想硬趕她走。」

原來這位就是謝爾．戈登。這可妙了，梅迪一直以爲他是猶太人，也一直以爲「謝爾」是「謝利」的簡稱。

「記者到我的俱樂部來幹嘛？這裡沒什麼好報導的。」

這句話是對著酒保說的，但酒保沒作聲。梅迪索性豁出去了：「我是《星報》的記者，正在寫一篇關於克麗歐．薛伍德的人物報導。」

「就別管她了吧。」戈登說：「她造成的傷害還不夠多嗎？」

梅迪注意到他的措詞。克麗歐造成了什麼傷害？再怎麼說她人都死了。她曾經讓爸媽傷心難過嗎？當然有。她拋下兩個兒子一走了之嗎？確實是。但沒人受的傷比她多。

「你付這邊的女生多少薪水？」

「妳要在這兒上班只怕嫌老嘍。」戈登回道：「看妳其他的條件也不怎麼樣。」

「我這麼問是因爲克麗歐．薛伍德有些滿不錯的衣服，我很意外她靠吧檯工作的薪水居然買得起。有幾件小禮服，還有些毛皮製品。」

其實她只知道那條毛皮披肩而已，但講「有些毛皮製品」好聽得多，感覺比較有分量。

戈登先生走向吧檯，拿起梅迪那杯香艾酒。「這杯算我們請客。」他說：「假如妳馬上走就可以。要是妳想繼續待下去，這杯酒只怕妳付不起。待在這裡的代價，不是妳擔得起的。」

梅迪知道戈登有權有勢。但她可是白種女人，哪怕這裡是戈登的地盤，她也覺得自己的氣勢更勝一籌。他不會動她的。「要是我不走呢？」

戈登先生轉向酒保。「史派克？請你送她出去。馬上。」

名叫史派克的酒保首次露出有點不安的神情。他過去或許送過很多男人出門，甚至也包括女人，但他面對梅迪卻不知所措，也不知怎麼碰她。或許大家都等著看她知難而退，自己走人。若眞如此，那她還頗得意自己居然讓他們失算了。謝爾．戈登把她那杯酒放回吧檯，她隨即拿起來喝了一口。

史派克嘆了口氣，掀開吧檯出入口的板子，來到梅迪坐著的這一邊。他個子很高，體格十分健壯，要把梅迪拖下高腳椅簡直易如反掌。但他似乎不太願意伸手碰她，那副模樣讓梅迪不禁想到卡通裡的狗狗，也許是以前和賽斯一起看〈唐納狄歐小丑秀〉留下的印象吧。卡通裡那隻狗好像叫「牙牙」什麼的，聲音很沙啞，和這個男人一樣。

「小姐……」

「太太。」梅迪糾正他。已婚的身分感覺比較有威嚴，更何況嚴格說來，她確實已婚。

「我們已經請妳出去了。」

「我不覺得你們有權利拒絕上門的客人。」

「我覺得有。」謝爾．戈登接話。

「那就報警吧。」梅迪說。

「妳以為我不會?」

「噢,我覺得你會啊。我很樂意聽聽你報案的理由。」

「我們佛朗明哥不接待沒有男伴的女性。這兒不是那種場所。」

梅迪大笑,這一笑似乎激怒了謝爾·戈登,她之前講的那些話都還沒讓他這麼火大。

「佛朗明哥是有規矩的俱樂部。」戈登說著,臉逐漸轉紅,他的膚色和梅迪相較之下並不算太黑。「這裡是給有教養的男士——和女士來的。佛朗明哥有些表演可以說是全美一流。這俱樂部既然是我開的,規矩自然是我定。妳要是想來我們這兒聽好音樂,就找個男士一起來,假設妳有認識的人的話。」

梅迪衡量了一下眼前的情勢。她是可以賴著不走,但目的是什麼?「我很樂意走人,只要……你貴姓啊,先生?只要他陪我走到我停車的地方就成。現在這一帶治安不太好。」

「帶她出去,史派克。」

門外就是賓州大道,天還沒黑,夏季的濕熱迎面襲來。梅迪再加碼撒了一個謊:「還要再走幾條街,抱歉。」

史派克叫苦似的「呃」了一聲。梅迪等他們默默又走了一個街區,才問:「你『喜歡』她嗎?」

「蛤?」

「克麗歐。你喜歡她嗎?」

「當然啊，大家都喜歡她。」

「顯然，只有殺了她的那個男人是例外。」

一陣沉默。

「你願意跟我講一件關於她的事嗎？什麼都可以。講一點我光看書面資料不會知道的事。」

梅迪刻意頓了一下，才說：「還有，我去太平間也不會知道的事。」

又是一陣長長的沉默，長到梅迪覺得他應該不會開口了。這時卻傳出他的聲音：「她像一首詩。」

「什麼？」梅迪已經不指望對方有回應，更不用說是這麼溫柔又引人遐思的答案。

「以前學校老師要我們背一首詩，我一直不懂那什麼意思，是講一個女人喜歡到處看。」

「〈我的前妻公爵夫人〉。」

「應該是。」

「她看到什麼都喜歡，又愛東看西看。」梅迪把那一句背了出來。

對方聳聳肩。

「她失蹤那晚有個約會，這點是肯定的。你跟警方說她有約會，還形容了那個男的長相，也說了她當時的打扮，而且講得很詳細。可是還有另一個男的，對不對？是你平常就會見到的人，只是那天晚上他不在？」

「喂，妳全都搞錯了。」

「那就說我哪裡錯啊。」

「妳一直去翻石頭，但石頭底下什麼都沒有。她交往的另一個男的——那人跟這件事完全沒關係。」

「你怎麼能那麼肯定？」梅迪暗想，大概再走兩、三條街，就得老實說她其實沒有車。要不乾脆在路邊隨便選一輛，假裝是她的車，故作翻找鑰匙的樣子。「你聽我說……我還年輕、很年輕的時候，曾經有個祕密。我有過一個男人，他已經結婚了。他原本很有可能毀了我一輩子，就差那麼一點，不過我很幸運。假如克麗歐那個男朋友跟這件事無關，那好。可是她確實有男朋友，不是嗎？大家好像都很怕外面知道她有男朋友，爲什麼？」

「妳就別再管她的事了，拜託。」

「跟我說一件她的事，別人都不知道的。一件就好。」

他想了一下。「她不會希望妳給那個男的找麻煩。她很在乎他。」

「她愛那個男的嗎？」

「我已經說了。妳太鑽文字牛角尖了。字就只是……字嘛。」

梅迪大可以說她在乎米爾頓，依然在乎。但那和愛不是同一回事，兩者幾乎不存在同一宇宙。

「我覺得你知道很多，但跟我講的沒那麼多。」梅迪說。

「大家都一樣。」

「你是指大家知道的比講的多，還是大家知道的都比我多？」

「都有。妳根本沒車，對吧？」

「對。」扯謊居然讓她有點飄飄然。

「我幫妳叫計程車吧，車錢我付，只要妳答應不再出現。」

「我不會答應什麼的。」

「想也知道。但車錢我還是會付。」

他很快就找到了計程車。梅迪在後座坐定，他俯身過去，沉聲道：「妳再追查下去，會傷到別人，甚至也許會害到妳自己。」

天夫人之前講過一樣的話。但梅迪對自己說，天夫人根本是鬼扯。

酒保

一有麻煩我馬上就看得出來。我可說是靠這個吃飯的，這是我真正的工作，調酒只是讓我雙手不會閒著而已。我在這兒的職責是確保一件事：要是有麻煩上門，我就讓麻煩出去。戈登先生在外面名聲不能說很好，但他對我不錯，我也盡我所能對他忠心耿耿。

不過誰都看得出那女人是個麻煩，連我們負責桌邊服務的那個小傻蛋都知道。至於戈登先生，大小事都逃不過他的眼睛。要是想糊弄他，就等著倒大楣吧。

我過去跟的老闆姓麥奎爾，在港口做生意。他搞銷贓搞得還不錯，規模不算很大，只是他自不量力又太貪心，想利用零售生意來合法洗錢。他借錢買下西南區一間大倉庫，打算賣可回收再利用的建築廢材，結果搞到難以收拾。負債之高，連用破產詐欺這招也不夠還。然而戈登先生是生意人，永遠只對萬能的錢感興趣。他和我老闆好好談了一番，討論這事該怎麼解決。戈登先生跟外面那些銀行主管一樣和善，只是大家心裡都有數，要是還錢的方式不如他的意，懲罰可比一般銀行嚴重得多。於是戈登先生接管了倉庫和倉庫裡所有的東西，也讓我老闆少背了很多債，最起碼限縮到在他能力範圍內能償還的程度。在他們兩人協商的過程中，戈登先生問我老闆願不願意把我給他，就當某種借據，等我老闆把債還清。我想從某個角度來說，戈登先生應該覺得買下一個白人很好玩吧。又或者他想藉此說的是——萬一我老闆不還錢，他就殺了我。

我老闆毫不猶豫便答應：「當然，湯米可以給你。」戈登先生說：「湯米是小男生的名字，我以後就叫你史派克，因爲你長得很像我以前認識的一隻㹴犬，牠叫史派克。」同樣的，我想戈登先生從決定買下我、替我取新名字，到把我比作狗，都覺得很有樂趣吧。我們都假裝這只是暫時的安排，但我很清楚，要是我表現很好，戈登先生應該會想一直留著我。

要是我表現不好——唔，我不想知道萬一哪天讓戈登先生失望的後果。

那時謝爾．戈登大部分的收入來源是經營賭場和妓院，不過，嗯，也漸漸把手伸進毒品。販毒的現金流大得嚇人，想不理它都不行。但他是眞心喜歡佛朗明哥，想把它做成眞正有格調的娛樂場所。這就像他和自己的戰爭，左手想合法做生意，右手卻有大批大批的銀子不斷進來，他得把髒錢洗白。或許他腦袋裡相信自己總有一天能金盆洗手，只是這天永遠不會來。他這人祕密太多。上道的就知道，一個字都別提。

我在佛朗明哥管吧檯，調酒倒酒的工作沒停過，但我主要的職責是管店裡的女生，幫她們在「接待」與「服務」之間拿捏出最有利的平衡點。戈登先生堅持佛朗明哥正派經營，畢竟他還有那麼多妓院。說老實話，佛朗明哥有滿多女生最後都去了那邊，然而他絕對不容許佛朗明哥有半點不乾淨的成分。他知道大家都說佛朗明哥不過是把上流猶太人去的「鳳凰俱樂部」整套抄過來，而且還抄得很爛。但到了這個時代，賓州大道上所有的東西，哪個不是把以前那一套粗製濫造的成果？店鋪、房子，甚至連人都比以前更無精打采，也更邋遢。店裡的女生想跟客人約會是沒關係，但得用自己不上班的時間，也不許穿上班的制服。我們這裡不是開妓院，是正正當當的場所，有二線陣容的表演（大家都知道一線的表演在「鳳凰」，我們用不著裝高級），是讓紳士淑女賓至如歸的地方。

戈登先生最喜歡的顧客是以西結．泰勒，小名「以西」。戈登先生對他是怎麼看怎麼順眼。他塊頭很大，很內向，話不多，到我們這兒來只為了聽音樂，幾乎不碰酒。但他會為了配合大家點一杯波特酒，小口小口慢慢喝上一整晚，最後還幫所有人埋單，眞是很有修養。他總希望身邊的人開開心心，不必綁手綁腳。戈登先生最欣賞他的就是這種和別人互動的方式，還有他的數字頭腦，幾乎可和戈登先生媲美。

我有一回問他——你為什麼要開乾洗店啊，泰勒先生？乾洗店感覺不像能賺大錢的生意。

他說：「你想想看，史派克。哪種人會買一定要乾洗的衣服？」

「有錢人。」我很快接話。「可是……」我不好意思把想到的事說出來。

他微微一笑。這同樣是他的作風，希望別人在他面前永遠可以做自己。「你本來是想說『黑人哪來的錢』吧？」

「我是想說，有些黑人很有錢。你就是啊，泰勒先生。戈登先生也是。」

「有錢的黑人多得是。比你想的多很多，而且還會愈來愈多。不過重點是找到『努力想過好日子』的人。比方說有個小姐是老師，拚命存錢終於買了件好大衣，甚至可能是毛皮的。等大衣到了該洗乾淨收起來的時候，她會上哪兒去呢？你覺得她會願意開車跑到北邊的乾洗店嗎？不會，她希望拿到自己社區的乾洗店就好。所以易洗乾洗店才……」

「巴爾的摩市區就有五間分店，交通便利！交給『易洗』！」這是巴爾的摩無人不知的電視廣告，就跟「帕克斯香腸」的電視廣告一樣出名。威利．亞當斯當年就是靠和雷．帕克斯成立「帕克斯香腸」，才得到上流社會的入場券；謝爾．戈登則希望以西．泰勒會是他的入場券。

「大家都希望盡可能在自己住的那一帶消費。你知道嗎，史派克？名字決定命運。我生在泰勒家。泰勒（Taylor）就是『裁縫』（tailor），瞭嗎？我剛入行是在『漢寶格斯』男裝店修改衣服。問題是男人一輩子只會改一次西裝尺寸，但『清洗』西裝可就不只一次了。我有的不多，就這麼個點子而已，不過我光靠這個就夠了。我提供大家永遠都需要的東西。二戰後我就在離這裡六條街的地方，開了第一家易洗乾洗店。你那個關鍵的點子是什麼呢，史派克（Spike）？關鍵也許就在你名字裡。你應該開間刀具店，或保全公司什麼的。」

我只笑笑，因爲我的名字並不是史派克。我叫湯瑪斯．拉得洛，但我搞不清楚自己是什麼命。我覺得自己是負責守護、拯救女士的騎士，但從我姓氏就看得出是永遠待在底層、出不了頭的人。拉得洛就是拉得「落」。

但我是哪根蔥，能反駁以西．泰勒呢？他那麼有錢，而我只是個從雷明頓來的小子，跟了一個小咖無賴，無賴欠了謝爾．戈登一大筆錢，就把我賣了。但不管怎麼說，我喜歡以西，誰不喜歡呢，很難碰到比他更親切、更和善的人。這麼好的人，怎麼可以讓個記者隨隨便便來挖他的私生活？他沒幹壞事，這點我敢打包票。以西這種身分地位的人，當然可以心想事就成，同時對檯面下的事毫不知情。有錢就有這種好處，想要的東西輕輕鬆鬆就到手。

就連以西開始對克麗歐・薛伍德有點意思的時候，我也沒改變對他的態度。很多男人都對克麗歐有好感，我也是其中之一，但不代表我們之間有什麼。男人在兩個條件之中至少得有一個，才能讓克麗歐感興趣——一是長得帥，二是口袋深。我知道我兩個都沒有，長相改不了，也不太可能發財。

但這也無所謂。之後我眼睜睜看著她愛上泰勒先生，這我還眞沒想到——沒想到克麗歐不單是因爲他一直送禮物才接受他，而是眞的一頭栽了進去。噢，克麗歐什麼都沒跟我說，但我看得出她散發的光采。泰勒先生帶她去了很多她從沒去過的地方，上高級餐廳，甚至出城遊玩。那時我一直想，這一定是裝的吧，她怎麼可能愛上年紀這麼大的男人，不管他多有錢也不能這樣吧。但沒多久，這兩人之間的好感明顯到連戈登先生都無法不注意，他也因此不高興。

「不能這樣下去了。」他對我說，我只點點頭。我又不是愛神丘比特，決定不了誰愛誰。但我們後來把克麗歐調到吧檯和我一起，不讓她在泰勒先生過來的時候做外場。

戈登先生也稍微說了以西一下。以西說好好好，他明白，如果要幫戈登先生實現夢想，就得繼續當個婚姻美滿的好男人。接著戈登先生和克麗歐坐下來好好談了一番，她答應和以西分手，好聚好散。然而戈登先生花了這麼大力氣，只是讓這兩人更費心遮遮掩掩，這戀愛也因此談得更刺激。他們開始把所有人蒙在鼓裡，不僅是泰勒夫人而已。克麗歐的雙眼就像祖母綠閃閃發亮。這場比賽她很有把握自己會贏，只是就算有人問，她也不會透露冠軍有什麼獎品。但我知道，我問過她。她只想贏。還說哪天她要去找泰勒夫人，把全部的事都說出來。

之後有那麼一天，戈登先生要我做一件很可怕的事。我說我辦不到。他說要是我不做，他就找別人做，不管過程，只管結果。目標是除掉克麗歐，怎麼做、何時做都無所謂，但一定得由我動手。要是我不願意，那大概也表示他沒法信任我，搞不好也得把我幹掉。這太扯了，他怎麼會想幹這種事，怎麼算都不划算。而且這根本不是生意。

這樣我還要講得更細嗎？

我送那個記者小姐上計程車後，也不想回店裡了。我的心好痛，覺得好寂寞。十二月三十一日以來，我每晚都是這種感覺。我還記得我問過克麗歐那些衣服。「這種大衣叫什麼？前開式的？手套有洞是要幹嘛？」因爲我明白之後就得具體描述這些細節。

我想她。每天都想。我或許是這世上最想念她的人。她不愛我也無所謂。

至於另一件事——嗯，我很努力不去想那另一件事。

噢，湯米。我是唯一這麼叫你的人，記得嗎？不是史派克，我從來不叫你史派克。湯米。史派克是狗狗的名字，但你不是任何人的寵物，甚至不是我的。我太小看你了，湯米，但大家都這樣對你。

可是你看，我現在跟你道歉了。你的命或許沒那麼重要，但畢竟還是你的，你還活著。我不怪你，但我也不會替你難過。

湯米。

一九六六年七月

「這些顏色……好鮮艷喔。」茱蒂絲望著陳列在 The Store 櫃檯的各色布料說。

「我把以前家裡的縫紉機帶了過來。」梅迪說：「幫妳做件夏天洋裝沒問題。我現在身上這件直筒洋裝，就是看裁縫書版型做的——我覺得稍微改一下，應該很適合妳。」茱蒂絲臀圍比梅迪大，胸圍比梅迪小，但差距並不大，而且這種版型很能遮掩身材的缺點。

「我不穿很花的衣服。」茱蒂絲說：「我再想想好了。」

梅迪的提議就這樣被澆了一盆冷水。不對，梅迪覺得自己好像「應該」要覺得被澆冷水，但她隨即發現自己的品味其實比茱蒂絲還新潮。茱蒂絲雖然年輕，但在很多方面都滿保守的，好比髮型，她到現在還是會用倒梳頭髮的方式梳成大蓬頭，髮尾還刻意梳得翹翹的。梅迪現在則是挽個髮髻去上班，下了班就把頭髮放下來。還有，對，茱蒂絲不穿花衣服，她喜歡的是用同一種顏色自行搭配的風格，從鞋子、包包、衣服都是同一色，加上因爲和爸媽一起住，和同齡的女生相較之下省了不少花費，可以盡情買想買的衣服。像今天她穿的就是一身黃——足蹬黃色高跟鞋，身上披了件粉黃色亞麻開襟衫，用蝴蝶形狀的鏈夾固定以免滑落。

「眞好看。」梅迪說，指尖輕觸那金色蝴蝶的頭。蝴蝶雙眼閃爍碧綠的光芒。

「在柯維特買的。」茱蒂絲說：「才兩塊九毛八。」

梅迪睜大了眼，好似聽得興味盎然。那鏈夾好看是好看，也沒有柯維特這種平民百貨的廉價感。但在這間精品店中，這隻有綠玻璃眼睛的冒牌金蝴蝶，與貝蒂．庫克的設計作品共處一室，像是有點褻瀆了大師。梅迪決定替自己買一匹布，同時也以飢渴的眼神掃視店裡的各種珠寶首飾。噢，能有錢買下這些好東西的感覺眞好。只是很少有男人懂得這些東西的美。男人對「女人想要什麼」的想法，實在傳統得可以。克麗歐．薛伍德的神祕男友——這個梅迪至今仍無法確定身分的人，買給她的是衣服不是珠寶。這一點還是很難不令人注意。毛皮披肩沒什麼稀奇，但其他的衣服——好比那套香奈兒套裝（嗯，是仿香奈兒啦，但仿得很不錯），還有那件美麗的洋裝，簡直就像至上女聲三重唱成員穿的呀——瓦納梅克百貨的產品，完美的黑色小禮服。這些衣服都不像一般人送情婦的禮物，倘若能把克麗歐．薛伍德稱之爲情婦的話。

這些事其實也不是那麼重要。梅迪爲了調查克麗歐．薛伍德耗了太久太久，久到已經沒人管她究竟查到什麼。她主動提議過幾個題材，先是靈媒，再來是仍未走出喪女之痛的薛伍德夫婦，但得到的回應都是「不行」、「現在不適合」。「也許過一年再看看吧。」卡文說：「等週年的時候。」

「週年？」這麼美好的兩個字，怎麼會在這種情況下冒出來？

「嗯，就是她失蹤滿一年啊，或等她屍體出現那天滿一年更好，唏哩呼嚕，唏哩呼嚕，唏哩呼嚕。」

那就會是一九六七年六月，也或許是一月，假如梅迪運氣好的話。感覺頭髮都要等白了。

梅迪趁和茱蒂絲在「鄉村小棧」午餐時，提到工作上的煩心事。她和茱蒂絲互動的方式很奇特，雖然就像一般女人那樣聊天，但兩人彷彿各唱各的獨腳戲，只篩選出合乎社交規範的片段，但內容之間毫無關聯。梅迪談自己的工作；茱蒂絲則不斷暗示（也不是頭一次了）很希望能有和男友「聚會」的私人空間。

「保羅不是有自己的地方嗎？」

「不是保羅。」茱蒂絲說：「是我新認識的人。他爸過世了，所以他和媽媽一起住在他爸媽的房子，他妹又還小——去那邊一點隱私都沒有。」

「妳交了新的男朋友？」

茱蒂絲臉一紅。梅迪這才發現，女人也有可能因為得意而臉紅。「我想我是交了兩個男朋友吧！我也不曉得怎麼搞成這樣的，梅迪。這個男的叫派崔克．莫納罕。大概兩週前我們有個四人約會，大家一起去露天汽車電影院，在那之後他就一直對我有意思。要不是因為兩對一起約會，露天汽車電影院我根本連想都不敢想，因為，嗯，妳知道的。」

梅迪確實知道，儘管以她去露天汽車電影院的經驗，後座一定會有賽斯。那時賽斯七歲，穿著睡衣坐在車裡、隔著擋風玻璃看電影，對他而言是樂趣無窮的新奇體驗。其實露天汽車電影院也滿妙的，以觀影經驗來說幾乎完全不及格——從音效、選片、畫質到零食都馬馬虎虎，更別說還得開很長一段路。但對小孩來說，新鮮感勝過一切。那個動不動就為身邊大小事樂翻天的小男孩，怎麼後來脾氣變得這麼壞？無論問他什麼都用一個字回答？他對米爾頓也會這樣嗎？梅迪眞希望能問個明白。

「保羅和派崔克是高中同學，我在石牆民主黨俱樂部的聚會也見過他。我們就把他介紹給我認識的一個女生。我發誓絕對不是我安排好的。」

明明就是妳安排好的，梅迪暗想。

「總之，去露天電影院的隔天他就打給我。我也說不上來，就是對他滿有感覺的，可是……他姓莫納罕，愛爾蘭人耶！我爸媽一定會氣死。他的工作也沒有比警察好多少，他在州政府的酒類管理局。不過，唔，他真的很帥。體格很好、話不多的那一型。我覺得我滿有可能真的愛上他。」

「這樣聽起來……要和他找地方私下見面，有點太快了吧。」

「我們當然得很小心呀！我還在跟保羅交往，再說要是我們介紹的那個女生知道他在追我，一定會很傷心。我們得考慮別人的感受。」

你們背著伴侶偷吃的同時，還考慮他們的感受？梅迪心想。不過，這算偷吃嗎？那個女生沒法說派崔克是她的人；茱蒂絲也從來沒對保羅認真。她不可能認真的。她早跟梅迪講過好幾遍，結婚的對象一定要是猶太裔男人。那這樣的話……她也不可能對這個派崔克認真呀。

「地下情啊。」梅迪沉思半晌後道：「這世上多的是地下情。」她說了才發現只差一點就要講出自己的祕密，隨即補上一句：「當然啦，我是說克麗歐．薛伍德。我敢說她有男朋友，要不就是……她的老客人。只是沒人願意跟我談。我去了佛朗明哥一趟，那邊的人卻把我當瘟神。」

「謝爾．戈登那間俱樂部？」茱蒂絲問。

「對啊，他叫人把我轟出去。」這樣講是有點誇張，不過也是實話。

「這個嘛，如果有什麼事讓謝爾．戈登傷腦筋，八成和以西結．泰勒有關。」

聽到這麼具體的名字（其實隨便哪個名字都好），梅迪原本應該很高興的，只是她一直以來那麼辛苦尋尋覓覓的答案，眼前這女孩卻如此不經意脫口而出，怎能不感到洩氣。要是她早在謝爾．戈登的名字首次出現時，就想到跟茱蒂絲多打聽一些，此刻說出這名字的人就是她了。

「我聽過這個人嗎？」

「妳可能沒有。」或許是梅迪的幻想，但茱蒂絲似乎在「妳」這個字加重了語氣，彷彿在說這個名字無人不知，只是梅迪孤陋寡聞而已。「不過妳一定聽過易洗。『想洗什麼，就找易洗！』」

「是家乾洗店，對吧？」

塑膠袋。所有的衣服都套著塑膠袋。梅迪之前都在看衣服的品牌標籤，但或許眞正的關鍵，是套在衣架上的乾洗店收據。

「對。謝爾．戈登很挺他，要他在第四選區打敗維妲．威爾康【註】。」

「這個泰勒就是克麗歐．薛伍德的男朋友？」

譯註：Verda Welcome（1907-1990），原爲公立學校教師，後投身黑人民權運動，於一九六二年當選馬里蘭州參議員，致力推動消弭種族隔離制度的法案。

「不清楚耶。我只是說如果謝爾．戈登在罩著誰，最有可能的是泰勒。他們兩個交情好到可以為對方兩肋插刀，這可不是說說而已。易洗洗的不光是衣服喔，至少別人是這麼傳的啦。」

「別人是指誰？」

茱蒂絲滿不在乎地聳聳肩。「就外面的人，我哥那些朋友。講這個不知道對妳有沒有用——他們還說謝爾．戈登是『巴爾的摩單身漢』咧。」

梅迪把這個詞在腦袋裡翻來覆去想了好一會兒，才明白其中的意思。「好，原來以西結．泰勒要競選參議員。要競選的人，當然不可以交女朋友。」

「哎喲，要交當然可以交呀，梅迪，只是得把人藏得好好的。萬一……我是真的什麼都不知道啦，我只是說萬一以西．泰勒的女人就是妳一直在查的那個，他只要小心保持低調就好了。背著太太在外面亂搞的男人，不會有女性選民願意投他的，黑人女性更不用想，何況他的競爭對手就是女的，還是現任參議員。不過泰勒還是照著規矩來，出入公共場合一定帶著太太，不會惹事的。」茱蒂絲對著一臉訝異的梅迪笑了笑。「我跟妳說過嘛，石牆民主黨俱樂部是認識人的好地方，可以聽到很多內幕。我現在對這個城市怎麼運作，知道的還滿多的，我也在幫自己建立人脈呢。我哥認識一個參議員，他說有可能幫我在某個聯邦政府機關弄到一份工作，很不錯的工作喔。不過我得想辦法通勤，上班的地點在密得堡——嗯，我可能講太多嘍。」

「大家都跟我說克麗歐的男朋友是誰根本不重要，因為她在跨年夜那天是和另一個男的出去，沒人認識那個人。」梅迪彷彿自言自語：「可是萬一這都是安排好的呢？會不會是有人派那個男的來幹掉克麗歐？」

「又或者，也許克麗歐是和泰勒在一起的時候死的，他們只好編個說法隱瞞眞相？人家不是說嗎，千萬別讓人抓到你和死掉的女生——或活著的男生在一起。」

「什麼人會說這種話啊？」

茱蒂絲只是回以大笑。「好啦，那，妳會考慮嗎？」

「考慮什麼？」

「讓我趁妳不在的時候借用妳家。」

「我都在家呀，茱蒂絲，除了週三晚上固定和賽斯吃飯。」

「就算只有那一點空檔也夠了……」

是，梅迪當然明白。一點點時間就夠，但也可能太過頭。「茱蒂絲，拜託妳，一定要很小心。」

「我向來很小心。」

「我是指，要小心顧好自己的心。這件事從來沒人跟我們說，他們只會一再叮嚀我們，呃，要保護好自己的身體。但身體有韌性，受得了苦。可是『心』啊，心就不同了。假如進入妳心房的第一個男人不是好人，妳就再也不是從前的妳了。」

這次茱蒂絲臉上浮現的是常見的臉紅，那種極度尷尬之下的鮮紅。「老實說，梅迪，我們只是想……嗯，我們沒打算要做『那件事』啦。」

「妳可以和他去看電影，妳和保羅也是這樣約的嘛。」

「可是我很想跟這個男的好好聊聊。」茱蒂絲說，彷彿很意外自己有這種渴望。「假如只是稍微親熱一下，那對啦，我們是可以去電影院。可是我想更了解他。他真的不太講話，可是我看得出來，我們去露天汽車電影院那個晚上，他一直在看我，也想多認識我。只是我在家不能一直和他講電話，我爸媽會疑神疑鬼，想知道我到底在跟誰講話。」

梅迪過去不常體會對別的女人又妒又羨的滋味，但此刻的她懂了。佛迪也是體格很好、話不多的那型。他們已經交往六個月，她對他的事卻幾乎一無所知。

「我要怎麼找到以西結．泰勒？」

「梅迪，妳真的應該和我哥認識一下，他是搞政治的。」

「茱蒂絲，我沒……我現在這樣很好，不需要妳幫我安排認識對象。」

「我哥對這種安排也沒興趣。不過這些事他很懂的，梅迪。妳跟他談一下，他就會知道妳有沒有找對方向。我不是一直跟妳說……」

「我知道，我知道。我應該去石牆民主黨員俱樂部的聚會。」

政治金童

我一走進巴爾的摩勛爵飯店的酒吧，便知道哪個深色頭髮的女人是我要找的那個，也就是我小妹要我去見的人。她有如相中獵物的灰狗，興奮得渾身微微顫抖，一片接一片吃著麻花小脆餅。茱蒂絲再三跟我保證這不是什麼聯誼。問題是，老天啊，我還眞希望是。茱蒂絲似乎是全家唯一察覺出我本性的人，只是我們當然不會主動談這件事。她跟別人說我早和工作結婚啦，全副精神都拿來拚事業，哪來的時間談戀愛，更別說成家了。這也不算說錯。比起一般人對我的形容詞，這套說法還貼切得多。就算我想成家，也沒那個時間。

可是啊可是，我的天，假如我要選個人當老婆，而我選中的是這個梅德琳·摩根史登·史瓦茲，我媽應該會樂得暈過去，大概只會不滿意她離過婚而已。我媽對別的女人苛刻得不得了，但你能怪她嗎？我爸——唉，這麼說吧，所幸萬斯坦家族唯一公開的醜聞就是藥妝店破產。這倒不是說我還知道別的事，我不想知道那麼多。我們萬斯坦家有個特點，就是不問問題，不去追根究柢。

她小口喝著馬丁尼，眼神透著刻意的靦腆。我看得出調情是她切換自如的行爲模式，自然得就像呼吸。我因爲工作接觸的女性，要不就只會打情罵俏，要不就十分強勢。我偶爾好奇茱蒂絲最後會變成這兩種之中的哪一種。我總覺得她要是看中哪個男的，應該會很像我們老媽，事事都想掌控，這也是毫無掌控權的人必然會有的反應。我想茱蒂絲對爸媽之間的事知道的應該沒我多，畢竟那些事發生的時候她還那麼小，根本還是個小娃娃。現在的她住在家裡，某種程度也還是小娃娃。她覺得自己要脫離家裡獨立，但我不確定原因。我透過一個朋友的朋友，想介紹她到國家安全局當祕書。我很討厭欠人情，不管欠誰什麼我都不喜歡，但為了茱蒂絲我願意。只是她不要以為有了工作就能搬到外面住，那她就太不了解我們老媽了。她能離開這個家的唯一方法只有結婚，而且最好嫁個猶太男人。不過會讓茱蒂絲沖昏頭的都不是猶太人。她以為我不知道，但我一清二楚。她老是跟紅髮男人在一起。要是她不戒掉這習慣，只怕我爸媽會跟她斷絕親子關係，不過我家也沒什麼東西能讓她繼承就是了。

「妳想知道什麼？」

「為什麼謝爾．戈登希望以西結．泰勒由民主黨提名，競選參議員？」

我欣賞她一開場就單刀直入。經驗老道的記者只會講一堆廢話耍你、浪費你時間。這位小姐顯然搞不太清楚狀況，但至少代表我不必在這裡待太久。

「因為他看到機會，就這麼簡單。威利．亞當斯早就對維妲．威爾康不滿了，他覺得維妲對他不夠忠誠。以前第四選區是傑瑞．波拉克的天下，他覺得自己這次有機會搶回來。但現在這塊地盤冒出這麼多人，又只有兩席參議員名額，事情怎麼發展都有可能。不過很抱歉要讓妳失望了，謝爾沒有除掉克麗歐．薛伍德的理由。以西有她就開心，而且他們兩人的地下情，可以讓謝爾更能控制以西。」

我沒告訴她的是，我聽說謝爾一直想幫以西另覓新歡，但以西不買帳。也許以西想看看要是自己被迫學得更低調，選舉最後的結果會是如何。他勝選的機率並不大，但也許他覺得這樣正好。只是謝爾當然不會就此收手，他簡直就像成天嘮叨、催促先生更積極往上爬的那種老婆。

這位小姐眉頭一皺，但皺得很好看。「可是萬一克麗歐把事情掀出來、鬧大了，對誰都沒好處。」

「這種女生不會把事情鬧大的，她很清楚狀況。再說她失蹤那晚是和別人在一起，這是既定的事實。」

「是嗎？」

如此真摯又一本正經的神情，實在讓人忍不住想伸手輕拍她的頭。「有誰不愛精采的陰謀論？我敢說妳覺得華倫委員會一定會拿出證明，說李．哈維．奧斯華暗殺甘迺迪的時候另有幫手。」

「不會……沒，我從來沒想過質疑這點。」

「人生其實很簡單，小姐。」

「是『太太』。」她糾正我。

「事情往往差不多就是表面上那樣，也許這沒什麼稀奇，拍不成電影、上不了頭版，但世界就是這麼回事。好吧，沒錯，她的屍體出現在噴泉裡，她跟以西．泰勒交往過。有錢有勢的男人身邊永遠不缺女人。有什麼好大驚小怪？」

「但要是有人發現他搞外遇，就不能競選了。」

「沒人會發現的，這種事一天到晚都有，『太太』。」嘿，她不喜歡人家叫她「小姐」，也不喜歡「太太」。我不是照她的意思稱呼她嗎？人眞的不要亂許願。「不光是一天到晚，社會上不管哪個階層都有。男人就是男人。就連總統也有亂搞的啊，妳看華倫．哈定就是，羅斯福八成也有，林肯．強生幾乎肯定有。但大家都有共識，只要不聲張，表面天下太平，不會有人拿出來講的。再說以西．泰勒勝選的機率反正也不高。謝爾想推他屬意的人選，但還沒找好自己的盟友。再過個兩年、四年也許有可能，今年還不行。」

她看來受了點打擊，但並不氣餒。看她堅決的表情可以猜到——她會繼續追查下去。這就不是我的問題了。我已經照著和小妹的約定，和她說了這中間的道理，幫她上一堂馬里蘭州政壇入門課，很簡單，兩件事——一是錢，二是組織。民主黨初選其實就是來眞的，尤其是巴爾的摩市，贏家全拿，沒有第二輪投票。九月十四日早上我們就會知道哪些人是贏家，只是大家都假裝比賽要到十一月才結束。

我說我來埋單，或至少做出要埋單的樣子，但最後付帳的是她，說是可以跟公司報帳，記者不可以讓消息來源請客。我很好奇她這是從哪聽來的？我可是一天到晚幫記者埋單，聖誕節送他們威士忌，復活節就送火腿。

我們在查爾斯街和桑樹街交口道別。天快黑了，但她說自己住的地方再走一條街就到。

「你家也往這個方向嗎？」她問我。

「噢，我只是要去查爾斯街搭公車。」我說，但沒回答她的問題。

她走了之後，儘管應該不會有人跟蹤我，我還是刻意轉轉繞繞，最後才往「里昂」走去。這是公園大道上的一處隱密之地，離她住處不到十條街，卻是個截然不同的世界。

一到那邊，我便明白自己只想喝一杯，沒力氣找伴了。走進「里昂」的瞬間，就形同卸下了重擔。有時只要在可以任性一下、徹底作自己的地方喝一杯，就是莫大的解脫。我終於能放心顯露本色。我不是唐納．萬斯坦，不是大家眼中多勞的能者、有責任感的大好人、衝勁十足的幕僚長（而且我老闆有可能在八年內成爲州長）。從前我只是打雜跑腿的小弟，如今卻是大家所謂的政治金童，有權拍板定案、談妥交易、搞定大小事。要是哪天我能有個綽號，好比人稱「白鞋」的參議員哈利．麥哥克，或把「花生殼」當名字的謝爾．戈登（此刻他正窩在店裡一角慢慢喝著啤酒），那我就知道自己眞的發了。至於我的綽號是什麼我不管，只要不是意第緒語的「玻璃」就好。

我的生活、喜好——很多人都知道，只是從來不提。我猜有些人，像是我老闆、我妹，他們會覺得刻意忽略明擺在眼前的事，反而拿「巴爾的摩單身漢」來說笑，是幫我一個大忙。我有兩個朋友，隆納和比爾，兩人同住一間小屋，在西北區滿偏僻的一個社區。大家好像都以爲他們只是兩個拈花惹草的單身漢，畢竟兩人都長得很帥，隆納開的還是顏色鮮艷的小跑車。去年萬聖節我去他們家，住他們對街的小男孩扮成女裝，跑來敲門要糖果。我們三人看了哈哈大笑，多給了那小孩很多糖。或許有那麼一天，長大了的小男孩回顧童年，把記憶片段拼湊起來，會想起鄰居家的萬聖節派對都是男人。管他的，搞不好這小鬼哪天也會是我們這種人。誰知道咧？我才十幾歲就搞懂了，到了二十幾歲終於敢隨心所欲。在世上這麼多以西結．泰勒暗地裡背著太太亂搞的同時，我也必須非常非常小心。

剛進社會工作時有個帶我的前輩說，打混的祕訣就是拿著筆記本皺起眉頭，大家都會以爲你在做很重要的事，但我覺得這彷彿也在說我的人生——我快步走在巴爾的摩街頭，手中是看不見的筆記本，全神貫注，蹙緊眉頭，這樣就沒人知道我到底想幹什麼。「他跟工作結婚了啦」，我媽這麼說，半是得意，半是惱怒。

這是眞的。不然我還有什麼選擇？

一九六六年七月

她原本還擔心茱蒂絲的哥哥會堅持陪她走回家，搞不好甚至會撩她一下。她從查爾斯街往西走了一個街區後，立刻招了輛計程車。

她認清了一點：男人終究是沒半點用處。他們會互相幫對方守密。到頭來男人最重視的還是男人。某個來路不明、穿套頭高領衫的男人殺了克麗歐．薛伍德之後隨即消失，這一點道理都沒有。對，這種事是有可能發生，女人本來就一天到晚遇上倒楣事。但梅迪確信以西結．泰勒是其中重要的一環。沒人在乎這件事，是因為沒人在乎克麗歐，但梅迪在乎，在乎到要去質疑泰勒的不在場證明，而只有一個方法能辦到這點，她得找到一個人。

計程車把梅迪載到公園附近的街區，如今這些屋舍宏偉依舊。她意識到這裡離那個湖、那座噴泉都不算太遠。她的外公外婆也曾經住在這條街上。公園中小學最初的校址就在這附近。時間還算早。她就是賭以西結．泰勒下班後不會急著回家。沉迷溫柔鄉的有婦之夫才不會急著回家，這點梅迪很清楚。她對已婚男人如此了解，也是情非得已，看來活用這些知識的時候到了。不久前她才靠著回想過去與人親熱的地點，找到泰絲．范恩的屍體；如今她希望自己曾有的遺憾，有助於探索某個女人的一生——因為那女人踏錯的那一步很像她。梅迪當年從未和戀人的妻子面對面攤開來談，卻跑這一趟和克麗歐．薛伍德的情人的元配對質。

泰勒家的宅邸與周遭環境相較，好似在一群流氓混混間，端坐著一位德高望重的老婦。其他的古老大宅多半已拆分成更小的單位。這一區處處可見昔日榮光已逝的痕跡，多得是無人看顧的小小庭院。泰勒家外圍修剪得整整齊齊的樹籬間，冒出不知誰丟的糖果棒包裝紙。經濟狀況較好的黑人和米爾頓那個世代的猶太人一樣，都漸漸離棄了這個社區。這些美麗的連棟老屋（在這裡不稱為排屋，因為這裡的連棟屋非常寬敞，又非常有建築特色）曾經蘊含多少意義啊。它們代表夢想，象徵遠景，然而總有一天，這些屋舍都會被切分成供人暫住的公寓。梅迪意外的是泰勒家居然維持原狀。

她下了計程車，在人行道上站了幾分鐘，自己也知道自己出現在這裡多麼格格不入，但她不在乎。她已經厭倦了在乎別人對她的看法，更厭倦自己因為別人的看法裹足不前。首先就是謝爾．戈登和他那一票手下，但也包括那堆警察、記者，甚至還有茱蒂絲的哥哥唐納。所有的人都叫她別多事，不要管那個老掉牙的體制——男人在那個體制中飛黃騰達；擋他們路的女人只能消失。

梅迪無法接受這種事。她牙一咬，胸一挺，大步走向那棟裝了彩繪玻璃的豪宅，按下門鈴。

妻子

我瞄到門廊上那個白種女人自以爲是的囂張相，才頭一次想到：以西結曾說家裡應該請幾個傭人，早知道聽他的話就好了。我們家當然是有找幫手，有個小姑娘（其實也沒那麼小）每週會過來一趟，做比較費力的打掃工作。可是以西結好幾年前就提過，應該找住在家裡的幫傭。至少他當時是這麼跟我說的。

有天我下樓，看到他和兩個年輕人在廚房桌前聊天，那兩人是夫妻（他們話是這麼說，我也這麼以爲，但他們也可能是兄妹，我想），剛從鄉下搭巴士來。我嗅得到這兩人身上的莊稼味，也許他們當天早晨還把該幹的活都做完了才去搭車。他們應該是爲了某個原因逃跑的，我很肯定。

然而以西結（他一直很喜歡年輕人，他的說法是因爲我們倆沒有孩子）在灰狗巴士站附近那間破咖啡館看到這兩人，就把他們帶回家了。所幸他至少還有點概念，知道不能在家裡地毯上留下髒腳印，便帶他們從後門進廚房。

「這位是道格拉斯．費德瑞克。」以西結向我介紹：「這是克勞蒂亞．費德瑞克。他們從多徹斯特郡來。」我留意到他並沒解釋這兩人爲何同姓，代表他們有可能是夫妻或兄妹。「他們目前惹上一點麻煩，責任不在他們，不過他們覺得還是先離開劍橋比較好。」

「唔……」我只應了這麼一聲，但我知道劍橋在一九六三年的夏天發生了什麼事【註】。

「是家裡的因素。」那男人插話進來。我馬上看出這人滿機靈的，只是不像他自以爲的那麼厲害，要機靈到躲過以西結．泰勒的眼睛，他還差得遠呢。他把我先生的善意誤認成可以利用的弱點，但其實以西結正是因爲根本沒有弱點，才有那個餘裕行善。嗯好吧，就只有那個弱點而已。那是他的天性，由不得他。假如那是他們家的遺傳，你還能怎麼辦？

那女孩什麼也沒說，像是早就習慣由家中的男人替她發言、在她旁邊大放厥詞、拿她當話題。她雙眼的顏色很淡，既不藍也不綠，也不像綠褐色，就是很淡。如果非用顏色形容不可，我會選黃色，最淡最淡的那種，就是身體健康時尿的顏色。

以西結把話題拉了回來。有的男人要是有事想瞞著你，講話會特別快，但我的以西結不會這樣。他會放慢速度，一字接一字徐徐吐出，像條蜿蜒的小溪，流向不知何處。但溪水流不停，終究有其目的。溪水充滿生命和祕而不宣的意圖，許多生命與意圖也有互相矛盾之處。溪流就是微生態系，自成一個世界。溪中有生也有死，那也是生命的本質。

「我看這兩人一副六神無主的樣子，好像兩隻可憐的小白兔，一邊仔細研究菜單，一邊數身上有多少錢，那點錢根本不夠讓兩個人吃頓像樣的早餐。他們就只點了一份，他吃得比較多，分一點給她吃。那時我就想……我們可以請這一對來家裡幫點忙。」

一對什麼？我心想。

「男的可以幫我們修東西。女的負責燒飯打掃。」

「我很會做菜，以西結。」我說：「你也喜歡吃我做的菜。」

「我確實很喜歡妳做的菜，甜心。我還是希望妳幫我做早餐，別人都不行。但如果妳不用每天做晚飯，不就幫妳省了一些事嗎？」

我省了這些事，然後要幹嘛？他省了這些事，又要做什麼？

他看得出我腦裡轉什麼念頭，畢竟是我丈夫，總是懂我的心思。他說：「這樣妳就有時間參加教會的活動呀，想做什麼就去做。我只是想盡我所能讓妳過好日子，海瑟。就讓我盡點心意吧。」

那女孩垂眼望著自己下半身，互握的手絞了又絞，好似兩隻扭個不停的小動物，剛生下來還沒開眼，徬徨而無助。那乾裂的雙手看似飽經風霜，卻不是辛勤勞動的結果，我看得出其中的差別。我也是鄉下出身，那是很久很久以前的事，久到大家習慣遺忘，連以西結也不例外。他忘了年輕的我秀麗而苗條，低垂著眼，穿著可笑的自製洋裝；他忘了自己多麼想要我，忘了他對別人的渴望從未如此強烈，於是他擁有了我。以西結．泰勒想要的，通常都會弄到手。

但這次不行，我在那天打定了主意。在我家就是不行，我必須把界線畫清楚。於是我拒絕了道格拉斯和克勞蒂亞，那是三年前的事，我之後再也沒想起這兩個人。但在我家大門階梯上的這

譯註：指一九六三年六月十一日至十四日，馬里蘭州劍橋鎮的黑人居民因抗議種族隔離與差別待遇而引發暴動。該州州長後出動國民兵鎮壓，長達二十五天。

個白種女人，竟勾起了那段往事。多希望這時能有個人替我應門，說聲：「走吧走吧。泰勒夫人正在休息。」

我也可以不應門，我心想。沒人可以命令我打開自己家的門。但我要是透過蕾絲窗簾偷看她，她就會看到我。也許，我暗忖，她是推銷化妝品的？我跟小孩一樣，才冒出這個念頭，便一廂情願相信事情必是如此。因此我一開門，看到這女人並沒拎著推銷員那種小行李箱，頓時一驚。她應該是「雅芳」的小姐才對呀。不過這年頭，水庫丘這一區已經不太常見到「雅芳」的人了。

「我叫梅德琳．史瓦茲。」女人說，語氣十分開朗。她大概快四十歲，但透過我家的蝕刻玻璃看出去，會覺得她還不到這年齡。我五十幾了，但外表比實際歲數年輕很多，要說我四十幾歲也不會有人懷疑。但問題從來不是年不年輕。我說了，那是他的天性。

「有什麼事嗎？」我沒說自己的名字。此人既然有膽上門，想必知道我是誰，也知道我在這個家的地位。

「請問泰勒先生在嗎？」

「他不在。」我知道怎麼用三個字講完我要講的話。她夠聰明的話，就會聽出我沒講的是：就算他在家，我也不會叫他過來。這屋子裡不談生意。假如妳真要和以西結．泰勒談，就應該知道這點。這裡不許做生意，絕對不許，連不碰錢的也不行。只要我在這家裡一天就不行。妳覺得我會讓謝爾．戈登進門嗎？想都別想。只有以西結去找他的份兒。

「我叫梅德琳．史瓦茲。」這女人又說了一遍。「我是《星報》的人，想跟妳談談克麗歐．

薛伍德失蹤那晚的事。」

「誰？」我問。

「湖裡發現的那具屍體，那個女人。」

「幹嘛跟我談？」

「她在佛朗明哥上班，妳先生是那邊的常客。」

「很多人都是佛朗明哥的常客，小姐。」這女人沒說她是「小姐」，但哪個良家婦女會站在我家門口，打聽我先生的事？

「對，但我想……」

「這裡不是我先生談公事的地方，是我們的家。我們相信……」我一時講不下去，她卻幫我接話：

「政教分離？」

我懂她這麼說的典故。我可是受過良好教育的女性，好歹也讀過克平師範學院，準備當老師，我認識以西結就是那時候。只是這個女的卻把這句話講得像在開玩笑，這可把我惹毛了。教會不是拿來開玩笑的地方。我要是沒有教會，根本不知道自己是誰，每天要怎麼過日子。關鍵在於教會，不是耶穌。我當然愛耶穌，祂給了我人生的意義。但教會有固定的時刻表、固定的儀式——教會讓我的生活有了具體的形狀。也許有人覺得我這樣講很好笑，但我覺得我的每一天就像樹，像《泰山》系列電影裡的樹。每天早晨我起床，抓住一條藤，希望它夠長，我的臂力也夠強，能讓我安全盪過去，抓住下一條藤。我上教會，鋪上新的祭壇布，春夏秋冬輪流換，一年過去又一年。基督誕生、死去、重生。一次，一次，又一次。

「這是我家。」我說，同時也很清楚自己剛才講的「我們」已經變成「我」，但這是實話。這是我的地盤。這裡的大小事都有該有的樣子，都在我掌控之中。克麗歐．薛伍德和她那一類的人，從未踏進我家一步。這時我腦中忽地閃過一個念頭——萬一當年我同意讓克勞蒂亞和她「先生」進門，會是如何？萬一這家裡最後有了個寶寶，又會如何？也許她會把寶寶給我，讓我撫養。有了寶寶就有可能改變一切。以西那麼想要小孩。

「我是來跟妳談的，尤其想談談妳和妳先生在跨年夜做了些什麼。他當時和妳在一起嗎？一整晚都在嗎？」

但我把門關了。動作緩慢，帶著威嚴。我想讓她看一眼我背後的世界，美麗的房間，精緻的骨董，有些還是法國貨。上帝沒賜給我孩子，我便把我們的家——我們的家，以西結，你和我的家，你每個深夜或清晨終究會回來的家，我把它變成一片福地，美好之地。我持家有方，布置餐桌、烹調美食；聽廣播、看新聞，做了男人要求女人辦到的一切，唯一不能的就是為他生兒育女。他包容我身體的缺陷，所以我原諒他的過失。

那個囂張的傢伙在我門口又站了一會兒，再次按了門鈴，彷彿我們之前的對話只是彩排。當然不是，我們已經講完了。

克麗歐．薛伍德這麼不小心，保不住自己的命，不是我的錯。怎麼會是我的錯？以西結甚至不曉得我知道有她這個人。要是我不知道她活著（假裝某人不存在和不知道他們存在，不是同一回事嗎？），哪裡會知道她怎麼死的？

也許我當時應該收留道格拉斯和克勞蒂亞。也許事情就會不同了。她搞不好還有可能變成類似我女兒的角色。她是鄉下人，那麼窮，又沒受過什麼教育，可我也是鄉下出身，很久很久以前，但看看我現在。我有美麗的衣裳與珍珠，滿屋的綾羅綢緞。假如我那時願意知足，願意讓這些事情在我眼皮底下發生，應該就能讓大家平安無事。

只是我沒辦法，眞的沒辦法。做妻子的心胸再怎麼寬大也有個限度。淸楚自己的極限在哪裡、不去越界，也是爲人妻的條件之一。無論克麗歐・薛伍德對我先生而言算什麼，她沒當過別人的妻子，也永遠不可能是。她永遠不可能是他太太，我才不管她那個大嘴巴怎麼跟別人說的。她是被騙了。

而如今她死了。

妳居然去她家按門鈴。我還眞忍不住要佩服妳了，梅德琳．史瓦茲。妳做了我一直好想做的事，我曾經發誓要做的事。噢，我當時講得還眞有那麼一回事呢。

妳明白我就是因爲這樣才死的嗎？梅迪．史瓦茲？因爲我跟別人說我打算這麼做，就這樣而已。我說我要去找她攤牌。既然話都說了，我就打算行動。我眞的會去找她嗎？不知道，我說的是氣話，但有人要確保我永遠沒機會付諸實行。

噢，梅迪．史瓦茲，妳知不知道自己幹了什麼好事？

第三部

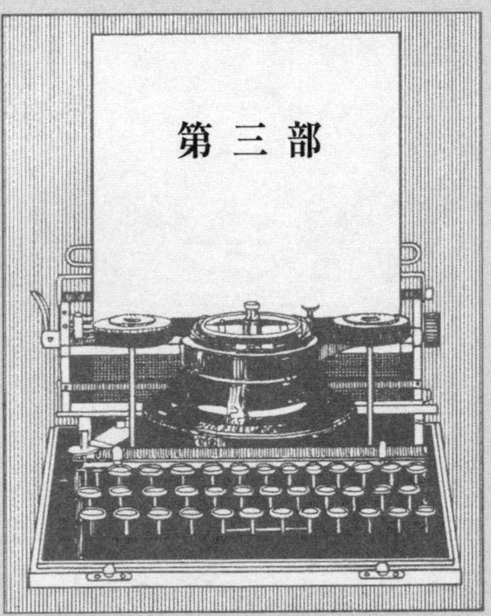

Lady In The Lake

一九六六年八月

「克麗歐．薛伍德生前是和以西結．泰勒交往。我很確定。」

巴布．包爾嘴裡塞得滿滿的，沒急著講話的意思。他剛咬了一口像是燻牛肉三明治的東西，打算好好享用。梅迪發現他還是很講餐桌禮節，不會因爲有人等著他回應，就加快咀嚼的速度。

「確定什麼？」他吃到告一段落終於開口，拿餐巾按了按嘴角，儘管那邊並沒有高麗菜絲沙拉留下的醬汁。

「我確定克麗歐交往的對象是有婦之夫，還是個政治人物……」

「是『候選人』，而且還是個不怎麼樣的候選人。就算選民都認得你名字，也不代表什麼。很會洗衣服也不代表就能當參議員。」

「我是聽說他想放長線釣大魚。」梅迪先點了咖啡，天人交戰了一會兒，又點了薯條。「他知道自己這次不會勝選，不過總得踏出第一步。」

巴布．包爾揚起嘴角，彷彿梅迪講的話很有笑點。「妳聽到什麼了，是吧？從《星報》洗手間聽來的嗎？還是美容院？」

「不瞞你說，我做頭髮的地方就在第四選區。」這是實話，儘管佛迪推薦的那位「廚房魔術師」平常幾乎不開口，沒聽過她對什麼事發表意見，連對天氣都沒有。「所以沒錯，我會聽到一些消息，不過這件事的消息來源是一個法案助理。」

「妳的消息來源是別的候選人的助理嗎？還是爲了某種緣故支持別的候選人？假如他是法案助理，他很可能是想維持現狀。」

「不是……我想不會。再說他也沒跟我提到有人搞外遇，這是我自己跟不同的人談過之後兜起來的，像克麗歐的母親，還有其他人。」

「所以說他有外遇。」包爾說：「這妳不能寫。」

「克麗歐在謝爾．戈登的俱樂部上班，戈登就是泰勒在第四選區的樁腳。」

「梅迪呀，妳有沒有注意《星報》報導過幾次第四選區的參議員選戰？」包爾邊說邊圈起食指和拇指。「零。一次都沒有。就算以西結．泰勒外面有女人，現在那女的死了。這有什麼好報的？」

「萬一她『就是因爲』是泰勒的女人，才被做掉的呢？」

「警方說過泰勒有嫌疑嗎？」

梅迪先前在徵求約翰．狄勒同意後，問了負責此案的凶案組警探：警方是否曾把泰勒或戈登視爲克麗歐遇害的嫌疑人？「我不會列入正式紀錄。」梅迪講得理直氣壯：「我有線報說泰勒和克麗歐有婚外情，這對泰勒的政壇發展很不利。」但這群警探像是覺得梅迪無論從哪方面看都有點滑稽，不約而同聳聳肩對她說，犯罪動機就留給《梅森探案》影集的佩瑞．梅森去傷腦筋吧，還不忘提醒她——克麗歐．薛伍德之死沒有正式列爲凶案喔。接著有個年紀比較輕的警探竟開口約她出去，但她假裝聽不懂對方的意思。

「警方還是相信那個酒保。」梅迪說：「但如果你問我，我會覺得他的說法很有問題。他把事情講得也太詳細了吧。他幹嘛那麼注意來接克麗歐的那個男的？還管他穿什麼？克麗歐穿什麼？男人才不會那麼注意別人的穿著，名字叫『史派克』的男人更不可能。」

「但問題還是一樣。妳要寫，也只不過是寫妳懷疑一個老黑名人搞外遇，如此而已。妳不准寫，寫了我們也不會登。這叫誹謗，梅迪。搞外遇不干別人的事。我們要是登這種文章，大家會覺得我們在散布別的候選人陣營提供的八卦。」

「泰勒還送她衣服。」梅迪說。

「哎喲，這還眞是天大的消息啊。」巴布挖苦她。

「那些衣服都是偷客人的。」梅迪仍不死心：「最起碼，我有把握那都是他從店裡拿的，好比說有件小禮服竟然是『瓦納梅克』的耶，款式也不是當季的……」

「妳到底想跑社會線還是生活線啊？說正經的，妳老是沒搞清楚狀況就下結論，又拿不出佐證。是啦，妳看到幾件衣服。搞不好那是有人忘在店裡的啊。妳知道乾洗店都會印的那種小字？什麼『送洗衣物超過九十天未取即視爲拋棄，店家可自由處置』之類的。好吧，就算妳說對了，妳導言要寫什麼，梅迪？『角逐第四選區參議員席次的候選人以西結·泰勒，在自營的五間乾洗店監守自盜』？還眞是天大的消息咧！是，妳追這件事追得這麼勤，很了不起，可是這麼追下去不會有結果的。有個女的死了，我們甚至不知道她怎麼死的。萬一她是死在車裡或床上，保證妳根本懶得管。這件事唯一有意思的就是發現屍體的地點。放手吧。八月是淡季，妳就機靈點，主動去幫幫地方版吧。妳總會找到合適的題材，寫篇好報導，正式進來當記者。」

梅迪宛如洩了氣的皮球，默默往回辦公室的方向走。八月無大事，這個城市如此，編輯部也一樣。感覺全世界都調整了腳步，好適應這漫長的酷暑。一心奪冠的金鶯隊和即將來臨的初選都引發了好些關注。基於民主黨在本州占了先天優勢，初選就等於決定巴爾的摩、甚至本州大部分選戰的結果。參選州長的民主黨候選人喬治．馬洪尼即使勝算不高，依然四處掃街拜票，還把走到磨平的鞋底秀給記者看。八月這種淡季，連政客的鞋底都可以當新聞，那她覺得自己可以寫克麗歐．薛伍德和以西結．泰勒的事，眞的有那麼沒大腦嗎？

就連寫給「服務熱線先生」的讀者投書都少了許多，抱怨的事也更加微不足道，如果那些芝麻綠豆也算件事的話——好比紅綠燈問題啦，有人希望查爾斯街改回雙向道啦等等。偶爾還有搞不清楚狀況的讀者寫信來問感情問題，這類信件最後都會轉給「親愛的艾比」在芝加哥的辦公室，但梅迪還是有點替這些迷惘的讀者難過。會錯把服務熱線先生當成感情專家而來求助的讀者，肯定深深爲情所苦。

男人才不在乎感情呢，梅迪邊走邊碎念。男人根本不把愛當一回事，覺得愛不夠格當「新聞」。也許他們是對的。男人把戀愛中的女人騙得團團轉，是盤古開天就有的老題材了。

就這樣，在這個八月天，在被烈日烤得發燙的人行道上，梅迪感到前所未有的一陣寒意，雙腿抖得好厲害，只得趕緊找張公車站的長椅坐下喘口氣。她的記憶倏地拉回十八年前——她怎麼會想到十八年前的事？爲什麼會在這個節骨眼想起當年？

那時她還不到二十歲，已經和米爾頓結婚，也過了蜜月期。兩人手頭雖不寬裕，但日子過得很愜意，只是她一直無法懷孕。大家說這很正常，都是她想太多。但梅迪知道自己在怕什麼，也不敢跟醫生說。萬一她永遠不能懷孕怎麼辦？假如她當不成母親，該用什麼身分活下去？她把自己所有的本錢（這甚至還不到二十年的人生）都賭在這把上，她要做米爾頓的妻子與伴侶，她要當家庭主婦，但只有兩個人的家，不是完整的「家」。他們住的社區環境很普通，只是梅迪默默看著出沒的嬰兒車愈來愈多。只要她和米爾頓的寶寶一出生，他們就會搬出公寓，換到獨棟房屋，人生到這兒才算終於開始。她一定要有小孩，很多很多。

就在她和這種恐懼與焦慮拔河的同時，有朋友跟她說在當地某間畫廊看到一幅標價待售的少女肖像畫，畫中的人非常像梅迪，她就去看了，果不其然，正是老艾倫．得斯特不到三年前的作品，完成於她十七歲那年的夏天。梅迪望著這幅畫，只覺心傷。一來，她不得不對自己坦承——老艾倫實在是個不怎麼樣的畫家。儘管畫功不錯，但也僅止於此。當年梅迪被愛沖昏頭，總覺他的畫充滿活力的火花、高明的幽默，但此時畫中完全看不到這些特質。

二來，她明白畫中的女孩，等畫完成後即不復存在，再也找不回來。這女孩，米爾頓永遠無法擁有，也沒人能擁有。老艾倫就是要一人獨吞這大獎。

梅迪問畫廊老闆是怎麼取得這幅畫的，也婉轉暗示了這幅畫的出處可能有點問題，因爲畫的顯然是她，而且畫原本在她爸媽家，不知怎的不見了。「要是我能和這幅畫的主人聯絡，一定可以弄清楚是怎麼回事。」梅迪猜想畫廊留的會是艾倫太太的名字，她想必是逼著艾倫把畫室裡那堆獵艷戰利品全部清掉。但畫廊給她的資料是老艾倫，地址是紐約上東區，印證了梅迪一直以來的臆測。

兩週後，她坐上前往紐約的巴士。爲了這趟出門，她對米爾頓編的藉口是「聖約之子會」有個去紐約看音樂劇《旋轉木馬》的旅遊行程，她找了艾蓮娜．羅森葛倫一起去，兩人住曼哈頓中區旅館同一間房間。謊言一層又一層愈堆愈高，萬一米爾頓哪天想到跟羅森葛倫夫婦提起這件事，就會全盤崩塌。然而以梅迪當時對他的了解，算準他不會問。他對梅迪平日做些什麼毫無興趣，也因爲一直急著要小孩，梅迪無法懷孕，讓他面子很掛不住。

梅迪照著拿到的地址找到了老艾倫家，站在屋外。都四月了還在下雪。她隨身帶了本書，彷彿看書是冒著雪站在紐約街角的好理由。等著等著，艾倫終於出來了，沒戴帽子，外表就是四十四歲的人會有的模樣。他的外貌其實一直都反映了年齡——只是梅迪十七歲時看不到這一層。然而他還是很帥。這點梅迪倒是一直沒看錯。

她刻意站在艾倫會經過的路線上，打算演出意外巧遇驚呼世界怎麼這麼小的戲碼。然而四目交會的那瞬間，她再也無法僞裝，就這麼哭了起來，還哭得涕泗縱橫。艾倫什麼也沒說，只扶著她，帶她進了自己家門，幫她調了杯烈酒，又從冰箱裡拿了幾樣食材，爲她做了簡單的午餐，和她有一搭沒一搭閒聊。梅迪努力打開話匣子，解釋了那幅畫的事，只是刻意說成畫廊老闆顧慮到畫中的人是她，不確定有沒有權利賣掉這幅畫，而主動跟她聯絡，彷彿這樣講可以稍稍彌補方才的失態。艾倫也耐心配合她演出，反而令梅迪更難受。艾倫說他太太覺得紐約冬天太冷不利創作，此刻正在墨西哥。小艾倫當然已經離家讀大學，目前在耶魯。

「當然」？噢，對，老艾倫也是耶魯畢業的，他以前還滿常提到這件事。

「我兒子還是小男孩。」艾倫沉思半晌後說：「可是妳，明明和他同年，卻從裡到外都是女人。」他邊說邊望著梅迪手上的金色婚戒，雖然這一句並不是因爲梅迪已婚而講。

「是你讓我變成女人的。」

「不不不，親愛的，早在我認識妳之前，妳就是女人了。我希望妳這輩子至少有一次，能好好享受善用身體天生的設計是什麼滋味。妳這樣的女人應該當國王的妾。我可以用一個夏天給妳那樣的體驗。」

「所以你是國王嘍？」

這句讓他笑了出來。「噢，梅迪，我知道我卑鄙下流無恥。我一直都想這麼跟妳說。妳那麼美，又那麼想要我，我也不知道該怎麼辦。我想我和兒子之間肯定有什麼佛洛依德說的互相競爭的關係，我想逼走他，好確立自己一家之主的地位。但過去這些事，我完全不覺得有認錯的必要。而妳呢，在妳內心最最深處應該也很清楚，妳應該感恩都來不及吧。妳就大方點承認沒關係——妳現在有的，和以前絕對不一樣。」

「現在更好。」梅迪說。

「別騙我。」

「我沒有。」她確實沒有。

「嘿，我不是說我床上技巧厲害到天下無敵，但我們倆那時可是完全放開來，眞正的縱情享樂耶。正常夫妻不可能做到這種程度。」

梅迪很想證明他錯了。但最奇怪也最莫名其妙的是，證明這點唯一的方法就是和他上床。於是他們就在艾倫夫妻的床上做了，他太太的畫作就在視線所及之處。（梅迪現在明白了，他太太的作品確實名不虛傳，極爲出色，眞希望自己買得起。）和艾倫的這一次非常痛快，也滿耗體力的，但在體驗過米爾頓的雄偉帶給她的歡愉後，艾倫相形之下似乎蒼白又弱小。她徹底擊潰了艾倫。

隔天夜裡，才下了巴士不到一小時，她便和米爾頓做愛，那股熱情與自信讓米爾頓欣喜不已，提議她應該多多去紐約看戲。

九個月又兩週後，賽斯出生了，是個約四千五百公克的大塊頭寶寶。梅迪很清楚他是米爾頓的親生骨肉，從無半點懷疑。賽斯打從呱呱墜地的那一刻，十足就是爸爸的翻版。

十六年後，梅迪坐在巴爾的摩市中心的長椅上，還是想不到理由質疑賽斯的父親究竟是誰。她不覺得那次和老艾倫·得斯特上床是錯誤。就是因爲做了那一次，她才徹底解除老艾倫的魔咒，也終於和米爾頓有了孩子。由於她十七歲那年夏天一下子就懷了孕，她以爲二十歲懷孕自然不成問題。結果賽斯竟是她第一次、也是最後一次懷胎九月的經驗。

也只有在二十年後的今天，梅迪才體會到她與艾倫過去那段和後來紐約這次，差一點就闖下滔天大禍，很可能瞬間害她的人生天翻地覆。她幹嘛冒這麼大的風險？最起碼艾倫說錯了。她對肉慾的渴望並非稍縱即逝，也不是艾倫在短短夏季送給她的禮物。那一直都是她的本性，如今亦然。倘若她還有機會再婚，有那個餘裕可以替自己選擇，就會明白婚姻中也有那樣的激情。一定有這個可能的。

她努力不去想十七歲那年夏天，留在診所的那個孩子的鬼魂——那醫生還是老艾倫幫她找的，診所在地下室。她也不願去想：每回有人說賽斯是獨子眞可惜，成長的過程一定很寂寞，她的心就像硬生生折成兩半。米爾頓或許會原諒她婚前有過別的男人，卻永遠不會接受她十七歲的夏天在那診所做的事。不過話說回來，她已經爲自己的罪受罰了，不是嗎？她原本想要一屋子小孩，最起碼三個，其中至少要有一個女兒，最後卻只有一個兒子。倘若她有女兒，肯定會是女兒心目中的好媽媽。

就算是好女孩，談起戀愛也是會犯錯的。但好女孩不該爲自己犯的錯而送命。梅迪得以全身而退；克麗歐．薛伍德卻沒有。

一九六六年八月

她隔天向報社請了病假。試用期已滿，代表她終於有資格請假。不知萬一報社發現她其實沒病會怎樣，但她也不擔心被拆穿。《星報》有哪個人會到阿肯托利排屋路晃來晃去，看薛伍德先生何時出門上班？等風頭過去再說，她想著，眼看時間快到早上八點，她先就定位，一邊回想這個詞的典故到底從哪兒來，卻不知怎的想起小時候背的一首詩——朗費羅寫的〈李維夜奔〉。接著又想到愛德華．R．墨若二戰廣播中沉穩的嗓音：「這裡是倫敦。」正因爲這些廣播節目，她才會在中學時加入廣播社，之後又決定加入學生報——這許多點滴乍看之下微不足道，但一點一滴堆疊起她的生活，最後成就了眞實的人生。去找出泰絲．范恩，她母親曾經這麼說，她也眞的做到了。此刻的她正坐在黑人社區的公車站，醒目得就像——她還是想不到適當的比喻。反正不管怎麼說，她很突出就是了。

她坐在公車站的長椅上，背後就是德魯伊丘公園，陽光熱辣辣照在肩頭。她望向阿肯托利排屋路上的屋舍，想到母親六十多年前讀的學校就在這條街上，米爾頓的家人也一直住在這附近，到他父親兩年前過世後才搬走，不由覺得人生眞是奇妙。這世間唯一確定的事，就是時間不斷流逝。

時間剛過八點半，薛伍德先生出了家門。梅迪有那麼一瞬間慌了手腳。萬一薛伍德先生朝這個公車站走來怎麼辦？她早該想好應變方案的。

所幸他朝西邊走，穿的是綠色連身工作褲，像是某種制服。他在加油站上班嗎？還是哪裡的清潔工？梅迪這才發現自己對薛伍德先生做哪一行毫無概念。

但就算薛伍德先生不在家，她還是不想去敲門。克麗歐的兩個兒子一定在，可能還有她妹妹和弟弟。梅迪暗暗提醒自己，要記得稱她爲「尤內塔」，別叫她「克麗歐」。

夏天即將過去，她離開米爾頓也快八個月了。兩人的離婚手續終於有了些進展。她原本以爲自己找到工作，就等於不再需要米爾頓的錢，米爾頓或許就會接受這段婚姻終將畫下句點。但事實證明她還是需要米爾頓支付贍養費。以現在每週都是勉強餬口的情況，她不可能永遠這樣過日子。只是這種狀態會拖多久？是不是會像今天這種大熱天，只能在這裡乾耗時間，等著看薛伍德太太會不會出門？

婚姻有可能耗上一輩子，她心想，但有小小孩的媽媽，不太可能完全不出門，哪怕只是讓自己喘口氣也好。小男孩得喝很多很多牛奶，吃很多很多東西。

果然被她料中。快到午餐時間，薛伍德太太出現了，一路往南走。梅迪讓她先走了一個街區，才開始跟在後面。她走進街角一間雜貨店，梅迪決定不跟進去。等她抱著一個鼓鼓的袋子走出來，梅迪已經等在店外。

「我幫妳拿好嗎？」梅迪問她，明知對方會拒絕，但問一聲總是友善的表現。

「我拿就好。」薛伍德太太回道，調整了一下抱著袋子的姿勢，又朝人行道左右瞄了瞄。

梅迪則調整自己的步伐，好和薛伍德太太並肩走著。

「尤內塔跟妳講過她的祕密嗎？」

「我不懂妳的意思。」薛伍德太太依然垂著眼，彷彿在玩那個老遊戲。踩到裂縫，媽媽的背就會斷掉【註】。

「她有沒有跟妳說過她愛上什麼人？她講過那個人的事嗎？」

「妳是說哪次？太太，我女兒還滿常愛上別人的。那兩個男孩，我的外孫——那也是愛的結晶。」

她用了「也」字。

「意思是說她又談戀愛了。她講過那個人的事嗎？」

「沒，她沒跟我提。」

「但妳一定知道。妳一定知道她和以西結・泰勒在一起。做媽媽的什麼都知道。」

梅迪講歸講，但根本不相信這套說法。她自己的媽就對老艾倫的事一無所知。萬一知道了——嗯，她爸媽肯定會找個猶太教版本的修道院，把她關起來。

「我並不笨，史瓦茲太太。我知道那些衣服的共通點。」

譯註：語出童詩“Step on a crack, break a mother's back.”孩童以此為團體遊戲，踩到地上裂縫的人出局。有一說法是此童詩源自古老迷信，認為地上的裂縫與冥界相通，踩到會帶來厄運。

梅迪卻不知道。這難道代表梅迪很笨？

「都是他送的嗎？」

「那些衣服克麗歐穿非常合身，即使衣服標籤寫的不是那個尺寸。就跟戴手套一樣，貼得剛剛好。」

梅迪想起她隔著蕾絲窗簾看見的那個女人身形，那懇求她（也是命令她）離開的身影。高個子，不算胖，但比婀娜多姿的克麗歐圓了些。梅迪好奇泰勒會不會過分到去偷妻子的衣服，一次拿個一、兩件，再修改成克麗歐的尺寸。

「他們倆是來眞的嗎？」

「他是有老婆的人，能眞到哪裡去？」

「那妳自己覺得呢？」

「我女兒死了。這還不夠眞嗎？」

薛伍德太太居然有辦法故意落後幾步，表現得沒有和梅迪一起走的樣子。薛伍德太太不希望別人看到和我在一起，梅迪想到這裡暗暗吃驚。她是怕有人看到這一幕會閒言閒語，傳到她先生耳裡？還是梅迪在此出現本就令人尷尬？薛伍德太太眼裡滾動的是淚水嗎？踩到裂縫，媽媽的心就會碎掉。眼看著再走一個街區就到薛伍德家，她只有這麼點時間讓薛伍德太太打開心房、信任她、讓她進去——但當然不是進薛伍德家，梅迪很清楚他們永遠不會讓她進門。但是她需要薛伍德太太讓她走進他們的生活，讓她知道克麗歐的遭遇。

「跟我說妳最後一次見到尤內塔的情形，好嗎？拜託妳。我也是做媽媽的，我懂。」

薛伍德太太嘆了口氣，把抱著的購物袋挪到腰間。

「她幫兩個兒子帶了玩具來，沒道理啊。聖誕節才過了不到一個禮拜，她就帶了兩輛新的小卡車來。她太寵這兩個孩子，一直帶東西來給他們，但孩子們眞正要的是她啊。我先生一直說我太寵她，但我沒有。她口口聲聲說要做大事、要成名。我只是盡量不礙著她。」

「她有沒有可能知道自己惹了麻煩？有沒有可能早就知道有人要殺她？」

人行道上兩塊地磚的邊緣凸起，害薛伍德太太絆了一下。有人踩到了裂縫。

「不會。」薛伍德太太說：「她說她可能要出門旅行，等眞的去了再跟我說。後來過了一陣子，她沒跟我聯絡——我一開始也不怎麼擔心，她在這方面本來就少根筋。只是後來我想到……她有件外套我一直都很喜歡，那天她送給我了。」講到這裡，出現片刻的沉默。「我對她說：『這跟我尺寸不合啦，妳手臂那麼長。』結果我一穿就合身。她改過了，特別爲我改的。她說那是補送的聖誕節禮物。」

「薛伍德太太……爲什麼有人要殺尤內塔？」

「這種事用不著有理由，對吧？假如有理由，那也是很早就起了頭，早在我們發現，或者早在我們看出事情會往哪裡走之前，就在那兒了。她不是壞孩子，但就是個性太直，想到什麼說什麼。人要是長得非常非常漂亮，就會覺得自己可以想幹嘛就幹嘛，反正大家總會放妳一馬。不過我猜妳也是過來人吧。」

過來人？薛伍德太太居然一下子就認定梅迪也是有這種美女特權的人，但也暗示那是老早以前的事，這算是挖苦她吧。

「妳見過他嗎？就是以西結．泰勒？」

「沒。沒有見的道理嘛。我不可能當他岳母，不管尤內塔怎麼想。」薛伍德太太冷哼一聲。「要是女婿年紀比我還大，那可真稀奇呢。」

好，果然，以西結．泰勒是克麗歐的男友，她母親都這麼說了。克麗歐相信他有可能成爲自己的丈夫。這會阻撓他進軍政壇嗎？不會，因爲現在的梅迪已然明白，男性候選人身邊有個小女友，不會有人當成新聞。

可是萬一小女友不願乖乖閉嘴呢？萬一小女友放話說要把事情鬧大呢？

事情要維持現狀，全得靠女人照著遊戲規則走，只是這場遊戲的贏家永遠不是女人。克麗歐．薛伍德的母親說女兒追求目標的時候，唯一能做的就是不去擋路。以西結．泰勒比克麗歐的爸媽還老，她眞有可能想要這種男人嗎？但最最起碼，或許克麗歐想要的是富商夫人或州參議員夫人的生活。

兩人走到薛伍德家門外的階梯，克麗歐的妹妹愛麗絲正等在那兒。

「媽媽，我不是跟妳說了我得去上班……」愛麗絲講到這裡突然打住，忿忿瞪著梅迪。「妳想幹嘛？」那個「妳」字特別加重了語氣。

「沒幹嘛。」梅迪說。

一九六六年八月

她耐心等待那個適當的時機。她異常平靜而自信，知道那個天賜良機必會到來。神奇的是她覺得活力充沛，即使佛狄過來的晚上都只能睡四、五小時，她還是精神飽滿。為了對抗死氣沉沉的八月，她比過去更加勤奮工作，下午三點前必定做完該做的事，再去地方版向卡文．魏可思毛遂自薦，說如果需要幫手可以找她。

「我沒有付妳加班費的權限喔。」卡文說，他一直不怎麼信任梅迪。

「我沒要你付我加班費。」梅迪回道：「希斯先生接下來兩週休假，專欄稿子也都提前交了，所以我沒什麼事。」

於是卡文叫她改寫新聞稿。梅迪因此發現就連卡文．魏可思這種人也有値得學習之處，例如有哪些字不該用。「像『第一的』、『唯一的』這種詞要特別小心，因為往往事實不是真的『第一』和『唯一』，用這種詞形容就不夠精確。還有『獨一無二的』前面絕對不要加修飾語。」卡文對巴爾的摩這城市，以及誰才能在這裡呼風喚雨，自有他的一番見解。而且他喜歡梅迪。只要梅迪有意贏得男人的好感，男人總會如她所願。也因此，梅迪發現以西結．泰勒在圭恩橡樹大道開了第六間分店後，立刻提議要去採訪。

「我不確定耶，梅迪。他是第四選區八個候選人裡面其中一個。妳去採訪可能會讓人覺得我們偏袒他。」

梅迪早料到他會這樣講，也準備好因應的說詞。「開幕儀式是下午四點。我沒休午休，所以到時候應該算是我的下班時間。我就去看看他會不會講些什麼可以寫的東西，好比他的政策立場之類的？或是他對威爾康參議員的看法？」

卡文哼了一聲。「妳用妳自己的時間，也要自己出錢喔。」

梅迪搭了計程車去圭恩橡樹區，沒報帳。

她很清楚從白人社區逐漸進入黑人社區的路上會有哪些跡象。「易洗乾洗店」最新分店的位置，就在剛開始由白轉黑的這一帶，隔壁是間美容院。這附近原本有好些寫著「吉屋出售」的招牌，下方都掛著「簽約中」和「已售出」的牌子，祕而不宣的意思就是「快逃」。她不懂爲什麼市區的白人都不希望鄰居是黑人，黑人原本就沒和白人住同一個社區啊。這種一窩蜂的恐黑導致房價快速暴跌。想和同類住在一起是偏見嗎？以前基督徒住的社區就不希望猶太人進來，其實現在也是。去「皮耶托」做頭髮的白人女性會很高興社區裡有乾洗店，卻不想要泰勒當鄰居。

梅迪在開幕剪綵前及時趕到，她當然知道卡文永遠不會把剪綵當成新聞，但眼前也就只有這些了——有剪綵，還有《非報》的攝影師盡忠職守錄下整個過程。這間報社的標準顯然有別於巴爾的摩的其他日報。

以西結．泰勒有種成功男人的領袖氣質，足以令人在他落魄時也覺得他魅力四射。他個頭高大，一舉一動都放得很慢，講話同樣慢條斯理、輕聲細語，但目光銳利，十分留心周遭的動靜。

梅迪拿著筆記本走向他的同時，也感覺得出他很快打量了一下自己。

「我是《星報》的梅德琳．史瓦茲。」她說。

泰勒笑了笑，卻是不露齒的那種笑。「難得難得，《星報》把我們小店開幕當成新聞哪。」

「嗯，因爲你競選州參議員嘛，不過我想萬一你勝選，乾洗店生意應該就先放著了吧？」

「馬里蘭州的參議員是兼任制喔，小姐，相信妳也知道。要是有機會能代表我的選區，當然很榮幸，不過我還是需要這份工作。」

其實梅迪不知道馬里蘭州的州議會並非全職運作，也從沒想過還要考慮這點，但她沒打算繼續討論政治。她和以西結．泰勒還有別的事要討論。

「我確實有件事想問你——你認識一個叫尤內塔．薛伍德的女人嗎？」

「尤內塔……」他眉頭一皺。

「她比較常用的名字是克麗歐，但她爸媽叫她尤內塔，那是他們給她取的名字。」梅迪這麼講是希望提醒對方，克麗歐也曾是人家的女兒。「她生前在佛朗明哥上班。你知道的，就是謝爾．戈登開的店，在……」

「我和戈登先生很熟，也常去佛朗明哥。但這個女的……」

「她失蹤之後，她母親在她住的地方找到一些衣服，都是你的乾洗店處理過的。數量滿多的，甚至還有毛皮。」

「我當然不可能認識所有的客人。」

「當然。不過薛伍德太太，也就是克麗歐的母親——她跟我說，克麗歐提過總有一天會嫁給你。」

剎那間有那麼一瞬的遲疑——但他隨即放聲大笑，梅迪反倒暗暗佩服。這男人可沒那麼輕易攻破。「這些小女生眞是，一天到晚在媽媽面前編故事。我可是有婦之夫哪，小姐妳大名是……」

「太太。」梅迪回道：「我是史瓦茲太太。」

「我是會去佛朗明哥沒錯，他們有我喜歡的音樂表演我就會去，給他們的小費也不會少。也許哪天我中意哪個小妞的服務，留了些大鈔在桌上，小妞一高興就編起故事來，誰曉得呢？我相信克麗歐．薛伍德知道我是什麼人。我也相信我見過她在吧檯裡面忙，大概一、兩次吧，就這樣。失陪了……」

他走向自己的座車，步伐不慌不忙，無憂無慮。他有什麼好憂慮的？這盤棋他已經贏了梅迪，或許更好的比喻是牌局。梅迪太有把握，以爲自己拿了副穩贏的牌，完全沒料到對方不但詐唬，還給了她釘子碰。男人立下規矩，也打破規矩，把女人用完就丟。

她原本以爲以西結．泰勒會有什麼反應？汗流浹背？支支吾吾？還是對她坦白說：沒錯，克麗歐．薛伍德因爲可能威脅到他的前途、他的生計，所以被幹掉了？

梅迪那晚看了《梅森探案》，那一集很明顯有《孤雛淚》的影子，只是維克特．布歐諾飾演的那個「費金」被殺了，幫派中的一個小男生因此成爲被告，由梅森替他辯護，他察覺這小男孩的本性並不壞。

隔天卡文・魏可思問梅迪：「怎樣？剪綵儀式沒有可寫的晌？」

「沒。」梅迪答道。

「這種小狗小馬秀的宣傳把戲，連八月這種淡季都成不了新聞哪。」

到底誰是小狗？誰是小馬？

一九六六年九月

又是一年勞動節。一年前的我在哪裡？梅迪想著。那時的她在鄉村俱樂部，拉下格子棉布洋裝的肩帶，盡情享受陽光，看能否讓身上的古銅色澤多撐個幾週。母親總是說她很容易晒黑，不應該做日光浴。眞是怪了，很容易辦到的事情，就不應該做嗎？不過這大概就是塔蒂．摩根史登的世界觀。

今年夏天梅迪的膚色並非往常的胡桃色，但就算她晒成胡桃色，不管在佛狄身邊或下面，兩人一比，她似乎還是很白。勞動節假期這幾天，她大多時候在佛狄下面，無視於酷熱與不斷湧出的汗水。兩人做愛做到床單濕透，形同泡水，之後一起沖冷水澡、換床單，準備再來一輪。手邊隨時都有乾淨的床單可換是種奢侈，所幸梅迪已經在自由北街找到一間平價洗衣店，明天上班途中把床單拿過去洗就好。她可以大方把髒床單交給洗衣店那個不會說英語的女人，用不著覺得難堪。也許那女人聽得懂英語，只是不會講。更何況，有可能傷人的是別人怎麼說你，不是別人對你的看法。

然而這個特別的夜晚，連基層職員和巡警都放假的夜晚（至少這個基層職員和這名巡警終於休假），他倆沖完澡後並沒展開第二輪。佛狄把她拉過來，輕撫她的髮絲，低聲講了她萬萬沒想到佛狄會講的話。

「我想我有個題材可以給妳。」

「題材？」

「給妳寫稿呀。明天的事。」

「明天的事，你怎麼現在就知道？」

「因爲其實現在就在進行，已經開始了，只是明天才要傳喚那傢伙到庭。妳什麼時候截稿？」

「全天有好幾個截稿時間，一直到三點。」佛狄眞有可靠的線報可以給她嗎？畢竟他知道泰絲·范恩案的一些內幕細節。「不過最好是讓我們報紙所有的版本都先上，之後再看當天的情況隨時更新。」

「這應該會是今天晚上的事。我有線報。我是說……跟我講這個消息的人其實不知道這是線報，只當它是八卦。他這人就喜歡打聽內幕，好像知道這些很了不起似的。他很喜歡跟我講一堆警界的事，在我面前還裝內行咧，一副消息靈通的樣子，囂張得很。他根本想不到我認識報社的人。」

「佛狄，到底是什麼事？」梅迪儘管心急，卻也很肯定應該不是什麼大事，就像以爲一齣戲最後會有驚天動地的發展，結局卻整個弱掉。畢竟之前她有太多次以爲是新聞的事，最後什麼都不是。佛狄怎麼可能看得比她準？

「有個男的今天晚上會到總局，承認他殺了克麗歐·薛伍德。」

這結局可一點都不弱。

「誰啊？」

「佛朗明哥的酒保。」

「那個白人嗎？史派克？」

「就是他。眞名叫湯米什麼的。他先前跟警方說的全是亂編的。是他殺了克麗歐。他對克麗歐告白，反而被她嘲笑，他一火大就殺了她。不過要等法院明天恢復上班才能傳喚他，所以今天晚上他會關在拘留所。」

「那我要怎麼問到事情經過？」

「妳相信我，就問得到。妳們報社那個値大夜班的，沒人會放消息給他，對吧？這幾天放假，報社搞不好也是派二線的人値班。我的消息很可靠，梅迪。這樣，妳現在就打電話到凶案組，跟他們說妳是《星報》的人，手上有線報。他們一定會否認。但妳接下來就說，『假如你沒說是我搞錯了，我就照登。你不必證實我說的，也不必否認，你一個字都不用講。』記者都這樣嘛。」佛狄講到這裡停了片刻，才又開口：「我聽說是這樣啦。」

這招有用嗎？感覺玩太大了，很可能惹禍上身。這豈不是篡奪狄勒的王位？他一定會暴跳如雷。可是萬一這消息是正確的，他生氣又怎樣？

梅迪望著家裡的電話機，它全身艷紅，默默端坐，毫不在意自己即將改寫梅迪的人生。「他們電話號碼是？」

佛狄講了號碼，才說：「但妳別從這兒打。妳再等一個小時，搭計程車去辦公室，從那邊打，好嗎？」

梅迪答應了，也確實照他說的等了一個小時，但其他的事都沒聽他的話。她懶得去辦公室，在家打了電話。先是和凶案組的警探通話，對方以沉默證實了湯瑪斯．拉得洛在沒有律師陪同的情況下到警局，承認自己殺了又名「克麗歐」的尤內塔．薛伍德。她接著打給報社的地方版，語氣活像已經把這句話講得滾瓜爛熟的老鳥：「卡文，我是梅迪．史瓦茲。麻煩幫我接撰稿編輯。我那篇克麗歐．薛伍德的報導有重大進展。」

想當然耳，卡文問了她一堆問題，但她早已做足功課，對答如流。加上在八月這種大熱天，她做了那麼多吃力不討好的工作，早已收服了卡文。

到了隔天上午十點，全巴爾的摩市差不多都知道了：有個白人男子殺了克麗歐．薛伍德，理由是一般犯罪最常見的：求愛被拒。這篇報導沒有上頭版，梅迪也懂得這種安排背後是什麼盤算——死者是黑人女性，又是為情而死，更精確的說法應該是因無情而死。但對都會版來說還是不錯的新聞，也為這則引人遐思的「湖中女人」奇聞畫下句點。

希斯先生收假回來了，梅迪也用如常的效率做著如常的工作，等著被叫進主管辦公室的那一刻。她明白報導這案子後續的不會是自己——湯米到庭應訊會由司法記者或社會記者採訪，狄勒也應該會看警局有沒有後續消息，這些她都可以接受，沒關係，反正她也不想當社會記者。

最後截稿時間過了之後，巴布．包爾過來找她。

「嘿，跑獨家的史瓦茲。」

梅迪不禁臉一紅。

「妳有消息來源喔？」

「對。」

「都是些什麼人啊？」

梅迪遲疑了一會兒。他忽地湊了過來，嗓子壓得低低的，語氣十分嚴肅。「妳不要跟任何人說消息來源是誰。別的記者不行，主管也不行。必要的時候，就算法律叫妳說，妳也不能說。不管妳用什麼方法，千萬要保護妳的消息來源。」

他此時此地這樣講有點不尋常，但以梅迪對巴布的了解，像他消息這麼靈通的人，想必早就知道梅迪接下來會出事。因爲巴布離開後才不到一小時，梅迪就被叫到地方版主編的辦公室。等在那邊的不是「辛苦了，幹得好」的嘉許，而是怒火中燒的約翰．狄勒，準備看梅迪因爲踩他的線，被老闆痛罵一頓。

三十分鐘之後，梅迪雖然受了驚嚇、有點激動，卻沒有哭。她走出主編辦公室，進了女廁，朝臉上潑了些水之後，緊抓著洗手台，雙手直發抖。

「妳還好吧？」坐在一旁的艾得娜問道，身邊依然是她的3C——咖啡、香菸、稿子。

「我想還好。」

「我看到妳署名的報導了。寫得不錯。狄勒很不爽，對吧？」

「可以這麼說。」

「他就是怕有人哪天會來搶他在警察局的寶座啦。拜託，誰想當那堆廢物的頭啊。警察局是讓你過水的，會待在那邊的都不是什麼好貨色。」

「他……他要我說消息來源，還說他知道是誰。我不懂這有什麼重要的。」

「我說啦，他怕了嘛。」

但梅迪眼中的狄勒，與其說是怕，不如說是惡毒。他邊發火邊喃喃自語，活像《格林童話》中的侏儒妖怪，只怕下一秒整個人就會抓狂。「我知道是誰跟妳說了那個酒保跑到警局的事，那是哪門子『消息來源』啊？妳信了他，等於是賭上我們報社這塊招牌，妳懂不懂啊？」

「但我是對的。湯米．拉得洛確實去警局自首了。」

地方版主編一副幫兩個小學生勸架的語氣：「約翰，這個週末大家都放假。她既然有線報，就直接上了，結果也很好嘛。犯不著生這麼大的氣。」

「我們這兒不是這樣做事的。她寫的那是什麼玩意兒？那種三腳貓寫的不入流的東西，簡直……」

「你這樣講是暗示什麼，狄勒先生？」梅迪得極力克制才能忍著不哭，緊繃到嗓子都有點啞了。

「妳根本搞不清楚狀況。這次算妳走運，只靠一個消息來源就寫得出來，而且還是『那個』消息來源。妳給我離警察局遠一點。」

「你明知道我想盡辦法要寫克麗歐．薛伍德的事。我寫『法律夫人』你也沒意見啊，你說可以的。」

「因為那根本不叫新聞報導好嗎，不就是看官方新聞稿寫寫而已，不動腦的玩意兒。」

「我只是想當記者，這是什麼天大的錯嗎？」

狄勒嘟囔著離開了，主編嘆了口氣。「妳這篇寫得很好，梅迪。但我不想看到妳把希望都寄託在『當記者』上。記者是年輕人的戰場。萬一我們眞打算用新手，我也希望他未來有長遠的發展。」

主編用的字是「他」。

此時在女廁，梅迪望著鏡中面如死灰的自己。萬一狄勒眞的知道她的消息來源是誰，她會怎樣？佛狄又會怎樣？佛狄會因此惹禍上身嗎？她多希望可以打電話給佛狄尋求安慰，卻永遠無法這麼做。她沒有佛狄的電話號碼，也不知道他住哪裡。假如她眞要找佛狄，大概只能去西北區，在街上扯開嗓門鬼哭神號，畢竟她九個月前就是這樣找到他的。不這樣做的話，就只能等佛狄來找她。

她最後決定走到紐奧良小館，趁打烊前喝杯咖啡。她在櫃檯前坐下，正好見到她和巴布．包爾來午餐時的那個女服務生倚著櫃檯看報，而且看的是她寫的那篇報導。

「那是我寫的。」梅迪忽地開口。其實嚴格來說不是，這篇稿子是撰稿編輯埃特林根據她的筆記寫的，但她還是忍不住這麼說。

「所以妳是……」那個女服務生瞄了一下報導的署名，抬眼看了一下梅迪，又回去看署名：「梅德琳．史瓦茲？」

「對。」

「我認識她。克麗歐。以前在沃納的時候。」女服務生的神情彷彿既羞怯又興奮。梅迪這才注意到她還年輕，應該比自己小滿多的，鼻上雀斑點點，胸部微微探出粉紅色制服領口。

「她人怎麼樣？」

女服務生很久很久都沒回話，梅迪以爲她沒聽見自己問什麼，正要開口，對方卻說：「她很飢渴。她想要的很多，只是不知道自己要什麼。」

可不是嗎？深有同感的梅迪心想，但有一點不同——梅迪知道自己要什麼。她要成爲記者，不是一般的記者，有朝一日，她要像巴布．包爾那樣當專欄作家，可以自己挑選想寫的題材。

噢，只是她要走的路和包爾不一樣，要過的難關會更多。儘管她看得到目標就在遠方閃閃發光，卻看不到通往目標的路。這麼想好像很荒謬，人家不是才說嗎，她連夜班的社會記者都當不成，報社也永遠不會雇用她。可是——這點她就很像克麗歐．薛伍德，眞心想要的一定會弄到手。當年她要的是艾倫．得斯特，對方雖然誘她上鉤，但她同樣勾引了他。艾倫對她始亂終棄之後，她要的是米爾頓，讓那紙婚約掩蓋過去所有的不堪。接著她想要小孩，然後是自由。三十七歲還想闖出成績或許嫌老也嫌遲，但不是不可能。再怎麼說，還有……唔，還有快八十歲才開始畫畫的摩西奶奶【註】呀。噢，主啊，世上除了摩西奶奶，一定還有其他成功的長輩吧。

她回到五樓的編輯部，發現氣氛比平常更加浮動，但最後截稿時間已經過了，這也太反常了吧。「怎麼了？」她問辦公室的跑腿小弟。

「法院發生了槍擊案。」對方說：「那個承認殺了『湖中女人』的男的，去法院應訊的時候。」

梅迪今天早上才在報導裡用過這個詞，現在居然有人照樣引用，就要這樣流傳下去了，但她眞的完全忘了這詞是從醫檢官那兒偷來的。

「發生什麼事？」

「警察帶那個男的在法院側門下了車，有人朝他開了一槍。」

「他死了嗎？」梅迪想到那個男人曾經陪自己走了一段路，曾經用詩比喻克麗歐．薛伍德，自己也說不上來爲什麼，惻隱之心油然而生，隱隱作痛。

然後她才想起來，那個男人殺了克麗歐。

「他正在仁慈醫院動手術，目前還沒病況報告。」

「是誰開的槍？」

譯註：Grandma Moses（1860-1961），原名Anna Mary Robertson Moses，美國自學成功的藝術家，畫作多以鄉村生活與風景爲主題。曾爲《時代》雜誌封面人物。

「克麗歐．薛伍德的爸爸。」

梅迪已經懶得請示長官，拿了筆記本就趕往阿肯托利排屋路。飽受驚嚇的薛伍德太太顯然還沒平復，一邊痛哭一邊開門讓她進去。不到十二個小時之內，薛伍德太太固然親眼見到女兒的命案水落石出，丈夫卻也因此在衝動之下用這種方式報仇。如今不但女兒無法復生，丈夫可能還得因預謀殺人坐牢。

梅迪在晚上八點左右去找卡文．魏可思，算準了他那時應該已經吃過晚飯。

「有人跟那個媽媽談過了嗎？」梅迪問。

「哪個？」

「默娃．薛伍德，就是克麗歐．薛伍德的媽媽。」卡文只露出一頭霧水的神情。「她先生——也就是克麗歐的爸爸，今天對殺克麗歐的凶手開槍，被逮捕了。」梅迪講到這裡，不忘提醒：「她爸媽叫她尤內塔，那是克麗歐的眞名。」

「記者過去的時候他們家沒人，八成是躲到哪個親戚家去了。」

「我跟她談過了。我之前就去過他們家——是利用自己下班時間去的。我一直很有興趣研究克麗歐的案子，我一直在想，她的死非得有個解釋不可。我猜現在答案已經出來了。」

「妳有筆記嗎？」

「有。」

「那就去跟撰稿編輯說吧。」

「我人已經在這裡了，第一次截稿時間也還沒到……」

「妳去跟撰稿編輯說。別擔心，最後會寫提供資料的是妳。」

「我不是擔心那個。我跟她媽說過，這篇報導會由我來寫。你想要我的筆記，就得讓我來寫。」

梅迪無法把對克麗歐．薛伍德所知的一切都寫出來登在報上，卻可以把克麗歐母親的故事告訴大家。這個女人先是失去女兒，如今即將失去丈夫。這個女人有一整櫃美麗的衣服，卻完全不曉得女兒怎麼會擁有它們。梅迪還可以寫那靈媒的事，寫她看到綠色和黃色，但原因至今不明。還有和克麗歐在沃納共事過的女服務生。主編最後不得不刪了滿多篇幅（「拜託妳好不好，這篇只是放旁邊的小方塊耶」），但她極力爭取一定要留著的細節，是那一整櫃的衣服都修改過，而且都掛在「易洗乾洗店」的鐵絲衣架上，衣架套著店家的包裝紙。她要以西結．泰勒知道，有人曉得他的祕密。

一九六六年九月

無論天氣有多熱（一九六六年簡直熱死人），九月始終是秋季的開始，而秋季永遠是一年眞正的起點。梅迪的母親以爲拋夫棄子的女兒會大徹大悟，回娘家過猶太新年和贖罪日，梅迪對這些猶太節日的回憶卻是啼笑皆非。她記得自己花了好多年，費了九牛二虎之力，才從母親手上奪下節日當晚掌廚的大權。她不僅堅持自創過節傳統，還會更動食譜。去年逾越節的猶太果泥，她就用無花果和棗子取代蘋果，震驚的母親視之爲大逆不道。這些現在想來好像都是小事了。

猶太新年前兩天是初選的日子。梅迪自告奮勇擔任計票。計票不是什麼了不起的工作，但和她每天在報社一成不變的工作相比也不算太差——即使她寫過克麗歐的「獨家」新聞。她逐一打出全市不同選區的總得票數，只是打到第四選區參議員候選人的票數時，原先飛快的十指停了那麼一秒。得票最多的竟是一個叫克萊倫斯．米契爾三世的新人，不過排名第二的是維妲．威爾康。以西結．泰勒是第四名，票數遠遠落在後面。

她竟然以爲這一切都和克麗歐有關，眞傻啊。大家說這叫事後諸葛。嗯，梅迪事後回想，才眞正看清世界的樣貌，懂了女人在其中的位置。男人只要謹慎低調，依然有資格拈花惹草。男人，某些男人，遇上女人拒絕他，就覺得自己有資格殺了對方。克麗歐．薛伍德沒那麼重要，不足以左右選舉結果。她根本不值一提。

以西結．泰勒呢？他的名聲毫不受影響；競選活動一切開銷由謝爾．戈登的黑錢埋單。梅迪眞是太傻了。克麗歐的死亡之謎，只在還沒解開時才有趣，一旦破解，趣味盡失。她父親一怒之下在法院外失控開槍，竟然比女兒的命案引發更多關注。白種男人被愛沖昏頭殺害黑人女子是一回事；但黑人女子的父親在法院外的人群中公然開槍，子彈還擦到一名年輕警員害他受傷——則就非同小可。如此一來，父親蹲大牢的時間，可能和殺了女兒的凶手差不多，搞不好還會更久。

梅迪不斷接電話、更新票數之餘，也感到整個編輯部的情緒逐漸沸騰。想不到選舉結果居然跌破眾人眼鏡。就連準備要寫全州選戰模式分析專題的艾得娜，原本一臉厭世，這會兒也露出猝不及防的表情。

「怎麼搞的？」梅迪問巴布．包爾。他正把打好的專欄稿抽出打字機，卻沒喊「交稿」叫人來拿稿子，反倒揉成一團，又放進新的打字紙。

「眞要命，票數差距這麼小，很難說誰會贏。現在每個選區票都開出來了，馬洪尼才領先不到一百五十票，應該會重新計票吧。克萊倫斯．米契爾三世不是說嗎，假如馬洪尼競選州長，他要動員黑人支持阿格紐。」

「馬洪尼怎麼可能會贏？」梅迪整個夏天都在追蹤報上的州長選情動態。馬洪尼在馬里蘭州競選已經六度失利。

「席可斯和芬南平分了基本盤。馬洪尼那句文案『家就是你的城堡』，很能引起大家共鳴。」

「標榜這個，不是種族歧視嗎？」

「對妳可能是。但有些人看到黑人漸漸搬進自己社區，害得房價下跌，想的可就跟妳不同嘍。男人的家怎麼可以容許別人進來亂搞。家就是代表他這個人。」包爾盯著打字機上的紙，有一會兒沒作聲。「有了，有了。男人的家不容許別人進來亂搞。我想到導言了。梅迪，不跟妳聊啦，我去忙了……」

隔日下了一整天雨，積水將近十公分，破了紀錄。但這雨毫無淨化作用，非但沒把整個城市洗得清清爽爽，反而帶來揮之不去的濕氣。梅迪熨直的頭髮彷彿因此全部縮了起來，回到過去的自然卷。報社裡人人疲憊，火氣一觸即發，但在睡眠太少、咖啡過量的情況下，還是得照常工作。

梅迪週四回家看二老，帶了自己做的開心果雞肝抹醬。

「在『七鎖』超市買的嗎？」母親問。

「其實是我做的。」梅迪回道。確實是她做的，而且這道菜很費力，得使勁把雞肝過篩弄碎。「完全符合潔淨飲食的規定喔。」

她爸聚精會神把開心果逐一挑出，一邊說：「這對我腸胃不好。」母親居然沒批評她做的這道菜，足以代表某種認可，但麻煩的是，批評的目標因此轉向梅迪的私生活。

開場白是：「贖罪日快到了呢。」

「是啊。」

「那妳要回家過節嗎？如果妳去求米爾頓跟妳復合，他應該會考慮一下吧？畢竟彌補過錯很重要的一點，就是原諒別人。」

「我沒什麼要彌補的。」梅迪回得很衝：「也沒什麼需要別人原諒。」

「妳現在在跟誰約會嗎？」母親這一問感覺別有玄機，話中有話，但她不可能知道梅迪市中心的那個家發生過的事。

「沒有。」梅迪沒說謊。她想，假如只是在自己家裡和人上床，應該不算約會吧。她回想去棒球場的那一晚，只是單純和佛狄並肩坐著，是何等興奮又激動啊。

接著又想起約翰．狄勒瞇起眼怒聲道：「妳『那個』消息來源。」

母親依然嘮叨個沒完：「真的，梅迪，我懂的，相信我。妳高中畢業前一年的那個夏天，我情緒不是很穩定，但這是自然反應。妳一輩子辛辛苦苦把孩子養大，然後孩子翅膀硬了，往外飛了，做媽的一時當然很難接受。我那些朋友也是啊。那個黛比．瓦瑟曼還在『巨人』超市偷東西被抓呢。她可是開了老遠的車往南跑，就爲了偷一條『莎莉』的大理石蛋糕。」

梅迪拿了片吐司，塗上雞肝抹醬。眞是美味啊。她在派克斯維爾那個家的豪華廚房，冷凍庫永遠塞滿哈茲勒的乳酪麵包和現成食材，她稍微加工便能輕鬆做出足以宴客的僞家常菜。反觀現在這個家的廚房又窄又小，只有雙嘴瓦斯爐，她的廚藝卻更上層樓。

「我覺得我的情形不是妳說的那樣。我還有大腦好嗎，之前沒怎麼用，都要廢了，現在我希望能多用點腦子。」

「結果用到報社去啦，偏偏還是《星報》。」摩根史坦家的習慣是早上看《燈塔報》，下午換《光明報》。對於沒這種習慣的人，他們便自動扣分。正因如此，梅迪的母親甚至從來沒看過女兒的作品。「好啦梅德琳，我只是跟妳說，我眞的懂。」

在母親注視下，梅迪猛然覺得自己又回到十六歲，但也就只有那麼一瞬而已。她很好奇母親到底知道哪些事，好比自己婚前失貞，還到下公園高地區墮過胎？至於去紐約找艾倫、和他上床、回家就懷了米爾頓的孩子，這種種母親應該沒理由知道，更不可能聽到她和佛狄的八卦。（她發現把「梅迪」和「佛狄」連在一起講有點好笑，卻又如此搭調。）萬一約翰．狄勒眞的知道他們倆的事——嗯，那又怎樣？她媽又不可能在超市碰到狄勒，甚至狄勒的太太。

「妳十月一號之前應該就可以回家了。」母親這時說：「誰的婚姻沒低潮嘛。」說著瞟了一眼丈夫（他盤中已經整整齊齊堆了一疊開心果）。想當年看中這男人的是梅迪的外公外婆，他們認爲這是唯一配得上大女兒塔蒂的對象——這和猶太傳統相親結婚或《屋頂上的提琴手》那時代的作風差不多。梅迪暗想，外公外婆都是德裔猶太人，知道她這樣類比應該會很火大吧，但她覺得這比喩滿貼切的。梅迪的父親甚至不是第一代猶太人，是在移民到美國的船上出生的。一九〇六年，那是六十年前啊。一九〇六年和一九六六年怎麼會屬於同一世紀？一九〇六年沒有世界大戰，大部分的人沒有電話也沒有車。一九〇六年的女人不能投票，黑人男性依法可以投票，實際上還是免談。

爸媽似乎離她好遠好遠。梅迪似乎也離自己好遠好遠。她簡直無法相信，這麼多年來坐在同樣的椅子上、吃著同樣的猶太新年餐（扣掉雞肝抹醬不算）的這個女人，和自己血脈相連。想到這裡不覺一懍，彷彿一縷幽魂穿過體內，但那幽魂不是別人，正是過去的自己。管什麼一九〇六年、一九六六年呢。光是一九六五和六六年屬於同一世紀，梅迪都不敢相信了。這兩年間她已經變了一個人。難道母親看不出她哪裡不同了嗎？

過了一週，贖罪日到了。梅迪沒去猶太會堂，只是比照過去的習慣禁食到日落。然後和賽斯到鄭家小館吃飯，點了一大堆菜，把吃不完的打包回家。她相信晚點佛狄會過來。

他也眞的來了。

一九六六年十月

「妳哪天生日？」

佛狄和梅迪四體交纏，享受頭一個眞正算得上冷的秋夜。棉被得以重見天日；窗戶不再大開，只留一道隙縫。即使樓下就是桑樹街的車流與塵土，屋裡的空氣依然清新宜人。

「幹嘛問這個？」

「幹嘛不問？我們交往都快一年了，妳都還沒過生日，至少就我所知沒有。」

「才九個月。」梅迪說。

「九個月也就是快一年，不是嗎？」佛狄雖然覺得她這樣回答很好笑，卻也感到梅迪好像沒把兩人的關係看得那麼重，有點受傷。

「十一月。」梅迪回答：「十一月十號。」

「到時妳就三十八歲嘍。」

現在換梅迪覺得受傷了。她沒想到自己的外貌反映了年齡。佛狄想必也發現自己講錯話，連忙說：「我們認識那天，我跟妳要駕照，所以記得妳出生的年分，但不記得日期。妳生日想要什麼禮物？」

「噢，我不需要禮物。」

「說不定是我需要送妳禮物呀，妳想過這個可能嗎？」

當下梅迪近乎出於本能開始吻他，自己的身體也逐漸往下挪移，拂過他結實的上半身，凸起的肚臍，一直往下、往下、往下。事後梅迪才明白，有許多次她爲了迴避談起某些話題，用的都是這招。只要佛狄講了什麼甜言蜜語，把她認眞當作另一半，她就用性讓他分心，也是轉移自己的注意力。梅迪樂於在床上取悅他，因爲他總是禮尚往來。反觀別的男人好像都把梅迪的快感放在第二位。有時她盡情沉醉，有時她只能假裝，米爾頓完全分不出來。艾倫則酷愛挑逗，喜歡那逐漸加溫的前戲過程。這時梅迪才頭一次想到，艾倫專挑處女下手，是不是因爲處女沒有經驗，毫無比較基準？第一個男人必然是最好的。

「三十八這個歲數感覺不上不下，怪怪的。」過了好一會兒，梅迪說：「算不上四十，但也不像『還沒四十』。」她沉吟片刻，才問：「那你幾歲？哪天生日？」

「十二月。十二月二十五。」

但佛狄沒講他幾歲。

「啊，那你大概都沒怎麼過生日吧？不過十二月二十五號對我沒什麼意義。這樣，等你生日那天，我們可以照猶太人的慣例吃頓中國菜。」她沒說出口的是「還可以去看場電影」，不過是下午場就是了。史瓦茲家那天的傳統是先看下午場電影，再去吃中國菜。

「在床上吃中國菜喔。」佛狄好像不太開心。

梅迪逗他：「這是老笑話啦。吃完中國菜，打開幸運餅乾，把裡面的籤語讀出來，再加『在床上』三個字就對了，好好笑。」佛狄連笑都沒笑。「你生日那天，我們就做你想做的，什麼都可以。」

「那我想……」梅迪的心臟幾乎停擺，深怕佛狄會開口要她永遠給不了的東西。但他沒說下去，只把臉埋在她雙乳間，但沒有要用性岔開話題的意思。「我想給妳全世界，梅迪。」

「我不需要全世界。」她說：「你給我的，已經比我想得到的還多。」

她說完就套上睡袍去弄吃的。第二台播的電影是《魔鬼港》，應該是警匪片吧。十一台的「午夜場時光」演的則是《她主人的聲音》，好像是喜劇片——看來是個亂點鴛鴦譜的故事，莎士比亞的最愛，只是這片子水準不怎麼樣。梅迪讓佛狄選要看哪部片，意外的是他選了那喜劇片，大概已經演了三十分鐘。

今天熬到這麼晚，梅迪隔天肯定打不起精神上班。但有什麼關係？她只是拆拆信、接電話、幫服務熱線先生買午餐，精神要有多好？

「我要送妳最棒的生日禮物。」佛狄忽然這麼說，一隻手移到她大腿上。梅迪以爲他想再來一輪，但他仍盯著螢幕。電影看著看著，梅迪竟睡著了。等早晨六點半鬧鐘響起，只有裝著空碟子和兩個空玻璃杯的托盤，證明佛狄曾經來過。

一九六六年十月

米爾頓約梅迪見面，說一起吃午飯吧。這通電話是米爾頓自己打的，不像之前都是靠賽斯傳話。就我們兩人，他說，還建議去「丹尼」餐廳，那是他們最喜歡的老店。梅迪只得解釋，她現在最多只有一小時午休時間，所以午餐幾乎都直接在辦公桌上吃。眞要約午餐，等她趕到丹尼，剩下的時間只夠點杯飲料，一口氣喝完再回去上班。

「那就約晚餐。去『佩佩叔叔』好嗎？」

不好，那餐廳太豪華了。她提議去馬康尼，這間餐廳離她家走路並不太遠，這樣她就有時間回家換衣服，六點半碰面綽綽有餘。再說那兒的菜味道也好，照明充足，完全不帶浪漫氣息。

但米爾頓的邀約還是令她憂心。他們之前也通過電話，氣氛有時火爆，有時友好，或者兩者皆有。但兩人打從今年一月就沒有面對面獨處過。他還是持續給梅迪錢，數目不多，只是從來沒定期給，每次的金額也都不同。每週和賽斯見面，賽斯都會給她一個裝了錢的信封。「爸說用這個付晚餐錢。」信封裡的錢雖然遠遠超出晚餐所需，卻還是不夠付每個月的房租。這到底是要解釋成惡意或好意實在難說。梅迪後來決定還是用比較寬容的角度來想，不管怎麼說，是她傷了米爾頓的心。但到底所爲何來？倘若她爲了更有錢有勢的男人（好比華勒士．萊特）離開米爾頓，或許會讓他好過一點。目標不管是人是物，只要有更具體的價值，應該都還說得過去。用米爾頓的角度想，太太拋夫棄子，竟然只是爲了區區一個報社的文書職，還沒有什麼升遷的可能，想必讓做丈夫的臉上無光吧。（梅迪自從克麗歐・薛伍德的報導後，就不曾再有署名的文章見報。大家都覺得她那次只是走運，不會有下次了。）當然，米爾頓從沒看過她的新家，但肯定會有個模糊的概念。她親手布置的住處，就算放在派克斯維爾的家，風格應該也很搭。

這趟人生冒險想必對米爾頓來說太難懂，對梅迪又何嘗不是。

她花了點心思挑選赴約的打扮，想在過往與新生的自己之間找到折衷。最後她挑了一件略略過膝的洋裝；捨棄如今愛穿的靴子，選了高跟鞋；把頭髮稍微倒梳出蓬鬆感再盤起來。至於首飾，只別了在費爾斯角港邊一間二手店買的別針，材質是925純銀，做成草寫「M」的形狀。她常好奇這別針的前一任主人覺得這個「M」代表什麼。她回憶起快結婚時曾想過，要是把自己的姓名字首縮寫做成花樣，可以設計成中間是S（史瓦茲），左右兩邊各放一個小小的M（梅德琳・摩根史登），讓兩個M包住S，剛好對稱。後來她的嫁妝就有好些繡了這個花樣的織品，她喜歡得不得了。

然而如今，那在S左右兩邊矮了一大截的小M，好似正預言了她未來的人生。她先成了米爾頓的傭人，接著使喚她的變成賽斯。

她塗上粉色的口紅，是最近的新色款。

米爾頓在馬康尼明亮的燈光下顯得有點緊張。唉，眞是。他湊過身子，彷彿要親梅迪的臉，但隨卽改變主意，緊握了一下她的手，反倒顯得滑稽，有種刻意裝出的熱絡。

他們在等沙拉時先聊起賽斯，吃完沙拉等主菜的空檔則談到工作——但講的都是米爾頓的工作，不是梅迪的。（米爾頓點的主菜是多佛魚；梅迪則選了小牛胸腺。她其實很想吃奶油蘑菇龍蝦，但又覺得點菜單上最貴的菜很失禮，而且她還是維持過去的習慣，在遵守教規的米爾頓面前不吃甲殼類。）兩人聊得算是開心，只是梅迪始終有種感覺——米爾頓真正想說的話一直拖著沒說。

等到淋了招牌巧克力醬的冰淇淋上桌，米爾頓忽地冒出一句：

「妳沒戴結婚戒指了。」

「喔，我的戒指……」梅迪差點忘了自己編的故事。「……被偷了。在我搬出去之後住的第一個地方發生的事。我會搬家多少也是因爲這點。」

「我不確定妳現在住的地方治安比較好。」

「我住離這裡兩條街不到。你晚上開車過來吃晚飯都算安全了，應該不算太糟吧？」

這句話一出口她就後悔，不該跟米爾頓說她就住在附近。這樣他也許會在飯後堅持送她回家。萬一他到時候想吻她怎麼辦？她愛過米爾頓，千眞萬確。要不是那晚華利．懷斯出現，她可能永遠不會明白原來那份愛早已淡去。但有些事回想起來，還是有感情的。她記得米爾頓毛茸茸的寬闊胸膛，記得有他在身邊的安全感。

只是如今她再也不需要安全感了。

「對不起，我一直沒積極辦離婚的事。都快一年了。之前有人建議我，說是可以用惡意遺棄爲理由訴請離婚。」米爾頓說。

說也奇怪，梅迪原本還覺得自己有點理虧，聽到這句，差點就要開口幫自己講話。「惡意遺棄」，她遺棄誰啦？她這麼做是爲了救自己一命啊。

「那我會拿到贍養費嗎？」

「妳有需要嗎？」

啊，這問題眞傷人，因爲答案是肯定的，她眞的需要，但實在說不出口。「我只是好奇一般情況下照法律規定要怎麼做。畢竟我們在一起快二十年。」

「我大概會把房子賣掉。賽斯想去讀賓州大學。」咦，這兩件事不相關吧？還是相關？「以你的財力應該可以負擔賽斯的學費，不是嗎？就算不賣房子？」

「不是錢的問題。梅迪……我有對象了。」

當然了。當然是這個原因。

「她不想住『我的』房子。」梅迪索性自己先說。

「她是沒講得這麼白啦。不過既然賽斯要去讀大學……她又那麼年輕。」

「多年輕？」

「二十五。」

當然，當然。

「這麼說，我要當她媽，歲數還嫌不夠呢，但你倒是可以當她爸了。」

米爾頓用失望的眼神看著她。他從來沒這樣看過梅迪，那神情彷彿在說：梅迪，講這種話有失妳的格調。嗯，這句話既不得體，也不正確。嚴格說來，米爾頓就算十六歲當爸爸也不奇怪，只是不太可能。他在這方面的啟蒙有點晚，那時他除了顧店就是讀書，沒空談情說愛。

「她叫什麼名字？」

「愛莉。」

「是什麼名字的簡稱嗎？」

「我……我不知道！」米爾頓也搞不懂自己怎麼會這麼糊塗，竟然連眞愛的名字都不清楚。要不然梅迪還能問什麼問題？她竟然和丈夫討論起丈夫的新歡，這種對話應該是空前絕後、僅此一回吧。她並沒有「我不要的，別人也休想」的情緒，她感受沒那麼強烈。她不要米爾頓，也不想要他與愛莉即將共創的未來，反正那必然等於把他和前妻的過去來個大翻新。梅迪多想對他說：噢，米爾頓，你還年輕。世界這麼大，有這麼多等你探索、體驗，別回去當奶爸啊。

但她突然脫口而出的是：「你應該留鬢角看看。」

「蛤？」

「我只是覺得你留鬢角應該滿好看的。」她說的是實話。米爾頓目前沒有掉髮的跡象，頭髮依然濃密，幾乎沒有白髮。梅迪納悶，不知愛莉長什麼樣？大概不是和梅迪一模一樣，就是盡可能完全相反。假設米爾頓選的是完全相反的版本，梅迪會覺得是對自己的某種肯定。如果那新歡又是同樣的深色頭髮與藍眼，只代表梅迪是某種固定的型。但若米爾頓選了淺色金髮，那或許表示他永遠無法完全忘記梅迪，她會永遠與他同在，就像水痘。

米爾頓還眞的堅持陪她走回家，她也稍稍動過念頭，想說要不要帶他上樓，讓他見識一下自己這幾個月來學到的床上技巧。想留下標記、想證明他爲自己所有的欲望固然強烈，但她明白這樣做並不厚道，也顯得器量狹小。

「妳需要請個律師。」米爾頓說：「費用我來出。一下子就辦完，我保證。我一定會尊重妳。」

那當然啦，愛莉可是急著想結婚呢。占上風的是我。

然而梅迪不會亂打自己手上的好牌。她在米爾頓臉上禮貌地輕吻了一下，心知他們此後將形成怪異的三角形，也許最後會變成四邊形吧——米爾頓和愛莉，梅迪和佛狄，四人一起出席賽斯生命中的重要場合。想到這裡，她微笑了——高中畢業典禮、畢業舞會、大學畢業、婚禮、孫兒出生，未來所有的人生大事。但想當然耳，屆時佛狄不會在她身邊。有朝一日或許會有另一個人陪著她，倘若她想要的話。問題是她到底要什麼？

她不久後就會有錢。不算很多，但夠用了。她可以找間更好的公寓，或許還能設法找個有機會升遷的工作。

米爾頓道別之際，有那麼一瞬間，露出從前那種對梅迪充滿愛慕與欣賞的表情，但梅迪同樣在他的凝視中看見迷惘。米爾頓再也不認識她了。這也難怪。她自己都不認識自己了。

一九六六年十月

儘管這陣子有各種煩心的事，壓垮梅迪的最後一根稻草卻是萬聖節。今年是沒有小朋友上門來要糖果的萬聖節。在桑樹街和大教堂街交口的這個街角，萬聖節和平日週一的晚上沒兩樣。唯一的亮點是佛狄，他因爲各種小案子忙了一天已經很累，卻又神采奕奕。

「我今天跟帕莫洛談過，就大概提了一下。他今天來視察我們管區。」

「新的警察局長？」過去的梅迪不會知道這種細節，但如今她看報不僅鉅細靡遺從頭版看到最後一版，還會看競爭對手的報紙，整個腦子裡都是當天的新聞。

「他宣布市警局這個月的人數出現淨成長，這可是反轉了一年多來的趨勢。這一年多來，我們辭職和退休的人比新進人員還多。他現在要開始提拔黑人警察。局勢要變了，梅迪。我可能會升上警探，而且應該很快，搞不好還會去凶案組。我在那邊布了一個眼線，他很信任我，會跟我講些裡面的事。」

「那很好啊。」梅迪回得心不在焉。佛狄的話讓她想起自己和米爾頓先前的會面。這種感覺不妙。

但之後兩人做愛卻十分暢快，梅迪因此決定不去煩心。事實上，佛狄的警探夢可能成眞，反而似乎有幫兩人加溫的作用。他彷彿覺得自己脫胎換骨，梅迪因此成爲全新的對象，梅迪眼中的他亦然。

「警探。」兩人交纏之際，梅迪輕輕吐出這兩個字，瞬間燃起他熊熊欲火。他雙眼圓睜，根本懶得問梅迪意願就翻過她的身，讓她俯臥，用她的浴袍腰帶反綁她雙手。

「我警告過妳不可以順手牽羊，小姐。」佛狄裝腔作勢：「我得帶妳回警局。」

他們在床上總是有點遊戲的成分，或許因爲這種互動就是要徹底跳脫日常生活的框架。兩人再怎麼不正經，或是袒露自己不爲人知的種種，都無所謂。

「你要我做什麼都行。」梅迪跟著一起演：「什麼都行。」

她也眞的什麼都做了。她生命中的這一部分不斷成長、變化，她可以用行動證明自己的潛能。那晚很涼快，但兩人完事後很需要沖個澡。他們擠在小到誇張的淋浴間裡，不覺之間又來了一輪，爲了沖澡又得沖一次澡。等終於有了睡意，已近凌晨兩點。至少有睡意的是梅迪，佛狄依然相當清醒，輕撫著她的髮絲。

「我在凶案組的那個朋友，跟我講了一點泰絲．范恩的事。」

「什麼事？」

「他們這次滿有把握，說終於知道那個共犯是誰了。有個女的來接應他。」

「女的？」

「就是他媽，梅迪。他們認爲是他打電話給他媽，她就過來接他。但警探那邊只能證明他從店裡打給他媽。他和他媽都說那通電話只是講他會晚點回家，不管怎麼問，兩個人都只有這套說法。後來他們對他施壓，現在他終於願意認罪，但只到無預謀殺人而已。當然啦，不會成的。」

梅迪頓時坐起來。「這可是大新聞耶。」

佛狄抓住她一邊手臂，好似怕她下一秒就奪門而出。「不不不，梅迪。不行，這個妳不能寫。他們會知道是我說的。」

「拉得洛的事還不是你跟我說的。」

「那不一樣。」

「哪裡不一樣？」

佛狄移開視線。「很多人都可能跟妳講到拉得洛。他們並不知道我們的事。」

梅迪想起在主編辦公室那天，狄勒惡狠狠瞪著她的模樣。

「要是那個時候沒人知道我們的事，現在也不會有人知道。這一點沒有變。但現在這件事不得了，是媽媽幫兒子掩飾罪行耶。」她對狄勒說。

「她不是想幫人掩飾，是幫自己開脫，兒子只是照著她的劇本走，至少目前爲止。」

「我能說警方終於鎖定這麼久都無法確定的共犯嗎？」梅迪已經在腦子裡打起草稿。

「不行，梅迪。」佛狄拉高嗓門，簡直像用吼的。「這一直是我們內部消息。他們會知道是我。妳不可以寫。」

「可是……泰絲．范恩是我的案子。是我發現她的。」

佛狄起身穿衣。他通常會等到梅迪睡著才走。

「我搞不懂妳和這些死人是怎麼了，梅迪，但我覺得妳有點太超過了。妳就不能想別的辦法往上爬嗎？」

「那你就不能想別的辦法嗎？再怎麼說，想當凶案組警探的可是你耶。」

「妳到底懂不懂當警探對我有多重要？我幹警察都快十年了，一直原地打轉，什麼機會都沒有，或者這麼說好了，要不是帕莫洛一個月前上任，我什麼機會都沒有。但現在不一樣了，梅迪。以前局裡這麼髒，黑人根本出不了頭。我想妳一定懂得有夢想是什麼感覺。妳拚命去追夢，我從來沒攔著妳。這件事我們在這裡講講就算了，絕對不可以出這個房門。」

「它已經在我腦袋裡了，又不是說忘就能忘。我去哪兒它就跟到哪兒。」

「妳懂我的意思。妳不許跟別人說。這樣吧，萬一我發現什麼新進展，好比他們馬上就要去逮捕他媽之類的──我就跟妳說。在這之前，妳什麼都不可以寫。」

梅迪回得很小心：「關於警方辦案的進展，我什麼都不會寫。」

「別跟我耍嘴皮子，梅迪。」

「沒啦。」梅迪說：「我答應你──我不會寫有可能牽連到你的事。」

這句話說完才不到十八個小時，她敲了另一個母親的家門。

一九六六年十一月

「妳當時在想什麼啊？」

十一月一日下午，梅迪去了安琪拉．柯文的家。在那之後的幾週，常有人這樣問梅迪。但問這個問題的人，是否眞的不帶成見，沒有指責的意思？有誰會在誇讚他人之前，用「你當時在想什麼啊？」開場？梅迪覺得沒有這種人，不過她還是講了大概的實情：

「我以爲柯文太太也許會想跟我談談，我們畢竟都是做媽媽的，她和我談，可能會和之前跟警方談的感覺不同。」

這句是實話，或可說有相當的程度是事實。她原本的想法是，假如能讓柯文太太吐實，或至少透露點內情，她就不會違背與佛狄之間的約定。她沒把握佛狄是否也有同感，但有自信最後應該還是可以說服他。畢竟她之前都能讓史蒂芬．柯文開口了，何不試試他母親？畢竟是她發現泰絲．范恩的屍體；是她讓凶手講出之前沒跟警方說的小細節。正是因爲那個細節，警方才開始追查共犯。大家從她的第一篇報導開始就跟著抄，後續的更不用說。這一次，這條新聞會是她的。

與柯文太太的談話起先似乎很順利。柯文太太個頭不大，態度親切。「噢，對，我記得妳的名字。」她說，隨卽請梅迪進門，問她要茶還是咖啡，之後又端出一盤粉紅色與白色相間的餅乾。「我在伍德朗的『包霍夫』麵包店買的。和他們家一比呀，『西爾伯』賣的簡直是垃圾。」

梅迪拿了一片來吃，是用現成冷凍麵糰烤的，非常好吃。倘若她住得離伍德朗很近，又習慣宴客的話，應該會買來端給客人，假裝是自己親手做的。

「我很愛我兒子。」柯文太太說：「但妳也知道他精神不正常，根本就是瘋了。只是他們又不讓他用心神喪失來抗辯。他們不希望那件事傳出去。」

「『那件事』？」

「就是德崔克堡的那些個實驗。」

「啊，對，巴布．包爾寫過這個，叫『白袍任務』。」梅迪沒明說，這就代表「那件事」早傳出去了，現在全世界也都知道（但沒人在乎）那些用迷幻藥做的實驗。

「他是因爲宗教信仰才反戰。我們家是基督復臨安息日會的。」柯文太太喝了口茶。「不過我們不排斥猶太人啦。」

梅迪聽不出她不排斥的是自己或泰絲．范恩，還是都有。

「所以妳很肯定妳兒子殺了她。」

「我不會跟陌生人講史蒂芬的閒話。」

「他在給我的信裡面並沒承認自己有罪。我是聽說他打算承認無預謀殺人，但檢方不接受，因爲史蒂芬把屍體藏起來了。」

「他們當然不接受啦。如果妳問我，我會說那些人打定主意就是要誣賴我兒子。他明明就是瘋了，卻不讓他用心神喪失抗辯，說他不符合標準。他就只好一直說他們想聽的，但怎麼說他們都不滿意。我很不願意這樣講，可是……我家史蒂芬腦袋本來就不好，眞的讓我很失望。我念伍德朗高中的時候，可是每科都拿A呢。」

梅迪睜大了眼，彷彿聽到什麼天大的成就。

「他爸的基因喔……跟我想的差很多，差得太遠了。後來他就丟下我們跑了，老實說我也算鬆了口氣。不過每次看著史蒂芬就等於看到他。眞怪咧，我明明不喜歡紅頭髮，偏偏嫁給一個紅髮的。我覺得一定是因爲我小時候被一隻橘貓抓過。我家很有錢呢。」

梅迪其實不多久就沒再指望柯文太太講出什麼和這案子有關的話，但還是讓她一直滔滔不絕。她的聲音雖然尖細，但嗓音很輕，竟有種不尋常的催眠效果，聽她講話就像努力聽老鼠講話，而且是隻聒噪的老鼠。

柯文太太說到父親在佛瑞斯特公園打高爾夫球的事，但毫無邏輯可言。「以我們家的財力，去私人俱樂部打高爾夫當然不成問題，可是我爸相信人人平等，你要是眞的家境很好，根本不會管這種事……」梅迪聽到這裡，實在忍不住插嘴。

「欸……他們還是覺得妳兒子當時有個共犯。如果他們找到那個人，就等於給妳兒子談判的籌碼。要不就是那個共犯有籌碼。至少我是這麼聽說的。」

「史蒂芬哪來的朋友？我很難相信他找得到人幫他。」

「他有打電話回來，對吧？泰絲·范恩遇害的那天下午？」

柯文太太抿緊了唇。梅迪知道「抿」這個字，但始終不懂什麼意思，這會兒她終於親眼見到柯文太太兩片薄唇緊緊內縮的模樣。

「妳這消息哪兒來的？警方是四處放話嗎？」

梅迪知道若要提到警方，必須非常小心。「有人跟我說的。是電話公司的人。」接著她語調放得十分輕柔，彷彿要向對方致歉似的：「就是妳對吧，柯文太太？那個幫史蒂芬的人？」

「是我兒子跟妳說的？」

「什麼？沒，沒有。他去年春天是寫過幾封信給我，但信一見報，他就沒再跟我聯絡了。」

「沒錯，他寫信給妳，所以現在才會落到這種下場。根本沒有什麼共犯，他那天明明有開車，我不懂他幹嘛一直騙大家說沒有。他既然做了壞事，就得自己面對。那也不眞的都是他的錯。那堆實驗……」

「在德崔克堡進行的實驗。」

「對。」柯文太太盯著餅乾盤子。「我去拿些餅乾讓妳帶回家，史瓦茲小姐。」

「是『太太』。」梅迪說著不由納悶，她還是史瓦茲太太嗎？還會一直是嗎？她馬上就要離婚了。大家都怎麼稱呼離了婚的女人？無論如何，以後就會有一個新的米爾頓·史瓦茲太太。愛莉，不管這是什麼名字的簡稱，總之一定是某種簡稱。

柯文太太從廚房出來，拿了一個麵包店的白紙盒，上面綁著紅白相間的細繩。「噢，不用給我這麼多……」梅迪說著抬起手表示婉拒，柯文太太卻一直使勁把紙盒塞給她，感覺就像對方拚命用紙盒重擊她的肚子，盒子卻落了地。咦，爲什麼這會兒紙盒變成紅色了？哪來的顏料？

這時她才看到柯文太太的小手中握著一把牛排刀，雖然不是大刀，但也有一定的分量。對方見第一刀沒能制服她，又揮了第二刀，這次刺向她胸膛。梅迪奮力擋住她的手，抓住她手腕一扭，刀子匡啷一聲掉在地上。柯文太太痛得大叫。挨刀的是我耶，妳叫什麼叫？梅迪心想。一種前所未有的感受襲來——她渾身是勁，思緒清明。她很清楚自己應該覺得很痛，卻一點痛的感覺都沒有。

柯文太太尖叫之餘，氣喘咻咻，斷斷續續道：「笨，笨啊，真是笨啊。我那麼好心幫他，免得那個小丫頭受苦。我現在是好心幫妳。」

噢老天爺啊，是這個媽媽「教」他做的。她會不會有可能甚至……

「就跟養雞場的雞沒什麼兩樣，有什麼大不了的？比弄雞還簡單，因為你做之前和之後，雞都會跑啊。」

要是時間充裕，這女人會殺了她，梅迪對這點毫無疑問。她得想辦法逃走，但怎麼逃？她跑得動嗎？感覺好像可以。她感覺自己不但能跑，要爬山也行，總之只要能活命，該做的她應該都辦得到。

但連她自己都嚇到的是，她做的第一件事是打了柯文太太兩耳光，大吼道：「別鬧了！」電話在哪裡？電話在哪裡？這裡當然有電話，案發當天史蒂芬．柯文不就是從寵物店打電話給他媽嗎？

梅迪使出驚人的蠻力推開柯文太太，力道太猛，居然推得對方四腳朝天。她隨即衝進廚房關上門，拿椅子抵住門把，拿起話筒撥了零。

「叫警察來，叫警察來。」她喘著氣道：「有個女的要殺我。」接線生問地址在哪，她腦袋一片空白，過了一會兒才想起來。但她即使連講電話的時候，也在逐一翻找抽屜，想拿把刀子防身。「刀。」她對接線生說：「她拿刀子捅我。」

她聽見窗外傳來車子發動的聲音，透過窗子往外瞄，只見柯文太太坐在駕駛座上。車子不但很舊，而且小得有點滑稽。這代表梅迪安全了嗎？應該是吧。等警察趕到（她已經分不清那是幾秒、幾分、幾小時之後的事），之前大爆發的腎上腺素固然救了她一命，但此刻早已褪去。她用廚房抹布壓著腹部，看著血緩緩滲出。我一定會沒事吧，她想。應該不會有事的。

然後才想到：她招了。她差一點就全招了。就算扭斷泰絲脖子的是史蒂芬，那也是因為她叫他動的手。在史蒂芬的母親到場前，泰絲．范恩還活著。

等到了醫院，警方一定會問她話，她一定會講出事情經過，講柯文太太跟她說的事。然後呢？她應該打給《星報》，一五一十把自己知道的說出來嗎？

才不要，她心想。他們會叫她跟撰稿編輯說。

一九六六年十一月

他們把她送到西奈醫院，這也是她當年生下賽斯的地方。米爾頓堅持要她住院一晚。梅迪見他趕過來處理一切，指揮若定，差點爲此感激涕零。後來她才明白米爾頓這麼做，是因爲萬一她到派克斯維爾的家過夜，哪怕只有一晚，也會導致合法分居期的時間必須重新計算，米爾頓和那個不知姓啥的愛莉就得延後婚期。卽使如此，梅迪並不在意，反正她也不想走進派克斯維爾的那個家，但她的身心都脆弱到無法一人待在自己的小窩。

她住進單人病房，有自己的電視，就乾脆看了一整晚。在這期間發生了很多事——柯文太太駕車離去後沒跑多遠，就在北園道出了車禍，此刻已因持刀殺傷梅迪被關在拘留所，之後法院將因泰絲·范恩一案傳她出庭。她是兒子的共犯在先，後又因認爲兒子對梅迪講了自己是共犯，而殺傷梅迪。

梅迪從華勒士·萊特的口中聽到自己的名字，感覺眞是痛快。他形容梅迪是正在執行採訪任務的記者，這樣講並不正確，但管他呢。任務是她派給自己的。她並沒違背與佛狄的約定。報社總編打給她，語氣無比關切，卻也明確指示，希望梅迪一康復就把這個獨家給《星報》。

「我們會讓妳用第一人稱來寫。」總編說：「講妳與凶手面對面的經過。我可以現在就幫妳接撰稿編輯。妳要是想先睡一覺，那就等明天早上……」

但梅迪是不對男人許下承諾的老手，她以一貫的優雅從容應對，並不正面答覆。「我覺得合適的時候，再打電話過去。」她說。

她確實累到渾身無力，但也睡不著。等眞的閉上眼，已經快半夜了。幾小時之後又醒來，頭昏腦脹，所幸睡著的那段時間沒作夢。她到底在哪裡？究竟發生什麼事？她住院了；她被人持刀殺傷；她幫警方找到共犯——或許也是凶手。兩人既然都被起訴，警方可以對其中一人施壓、要求合作，讓另一人被判死刑。假如結果對自己有利，那個做媽的想必會馬上點頭同意條件，樂得看兒子去送死。這實在太沒母性了吧，不過話說回來——什麼是母性？萬一哪天賽斯幹了壞事，大家搞不好也會說梅迪沒母性。但他十六歲時母親就突然一走了之，對這種人有什麼好指望的？

梅迪的傷口固然需要縫合，但柯文太太的攻擊不夠力，沒造成重傷。疤痕自然不會好看（梅迪想起佛狄那凸起的肚臍），但反正沒什麼人看得到。再差八天就要過三十八歲生日的梅迪，早已過了穿兩截式泳衣的時期，比基尼就更不用說了。

有人在房間裡，是護士嗎？不對，是個黑人女子，正在翻垃圾桶裡的垃圾。眞是的，難道不會體諒病人在休息嗎？梅迪暗想。垃圾可以等明天再收呀。

女子轉過身來對她說：「妳這回又幹了什麼好事，梅德琳．史瓦茲？」

「梅迪。」她不假思索，訥訥地脫口而出：「只有我媽叫我梅德琳。我認識妳嗎？」

「不認識，但妳已經非常努力想認識我了。」女子坐在給訪客的塑膠椅上，米爾頓不到六小時前還坐在那兒。儘管燈光昏暗，梅迪仍看得出那女子身形瘦削，灰色的清潔工制服由她來穿顯得太垮。臉龐稜角分明，深色睫毛下有淡色的雙眸。

「妳是誰？」

「我是克麗歐·薛伍德。」

梅迪一定是出現幻覺，或是作夢吧。她輕輕掐了一下自己的肘尖，但女子沒因此消失，還是好端端在眼前。梅迪雙眼慢慢適應燈光的同時，女子的五官也漸漸清晰起來。

「克麗歐·薛伍德已經死了。」

「對，沒錯，以後就沒這個人了。不過，唉，妳就是沒辦法讓她好好走，對不對？」

「我不……」

「對，妳不懂。妳根本不了解，搞不清楚狀況。妳什麼也不懂，永遠也不會懂。」

「我只想知道誰殺了妳，妳又怎麼會在噴泉裡。等我搞清楚妳交往的那個人原來是……」

「那個人。」聽對方重複這幾個字，感覺像是指控。但罪名到底、究竟是什麼？

「是誰殺了妳？」

「謝爾·戈登下令幹掉我，因爲只有這樣，我才不會變成泰勒的第二任老婆。本來是眞的會喔。以西結——我不叫他『以西』，絕對不會。以西結根本不在乎選什麼參議員，也不在乎謝爾，這才是最大的問題。把海瑟擺在家裡當老婆，又在巴爾的摩四處打野食是一回事；但他找到眞愛，知道什麼叫幸福——這可讓謝爾傷透腦筋了。以西結打算永遠和我在一起，這代表謝爾再也不能用肥缺和女人當紅蘿蔔引誘他，說服他改變主意。」

梅迪想起茱蒂絲不經意說的，講這個不知道對妳有沒有用——他們還說謝爾．戈登是「巴爾的摩單身漢」咧。

「戈登叫湯米去殺妳。那湯米殺的是誰？噴泉裡的屍體又是誰？」

「那是我室友拉提莎。不過湯米沒殺她。她在聖誕節過後的兩天嗑藥嗑掛了。我們就讓她穿上我的衣服——還好都不是我最喜歡的。等把該做的都做完了，再把她放到不會太快曝光的地方。」

梅迪儘管意識不算清楚，還是覺得這故事不太對勁。假如戈登叫湯米幹掉克麗歐，湯米幹嘛不謊稱事情已經搞定，偷偷放克麗歐一馬就好？幹嘛非得搞出一具屍體不可？

「那妳到底是誰？」

「哎呀呀，我現在是『拉提莎』．湯普金斯嘍。我趁聖誕節長假和人私奔，還從艾克頓發了電報給我室友。我後來一直住在費城，離這裡不算太遠，所以偶爾還可以偷溜回來看看我丟下的那些人，想說也許有一天可以跟他們解釋這整件事。但是沒辦法，事情已經完全失控了。現在我爸坐牢，八成會死在牢裡。知道他這麼愛我，我是很欣慰，但要用這種方式才知道，未免太殘忍了。」女子講到這裡打住了。「這都要怪妳。」

「我只是寫了篇報導。總會有人寫出來的。」

「是沒錯。可是妳已經把大家搞得雞飛狗跳，不但去找那個靈媒，還去找我爸媽，在我兒子面前講這些事。」

梅迪還是覺得自己好像在作夢，但有時人在夢裡也可以很清醒。

「湯米不會知道妳這些盤算。至於妳爸媽，他們肯定認爲妳已經死了。不過一定還有人知道。是妳妹妹？」

「妳應該什麼都別管，就讓我去吧。我一直以來就只有這個要求，但妳大小事都不肯放過。妳把我當什麼？那個『湖中的女人』？我從來沒泡在什麼湖裡好嗎。妳寫的東西都是騙人的，不管妳自己知不知道。最起碼妳現在騷擾的是別人了。不許妳再管我的事，梅迪．史瓦茲。我警告妳。」

「妳幹嘛要弄個屍體出來？湯米爲什麼不能跟謝爾．戈登說妳已經死了，埋在永遠找不到的地方？」

「我沒說我們需要屍體。我說的是我們有個屍體，正好派上用場。」

梅迪陷入沉思。拉提莎，這個沒人會掛念的女孩，偏偏死得這麼巧。也許湯米其實也有想坦白的心事；也許他愛克麗歐，愛到願意去做他認爲有必要的事。

又或者，克麗歐沒想清楚就殺了拉提莎，慌亂之間打電話找湯米求援？要把僵掉的屍體抬起來拖過圍籬、越過大半個湖丟進噴泉，就算是兩個人也不太可能辦到。然而……會不會是兩對情侶到湖中約會，有人貌似一時興起提了個點子：我們划到噴泉那邊，爬上去看市區的夜景吧。或許，那一晚克麗歐的確和湯米跟警方描述的那個人出去，但她同時也安排湯米跟拉提莎約會。也說不定一起出去的只有他們三個。

「可是……」

「再見了，梅迪．史瓦茲。」

女子起身，制服下的曼妙身形刻意裝出清潔工慣有的疲態，垂頭喪氣、拖著腳步走出病房。

梅迪只能以近乎驚歎的眼光目送她離去。倘若這一切都是夢，隔天早晨醒來驚歎不已，也是理所當然。但方才的一切千眞萬確。克麗歐．薛伍德還活著，但梅迪無法跟任何人說。

她再次進入夢鄉之際，發現病房的牆是醫院那種制式的淡綠色，塑膠椅則是黃的。

一九六六年十一月

梅迪在三十八歲生日前出院回家。她以爲佛狄會過來看她，也很好奇他答應要送的生日禮物會是什麼，但佛狄沒有來，也許是不知道她已經回家了吧。

感恩節來了也過了，而且異常暖和，將近攝氏二十度。這種反常的溫度若是在紐約，會產生某種詭異的煙霧，宛如一張黑毯，密密實實籠罩整個城市，要到冷鋒出現才會消散。十一月最後一個週日左右，終於回復晚秋該有的寒意。但梅迪位於三樓的家始終很暖和，所以她睡覺時依舊把窗開了一道縫隙，至少這是她告訴自己的理由。

之後傳來窗戶抬起的聲音，還不到晚上十點。她並沒睡著，只是裝睡。

但佛狄並未像過去那樣鑽進被窩。梅迪繼續裝睡裝了一、兩分鐘才睜開雙眼，只見一身便衣的佛狄，西裝襯衫配V領毛衣和休閒長褲。頭髮變長了——嗯，其實是變蓬了。他頭髮生長的方向是往外、往上，不是朝下，但很好看。梅迪這才發現眼前的佛狄長得很像某個拳擊手，這個月初好些報紙登了那人在倫敦和美女演員摟摟抱抱的照片。

「我跟妳說過多少次窗戶要關牢，梅迪。」

「可是家裡好熱。」梅迪推開被子，暗暗慶幸自己有先見之明，穿了美麗的睡衣。

「妳最近很忙噢。」

不動。

「對啊，我想是吧。」她笑著回答，沒什麼興趣談下去，朝佛狄伸出雙臂，但佛狄站在窗邊

「妳答應我的，梅迪。妳答應不寫的。」

「我答應不會根據『你』告訴我的事去寫。我確實沒有。」

「是啦。一般人看了報，也許會相信妳去找她談了──妳是怎麼說的，『我們畢竟都是做媽媽的』？我們局裡的人可沒那麼笨。他們當然曉得一定是有人先放消息給妳，也馬上就知道那個人是我。」他頓了一下。「也知道我們的事。」

「可是他們怎麼……」

「有個警察之前看過我從妳家出來，而且是開巡邏車，他們就抓住我這個把柄──不是因爲跟妳講了不該講的，而是我未經授權用了巡邏車。其實是因爲我在車庫有個朋友，他願意晚上把車借我幾小時，我只要在大家隔天出勤之前還車就好。妳難道沒想過我晚上怎麼到這兒來嗎？梅迪？妳知道我住哪兒、離這裡有多遠嗎？妳知道半夜沒有公車嗎？」

「你一直不願意講自己的事。」

「也許我在等妳問我。」

梅迪很肯定自己問過，但他總是岔開話題，不是嗎？

「我以爲你結婚了。」

「沒有。」

「我以為你有別的女人。」

「我也不想瞞妳，之前是有。一開始的時候。但後來……梅迪，我愛妳。」

梅迪無言以對。

「我想妳這樣就算回答了吧。妳不愛我。」佛狄說。

「我愛你，佛狄。只是你要知道，我們不可能有結果的。」

「因爲我是黑人。」

是，也不是，梅迪暗想。因爲他是黑人，黑白通婚違法，所以他們不可能有結果。但也因爲他比梅迪年輕，因爲他是警察，而她是梅德琳・摩根史登・史瓦茲，不可能一輩子在報社打雜。她有可能和哪個黑人男性在公衆場合一同出現？（她拚命在腦中搜尋黑人男性名流）——奧斯卡影帝薛尼・鮑迪、民權運動健將安德魯・楊、知名藝人小哈利・貝拉方提。佛狄南・普拉特在太多方面都不可能是她的對象，種族只是其中一個因素而已。不是嗎？

「眞的不是因爲這點。」

「妳知道去年我最快樂的一天是哪天嗎？就是和妳去看棒球賽那天。就算我不能握妳的手；我們在人群裡擠來擠去的時候，我也不能把手放在妳後腰上。有些人看得出我們是一對，從他們的表情我就知道。我們瞞得過很多人，但還是騙不了所有人。可是和妳在一起，我抬頭挺胸。我愛妳，梅迪。」

她還是沒法對佛狄說那三個字，卽使可以說得那麼輕易，那麼眞。她知道那三個字對她沒有拘束力，卻還是開不了口，就算說自己愛過他也無法。「我覺得我不想再當任何人的太太了，佛狄。我不願意失去你，但我也不想失去自己。」

「噢，我倒是失業了。」佛狄說。

「因爲你下班後開巡邏車？」

「他們要我自己辭職。我是可以留下來，但再也沒有機會調動。我洩露內部消息，結果害一個市民差點送命。」

梅迪想了一會兒才明白那個「市民」指的是自己。她掀起睡衣讓佛狄看那圈凸起的疤痕，接著把睡衣一路往上拉過頭。

「梅迪……」

「對發生的這些事，我眞的很抱歉。很抱歉害你失業，很抱歉……」梅迪無法告訴他自己對許多人的歉疚——對湯瑪斯·拉得洛，對克麗歐的父親。還有克麗歐的母親，她這輩子都不能知道女兒還活著。對謝爾·戈登——這人雖有多重身分，卻永不得見天日，世人永遠不容許他表達自己眞正的渴望，而他器量狹小，心腸惡毒，既然自己得不到，也不許他人擁有。對拉提莎——她雖然死了卻無人悼念，大家只會永遠記得她是個不正經的女孩，和人私奔後就音訊全無。對泰勒的妻子——她儘管與丈夫同住豪宅，丈夫愛的卻是別人。還有，對克麗歐的兩個孩子。

但到頭來，梅迪最感到歉疚的人是自己。因爲她和以西結·泰勒一樣，只差那麼一點點就有機會再次獲得眞愛，卻沒勇氣抓住機會。

「是我們不對。」佛狄低聲道：「我們原本就不應該開始。」

「我的戒指沒被偷。」梅迪終於說了實話：「我說被偷，只是爲了拿到保險理賠。」

「我知道。」佛狄說：「我把湯米·拉得洛的事告訴妳，是因爲我們覺得妳知道以後，應該就不會追下去了。是謝爾跟湯米說他非自首不可，否則妳不會放手。」

「我知道。」梅迪接口，但其實她並不知情。

佛狄走向床邊。這是他最後一次到她床上，也是頭一次待到天亮。梅迪送他下樓，在大門口與他吻別。早晨七點，在大教堂前，在桑樹街上走動的人，都看到了這一幕。

然後梅迪就去上班了。

羅蘭公園婦女會

一九八五年十月

「接下來爲各位介紹我們今天的主講人，梅德琳．史瓦茲。她從一九六六年起在《燈塔報》服務，這也是她新聞生涯的開始。她的第一篇報導，就是寫自己在差點死在安琪拉．柯文刀下的經過。」

「大家應該都記得當年有樁非常轟動的命案，就是有個名叫泰絲．范恩的猶太小女孩在寵物店遇害。安琪拉．柯文的兒子史蒂芬．柯文就是那間寵物店的店員。安琪拉．柯文因爲殺害泰絲．范恩，最後被判犯下一級謀殺罪。史蒂芬．柯文則就他參與犯行的部分被判死刑，但因爲我國聯邦最高法院一九七二年的判決導致全國大部分的州廢止死刑，史蒂芬原本的死刑就改爲無期徒刑。」

「史瓦茲女士在《燈塔報》一開始沒有專屬採訪路線，報導涵蓋各種領域。後來專跑市政新聞和立法新聞，但她最著名的報導是在到了生活版之後，一開始先寫人物故事，之後成爲專欄作家。一九七九年，她入圍了普立茲獎的特寫報導類決選。」

梅迪在腦中自動修改起這段介紹詞。她很肯定自己原先提供的稿子不是這樣。對方大致都照著稿子講，只在一些小地方加油添醋，儘管——沒錯，是她自己沒把《星報》放進正式工作經歷。後來她把與柯文太太的交手實錄給了《燈塔報》，以交換記者的工作，從此大步向前，不再回頭。經過《星報》的洗禮再到《燈塔報》，不免覺得《燈塔報》有點沉悶單調，但重點是他們願意給她當記者的機會。

「大家午安。」梅迪上台後說：「『入圍普立茲獎決選』，其實就是把『沒拿到普立茲獎』講得比較好聽啦。」

觀眾都喜歡這種小小的自嘲，但要宣傳自己入圍普立茲獎決選，總讓梅迪有種矛盾的心情。那年是普立茲獎首度設立特寫報導獎項，但她沒拿到，心裡確實不太痛快。更氣人的是，那年得獎的是《光明報》（水準略低的姊妹報）一篇關於腦部手術的報導；梅迪寫的則是一個得了心臟罕見疾病的孩童。「腦子比心臟重要吧，我猜。」頒獎典禮後的幾天，巴布．包爾和她相約喝一杯時這麼說，語氣帶了一絲嫉妒。畢竟他在這行幹了這麼久，馬里蘭州的大小獎都拿過，也得過幾個全國獎項，卻從沒搆到普立茲獎的邊。

梅迪則幾乎包辦所有獎項，而且她並不算老，未來的路還長。

她成了知名專欄作家，婦女團體的午餐會很喜歡找她去演講。《燈塔報》旗下不但有演講經紀公司，還會付酬勞給出去演講的記者。報社認爲這是促進社區關係的好方法。經驗老道的梅迪早已學會怎麼把背熟的詞講得像臨場反應，還會針對聽衆調整部分內容，免得讓人說她背稿或用同一套萬年講稿。

「常有人問我……」（這是假的，從沒人問過她）「……到底什麼叫做『人情趣味』？什麼因素會讓人有趣？嗯，我相信只要你知道怎麼問對問題，只要你願意花時間去了解，所有的人都很有趣。我認為好記者應該具備一種能力，只要打開電話簿，用鉛筆點到其中一個名字，打電話過去，就能找到好題材。我有時候就是這樣。」

（這也是假的。她從來沒幹過這種事。）

她講起自己最近備受矚目的一則獨家專訪。受訪的夫妻有一個小孩，但在西奈醫院的產科病房被某個喬裝成護士的女人抱走。這女人幾天後到了另一間醫院，在試圖騙醫院幫孩子開出生證明時被捕。這對夫妻受訪時仍然很驚訝，沒想到一般人居然這麼容易就可以溜進西奈醫院。梅迪沒對他們說的是，她以親身經驗得知其實真的很容易。只要換上制服，裝出垂頭喪氣的模樣就可以。

「依照法律規定，這對夫妻要做親子鑑定。」她對台下聽得出神的觀眾說：「但法官看了看寶寶胖嘟嘟的蘋果臉，再看看那個爸爸，就說：『我想我們應該都知道結果了。』」

她對講稿內容滾瓜爛熟，熟到幾乎可以抽離出來，讓自己宛若幽魂盤旋於會場上空，看著這一切發生。即使她講的是讓她在當地聲名大噪的幾篇報導（例如壞脾氣的書報攤老闆、當地最後一個製帽商、鋼琴奇才等等），她還是會想著從沒報導過的題材，從未側寫過的人物。就像小名「以西」的以西結・泰勒，他一九六八年突然賣掉了乾洗連鎖店的生意，說都是暴動和天氣害的。又說他有氣喘，醫生建議他為了健康著想，最好搬到西部去，還點名新墨西哥州。但他太太因為參與各種教堂活動，希望待在巴爾的摩。所以到頭來，以西搬到西部，是為了去找克麗歐嗎？但至少有一點可以肯定的是，翻遍新墨西哥州的電話簿，也沒有以西結・泰勒這個名字。梅迪查過，一次又一次。

「我當年不知天高地厚，一直跟《燈塔報》說我不想當受訪對象，一定要當記者，才爭取到這份工作。這對我們雙方而言都是賭一把。但我們總編彼得・佛瑞斯特說他欣賞我的某些特質。我想他應該是指我願意從最低薪資的工作做起吧。」

梅迪有段時間還真的相信很多事都是巧合，像是以西爲了健康考量搬去西部；謝爾・戈登因爲把某個女人當眼中釘，餘怒未消，找了更可靠的殺手，去幫湯瑪斯・拉得洛留的爛攤子收尾。

她也有段時間相信，這對一點也不相配的戀人，或許正在某處（可能是新墨西哥州，也可能不是）暗自慶幸他們終於克服重重難關。這難關指的不是克麗歐裝死消失，而是爲了覓得眞愛的種種考驗——那是足以讓你堅持到底、値得令你放棄一切的愛。

「我的記者生涯中，有篇可說是一鳴驚人的報導，來自於我有次迷路的經驗，而且還是在我自己的老家……」

她曾經努力打聽消息，想知道克麗歐的兩個兒子是否還和阿嬤住在一起。但他們家在梅迪進《燈塔報》沒多久後就搬走了。有鄰居說他們搬去巴爾的摩郡；有鄰居說他們搬去鄉下。梅迪怎麼都找不到薛伍德太太。克麗歐的妹妹愛麗絲則在她上門說想談談的時候，再次把門一摔。

「當然，沒能採訪到的對象總是最難忘。我每年都會寫信給某個巴爾的摩的小說家，拜託她接受專訪。她每年都會回我一封很客氣的拒絕信。」

佛狄後來賺了大錢，身上也多了一大圈肥肉，這倒是讓梅迪滿驚訝的。他離開警界後自行創業，開了保全公司，而且時機選得很好，那時人人都很關心治安和自身安全。他不僅賺了大錢、結了婚、生了三個小孩，最後在當地政壇的影響力，甚至遠超過謝爾・戈登和以西・泰勒。梅迪見過他一次，那時她因爲跟訪某個候選人，去了一場大型政治募款活動，看見佛狄在會場的另一邊，儘管身上多了二十幾公斤，還是散發強大的吸引力。只要他對梅迪瞟那麼一眼，她一定會願意跟他溜到後面的小房間去。不過他太太一直跟在他身邊，顯然很清楚自己釣到了金龜婿。倘若梅迪當年能預測未來，看到佛狄之後的成就……但是，不，不會的。她對自己的判斷沒有錯。她確實不想當任何人的妻子。她熱愛自己的生活，也察覺佛狄心中揮之不去的哀傷——爲了此生無法實現的心願，也爲了永遠不會成眞的夢想。他這輩子只想當警探，這個夢卻因梅迪而破滅。

「……我做記者以來，這是第二次在意想不到的情況下，有人對著我把什麼都招了。他抬起頭看著我，咖啡色的眼睛睜得大大的，對我說：『我叫吉米不要這麼做。』」

梅迪現在也是祖字輩的人了。快五十七歲的女人當祖母並不稀奇，但她覺得以這個年齡的標準來看，自己仍有幾分姿色。妙的是約會對象何其多，剛結束第二段婚姻的華勒士・萊特不久前偏偏來約她。她沒答應，說自己目前有對象。確實也是。對方四十歲，而且老天爺呀，還是個園丁，但不是她請的園丁，否則就眞要上演《查泰萊夫人的情人》了。很難把她和這個人的互動方式稱爲約會，也不能算眞的約會。這個人去她家，對她昏天暗地一陣猛操，完事就走，老實說還眞的很像她當年與佛狄之間的模式，只是搭配的飲料點心不一樣。加上現在她還安排了日場活動。有個自視甚高的老法官，幾乎可以確定是同志，他偶爾需要帶得出去的女伴，所以這種安排對他們倆算是皆大歡喜。

「他們讓我寫《燈塔報》專欄的時候，我是報社頭一批的專欄女作家，可以用全天下當題材。我的專欄固然放在專題版，但主題完全不受限制。我可以前一天寫雷根總統；隔天就寫『羅湯達』停車場的亂象。」

台下傳出心領神會的笑聲，最起碼「羅湯達購物中心」就在附近，在地人當然抓得到笑點。

克麗歐．薛伍德說梅迪毀了某些人的人生，是嗎？佛狄也許永遠當不了凶案組警探，但他有很好的發展。梅迪和茱蒂絲．萬斯坦幾乎沒再聯絡，但她知道茱蒂絲後來還是和派崔克．莫納罕結了婚。湯瑪斯．拉得洛八年前出獄，現在在法蘭克林鎮路開了自己的酒吧，但礙於他有重罪前科，賣酒執照上是別人的名字。克麗歐．薛伍德的父親死在獄中。但這些都不是梅迪的錯。假裝自己死了的是克麗歐，是湯米幫了她的忙。梅迪去找泰勒的太太對質之後，是湯米自己決定去警局自首。佛狄是在謝爾．戈登授意下，才提供那條「線報」給梅迪。這些男人哪，一心想要收尾，卻爆開每件事的內幕。

那，正牌的「湖中女人」拉提莎呢？她是什麼人？究竟怎麼死的？最可能的嫌疑犯自首了，也服了刑，算是實現某種正義了吧。噴泉裡是誰的屍體，眞的很重要嗎？假如該坐牢的人已經坐了牢，這件事還重要嗎？

然而——梅迪想像中有三個人，也許四個吧。好熱啊，我們翻過動物園的圍籬吧，我知道他們把船停在哪裡。我們可以在湖上划船，在船裡舉杯慶祝新年，搞不好還可以爬到噴泉上。三個人，也許四個，坐在噴泉邊緣猛灌酒。其中兩人是交情好到可以互借衣服穿的室友。這時要掉進噴泉，或被推進噴泉，不是太容易了嗎？

這一切怎麼可能是梅迪的錯？

每當這種思緒侵擾心頭，梅迪唯一能做的就是坐到打字機前，寫篇七百五十字的幽默小文，好比在羅湯達停車場的最新見聞，要不就挖出自己的過去——當年在派克斯戲院被人摸大腿那次，就很適合寫出來讓大家笑笑。現在這年頭，男人把手放在別人腿上好像都沒事。她也用合宜的頻率不時重溫泰絲・范恩一案，寫她在其中的位置、發揮的作用。畢竟這是她做過的事，也是她的人生，她自主選擇的人生。她寫的是自己。她對自己說這是因為她寫別人的人生已經寫夠了，但內心深處，她很清楚寫的總是自己。她唯一知道的故事，就是自己的故事。

也許連那個故事都不算。

「在座的各位學問都很好，想必都知道『唯有連結』是出自E. M. 佛斯特寫的《此情可問天》，但大家知道這幾個字之後的句子嗎？『唯有連結理性的言語和強烈的情感，此二者方能昇華，人類的愛才能達到極致。不再活得支離破碎。』我的專欄涵蓋人生各個層面，讓大家有機會看見各式各樣的人。各位想必也都知道，通靈板這個遊戲是在巴爾的摩發明的。我去年有篇文章就是寫通靈板發明人的後代，他們繼承了龐大的祖產。我把自己當作那塊會移動的百靈舌板，就是讓玩的人把手指輕輕放在上面、平衡力量的那塊小塑膠板。然後，或許在潛意識裡，我會把各位的手導向你們想要的答案。我講的是『你們』想聽的故事，也回答你們的問題。我是各位的工具。沒有讀者，我就沒有存在的理由。』

她在如雷的掌聲中落座，喝了一小口葡萄酒。跟長老教會的信徒演講就有這個好處，他們的午餐會都有酒。

我在哪裡，梅迪．史瓦茲？妳又在哪裡？都這麼多年了，我爲什麼還是在腦子裡對妳說話？我想是因爲妳是最後一個見到我、眞正的我——又名「克麗歐」的尤內塔．薛伍德活著的人。最後見到我的不是跨年那天的湯米，雖然官方說法永遠會是如此。眞正看見我的是十個月後躺在病床上的妳，但妳剛受了好一番折騰，昏昏沉沉，渾身無力，沒辦法看我看得那麼仔細。我已經死了，妳則是去鬼門關兜了一圈。當時妳的一生有沒有快速閃過眼前？我的一生過得很慢，不過每天都有在動。此時克麗歐會在哪裡呢？她的人生會是什麼樣？我走出醫院，就永遠向克麗歐．薛伍德說了再見。對我的爸媽、兩個孩子，對巴爾的摩說再見。

但我沒有對人生說再見，也沒對愛說再見。我的生活一直很豐富，很充實，也很幸福。我犧牲了很多，但我對於現在過得幸福並不內疚。兩個兒子或許身邊少了我，但他們都進了麥多諾中學，長成有爲的青年，也都上了大學。我妹跟我媽說他們都拿到獎學金，我媽最後決定相信她的話，因爲我媽這輩子從沒那個福氣體會什麼叫好運。我知道自己是什麼命，也明白我只能用這種方式照顧我愛的人，但即使人生重來，我還是會做一樣的事。妳敢對自己這麼說嗎？

我有沒有把所有的事都告訴妳？沒有。我沒打算把祕密託付給妳，梅迪．史瓦茲。這能怪我嗎？妳對我的生、我的死都處理得這麼草率。感謝老天，妳找到另一個死掉的女孩繼續追下去。我很高興，我得到我想要的了。

我見過妳一次，梅迪．史瓦茲，在這一切開始之前。妳有個妳不想要的男人；結果我想要的是大家都說我永遠得不到的男人。我看到妳，也看到妳看到我看到妳。這就像我們小時候講的笑話：我在畫我自己畫我自己的畫。畫一直畫一直畫，話一直講一直講，直到畫與話再也沒有意義，直到畫愈變愈小，什麼也看不見。

《湖中的女人》全書完

作者跋

我二〇一七年二月動筆寫這本書時，完全沒想到會寫出一本以報社爲主題的小說。從某些方面來看，梅迪．史瓦茲害我和她丈夫跌破的眼鏡應該不相上下。我原本一點也不想寫關於報社的小說，但過了沒多久，不知不覺間，我竟幻想起一九六五年家父進入報業，任職於《巴爾的摩太陽報》時的那個世界，也試圖把那個世界重新建構起來，這一起頭便無法自拔。期間承蒙家父諸多同事及我的同業友人相助，如G．傑佛森．普萊斯三世、大衛．麥可．埃特林、瓊安．傑考布森等人，特此致謝。

本書的小細節除了少數爲虛構之外，大多屬實。書中核心的兩樁命案顯然係取材自一九六九年的兩件眞實刑案，但我的版本大多並未根據事實，然而還是要感謝強納森．黑斯對「湖中女人」理論上的驗屍程序提供協助。一九六六年馬里蘭州州長選戰則經過正確考據，仔細到連初選後隔天的天氣都如實呈現——那是我從《時代》雜誌看來的。本書提到兩位眞實人物，一是薇歐蕾．威爾森．懷特（法律夫人），二是保羅．布萊爾（金鶯隊中外野手），他們兩位都有在書中「發聲」。我看了許多他們兩人的專訪，還看了一些布萊爾的影片，希望能盡量接近他們實際的語氣。坦白說，我很難重現懷特女士上《老實說》節目的經過，但我遵循老片《雙虎屠龍》的忠告：寫出傳說。

我在二〇一八年六月二十七日交了本書初稿。隔天我開車帶女兒去達拉威爾州海岸我母親家。開了大約一小時之後，我們停下來休息，我打電話跟母親說我們已經吃過午飯，大概再兩個小時就到。母親問我在安納波里斯附近有沒有碰上塞車，我說沒有，爲什麼會塞車？「那邊發生了槍擊案。」我一聽槍擊案發生在報社，就知道我朋友勞勃．海亞森很有可能遇害。因此，雖然我通常會在此感謝協助我完成本書的人，還請各位朋友和出版同仁諒解，我想在本書最末一一點名這幾位在工作崗位上殉職的人。他們投身的領域，是我國《權利法案》中唯一明確提及的產業。謹以本書獻給勞勃．海亞森、傑洛德．費許曼、約翰．麥克納馬拉、芮貝卡．史密斯、溫笛．溫特斯，及他們的親友。誠如H. L. 曼肯所說，報社記者的工作是「國王的生活」。

Lady

In The Lake

湖中的女人／蘿拉．李普曼（Laura Lippman）著；
張茂芸 譯.-- 初版. -- 臺北市：蓋亞文化, 2024. 07
面； 公分
譯自：Lady in the Lake（Laurel; 6）
ISBN 978-626-384-106-2（平裝）

874.57 113009326

Laurel 006

湖中的女人 *Lady in the Lake*

作　　者　蘿拉．李普曼（Laura Lippman）
譯　　者　張茂芸
裝幀設計　莊謹銘
編　　輯　章芳群
總 編 輯　沈育如
發 行 人　陳常智
出 版 社　蓋亞文化有限公司
地址：台北市 103 承德路二段 75 巷 35 號 1 樓
電話：02-2558-5438　傳眞：02-2558-5439
電子信箱：gaea@gaeabooks.com.tw
投稿信箱：editor@gaeabooks.com.tw
郵撥帳號 19769541　戶名：蓋亞文化有限公司
法律顧問　宇達經貿法律事務所
總 經 銷　聯合發行股份有限公司
地址：新北市新店區寶橋路二三五巷六弄六號二樓
電話：02-2917-8022　傳眞：02-2915-6275
港澳地區　一代匯集
地址：九龍旺角塘尾道 64 號龍駒企業大廈 10 樓 B&D 室
電話：+852-2783-8102　傳眞：+852-2396-0050
初版一刷　2024年07月
定　　價　新台幣 460 元
Published and Printed in Taiwan

GAEA ISBN／978-626-384-106-2